Div 作品

Div作品 13
陰界黑幫
7
Mafia of the Dead
Div 著

自序

最近看了一部日劇，叫做「重版出來」，我不知道日文字為何是這樣的組合，但套回中文，就是「再版」。

這部日劇講述的，其實就是出版，它鎖定的是漫畫，而主角是一名新進漫畫出版業的女編輯，透過她的工作與生活，也將觀眾帶入了日本漫畫出版的世界。

不同的漫畫，背後有著不同的漫畫家人生，有的紅透半邊天但個性如流氓，有的專走搞笑風卻是帥哥一枚，有的已經在一線畫了三十年，溫柔宛如老師，還有宛如雛鳥，正等待破殼而出，以其巨大的翅膀，震撼整片天空。

看這部日劇時，旁邊坐的當然是我最好的日劇咖，也就是我老婆（現在七歲的女兒也加入了），老婆工作是編輯，和我兩人看起來真的頗有趣，她用自身的經驗不斷點頭，「何謂退書」，「何謂通路」，「何謂巡店」，「何謂初版幾本」……而我呢，則對作者部分超有感覺，不是大叫，「不可以，作者必須再頑強一點！」「這裡不可以放棄！」「對，這裡就要這樣轉折……」

於是我和老婆兩人各取所需，開心的看完了十集「重版出來」。

看到這部作品，不自覺的，想起了十幾年前第一部作品剛剛問世的時候，那時候我將作品「地獄列車」給了出版社，第一集賣量不如預期，原本按照通路習慣要減少印書，但出版社比我還有信心，又強勢推出了第二集，但第二集開始發酵，賣量上衝之後，第三集，第四集……轉眼，地獄已經來到第十三集，就要在下一集正式進入尾聲了。

曾經，我很抱歉的對出版社總編說：「真不知道你當時哪來的信心，可以繼續堅持下去，因為我也不知道這本書哪裡好看？」（我是說真的，我只知道我用盡全力寫，寫起來暢快淋漓，但真的不知道它傲人的點在哪？）

出版社的總編這樣回我：「怎麼會不知道，這麼好看的書，當然繼續出啊。」

當下，真的有一點感動。

而看到這部日劇，除了感動之外，更明白一件事，自己是何其幸運，能遇到這樣的編輯，也遇到這樣的讀者，而我唯一能做的，就是一直寫下去，轉眼就十幾個年頭過去。

這本書「陰界黑幫」也是系列作，也同樣在受到大家幫忙與支持下，一點一滴的前進著，我會努力，就像日劇所說的：「只要有一個讀者，就要繼續畫下去。」說得沒錯！不管到什麼時候，都要不斷創作下去，不要辜負了那一顆顆等待的心！

這一年，二〇一六年，就在我家兩個小孩，一個小學一年級，一個幼稚園中班的時刻，陰界七，完稿，鞠躬。

請好好享受這一集喔。

Div

陰界黑幫

7

Mafia of the Dead

「相傳紫微星系共有一百零八星，又以十四星主掌夜空，其影響國家興亡，個人運勢甚巨，其為紫微、太陽、太陰、武曲、天同、天機、天府、天相、天梁、破軍、七殺、貪狼、巨門與廉貞是也。」

前言

琴，一個原本在報社擔任編輯的普通女孩，卻在一場意外的車禍後，來到陰界，莫名其妙的成為陰界政府的頭號通緝犯。

而當琴來到陰界，她更發現，這個由亡靈和陰魂構成的世界，非但不像人們想像中的恐怖嚇人，反而繁榮進步，只是做事更直接，行事更暴力，宛如一個叢林版的陽世。

在經歷幾次生死戰鬥與逃亡之後，琴才漸漸明白這個陰界的生態，如今陰界被強勢政府完全把持，原本能與政府相互制衡，互為表裡的陰界黑幫，卻在這幾年不斷式微，導致陰界權力天秤嚴重失衡，人民苦不堪言。

原本的三大黑幫——僧幫、道幫，與十字幫，其中的十字幫更隨著幫主離開而完全覆滅，這位傳奇的十字幫幫主，可能就是琴原本的陰界身分——武曲。

武曲的離開，不只對當年的陰界造成巨大的震撼，更留下了一個謎團，也因為這謎團，讓琴成為陰界包括政府與黑幫，共同追殺的對象。

於是琴下定決心，要找回武曲離去前的記憶，並將謎團解開，而解開武曲記憶的唯一方式，竟是一道炒飯，「聖．黃金炒飯」。

「聖．黃金炒飯」分別由五種稀奇食材「肉，蛋，高麗菜，橄欖油，米」所組成，為了追尋這五項食材，琴在陰界展開一趟又一趟驚心動魄的冒險。

但就在琴進入了颱風之中尋找「怒風高麗菜」時，遇見了專門判別他人星格的「長生星」，長生星竟然宣告了一件事，那就是……琴根本不具備星格，換句話說，琴非武曲轉世。

此一宣佈，不只顛覆了所有人的認知，更讓一直追隨於琴身後的兩大高手「地劫星小傑」與「地空星小才」，同時叛變，並對琴的其他夥伴展開無情的屠殺。

悲痛且精疲力竭的琴，在柏與小耗以生命為代價的守護下，逃到一片由火星鬥王守護的土地上，並在這裡休養生息長達半年。

在這半年間，琴低調沉默，卻也因此認識了不少好友，更與這些土地守護者們一同面對殘魂的進擊，後來，琴在另一名神秘高手「右弼星．木狼」的引薦下，進入了陰界三大幫派之一，有著魔道之幫之名的，道幫。

道幫，以鑄造武器聞名，琴從道幫基層幹起，從一開始的備受冷落，到後來贏得了包裝部大媽們信任。

但就在琴以為一切終將好轉的此刻，琴卻收到了一紙調職令。

「即刻起，琴，由刀堂包裝部，調到劍堂的製造部。」

道幫共有「劍，刀，毒」三堂，其中刀堂與劍堂實力相當，向來互爭地盤，勢如水火，這紙命令一下，等同給了琴一個更大的挑戰，而且下這調職令之人，地位顯然還在木狼之上。

琴沒有說什麼，她默然的接受了這份調職令，這是歷練，是她找回重要一切的歷練。

到底，琴在劍堂的製造部，又會遇到什麼樣的困難，她又會有什麼驚險的際遇？

而相對於正不斷從底層往上吸收經驗的琴，還有另外一個人同樣墜入陰界，也同樣遭逢各式大難，努力求生著，他是破軍星──柏。

他在颱風中犧牲自己，只為了替琴擋住「天府星．太白金星」的一擊四十萬大鈔，原本早該支離破碎，化成爛泥的他，卻被政府中的天機星吳用所救，並被帶到了六王魂中的第一高手，「天相星．岳老」面前。

「要入我政府軍部。」岳老如此說。「就要殺人。」

柏的第一個任務要殺的是誰？被吳用救回之後的他，又為何變得如此冷漠與可怕？他又即將替陰界帶來什麼樣波瀾壯闊的影響？

他與琴的命運，又會如何牽連？

詳情請看，陰界七。

楔子

「你說，你要殺的人，是誰？」

此刻的柏，左手撫摸著全身黑毛，巨大如牛的一隻大狗，此狗全身黑色長毛如火焰般舞動，一雙深藍眼珠融合著原始獸性與深邃智慧，而當牠張開嘴巴，上下兩排的獠牙，又大又白，宛若成人拳頭大小。

齒，

如此凶猛奇獸，當然大有來頭，牠是十二陰獸之一，嘯風犬。

以風為食，以風為刃，能輕易駕馭八級以上颶風，是讓陰界魂魄都聞知色變S級陰獸。

這樣危險的陰獸，竟然溫馴的任柏一手撫摸，此刻的柏，究竟發生了什麼改變，一身道行又進化到何種程度？

除了柏左手的嘯風犬，他右手所握之物，同樣散發著不下於嘯風犬的氣勢，同樣也是風的力量，但此物周圍所流動的風卻更加鋒利，更加割人，周圍的空氣彷彿懼怕著這武器所散發的風，完全的停止了流動。

這武器，在武器榜上排行前十，名為「破軍之矛」。

這柄破軍之矛，原本不是被插在嘯風犬的胸口嗎？柏又是怎麼把它拔出來的呢？那又是一個什麼樣的故事呢？

左手帶著嘯風犬，右手握著破軍矛，此刻的柏，宛如地獄歸來的君王，傲然站在天相岳老之前。

可是，縱然柏的氣勢強橫，在端著茶，姿態從容的岳老面前，卻仍是弱了那麼一截。

因為，岳老的氣勢更強，更宏偉，更威嚴，像是一尊從地底深處往上拔高，高入天際，綿延數萬公里的山脈。

無論多狂暴的颶風，在萬丈山脈之前，似乎就是少了那麼點威力。

也難怪，剛剛柏手持破軍矛，與嘯風犬並肩合攻，卻只讓岳老用上一隻手，就將三者完全壓制。

岳老，十四主星之一，命屬天相，危險等級九，手握政府實權，六王魂之首。

有人說，陰界黑幫會被政府完全壓制，多是因為此人所為，岳老之強，陰界公認。

只是，他要柏殺的人，又會是誰呢？

「一張投名狀，讓你入政府。」天相語氣平淡，手指輕輕在空中一畫，畫出了兩個字。

天相的手指所畫雖然無形，但道行凝聚於空中，隱隱可見這兩字的字形。

上字為天，下字則為……

見這兩字，柏微微深吸了一口氣，因為，就算他進入陰界的時間不長，但一見此人之名，也讓他不禁全身震動。

就連他身邊那頭名列十二大陰獸之一的嘯風犬，也感受到這名字的非同小可，而低鳴了一聲。

見到柏的沉默，岳老瞇起了眼，冷冷看著柏。「怎麼，怕了？」

「當然，不怕。」柏語氣低沉。

「那很好。」岳老慢慢說著，「出去吧，自然有人會替你安排一切，包括這人的行蹤，以及最好下手的時機，需要任何協助都可以和此人說。」

「嗯。」柏點頭，也不多說，就要轉身離開。

當柏大步朝門口走去，忽然，他感到背脊一冷，他想也沒想，手上破軍之矛，立刻往後甩出。

這一甩矛，挾著滾滾風勢，捲著泯滅眾生的層層風刃，宛如惡龍破雲，朝岳老而去。

而岳老卻只是嘴角輕揚，順手一掌，就往前拍去。

掌中，一股深黑色球體盤旋凝滯，順著岳老一掌往前飛出。

這剎那，破軍之矛的矛鋒貫入了黑色球體的中心，能貫穿萬物的矛鋒竟在經過球體之後，產生歪斜。

也是這麼一歪，讓破軍之矛斜斜掠過岳老的身旁，插入了椅子之中，長長矛柄顫動，就差了這一吋，沒傷到岳老半根寒毛。

「下手這麼重？」岳老語氣冰冷。「是真的想殺我？」

「下手若不重，此刻躺在地上的……」柏冷冷的說。「就是我了。」

剛剛那一瞬間，岳老將自己充滿殺氣的道行往前探去，確實有乾脆殺了柏的決心。

如果柏不傾全力反擊，此刻死在地上的，的確就是柏了。

「很好。」岳老淡然一笑，他顯然對剛剛的驚險毫不在意，又或者說，他對自己的道行相當有自信。「你若完成任務，便可進入政府，待在我身邊，屆時，你就可能親手殺我。」

「但，你會給我機會嗎？」

「機會，向來是自己創造的，不是嗎？」岳老語氣依然平淡，「一條命，就讓你進入政府，至少讓你有機會見到我，已經算是便宜了。」

「是嗎？」柏冷冷回應了一句，拉開門，就這樣走了出去。

而當柏率著嘯風犬離開這裡，在岳老左後方，一個始終沒有開口的男人，終於開口了。

「看樣子，你很滿意呢。」這男人身形消瘦，戴著一副金框眼鏡，滿滿的書呆子與宅男的習氣。

但，縱然他貌不驚人，但在岳老如山脈般的豪壯氣勢之前，他卻有如一株隨風搖曳的千年老樹，風再強，山再高，都撼動不了他的生存與姿態。

他，是治好柏的男人，也是十四主星之一，與天相同列六王魂——天機星．吳用。

「嗯。」岳老沒有正面回答，但這聲嗯，似乎就已經道出了認同之意。

「而且這小子很夠酷，以他這麼短的陰界資歷，見到你，竟然沒有怕到屎尿齊流，哈哈哈。」吳用說到這，放聲大笑。

「……」

「你這人真的沒有幽默細胞哩，這麼好笑的事情都沒有笑，哈哈哈。」面對岳老，能夠這樣維持嘻皮笑臉的人，綜觀陰界，大概也只有吳用一人。「不過，殺此人這麼重要的案件，你就這樣交給這小子，你不也真放心？」

「你知道。」岳老語氣冰冷，「那並不重要。」

「也是，哈哈哈。」吳用再次笑了。「重點在你除了他之外，還佈下多少暗樁，對吧？」

「不，對我而言，真正的重點在於……」岳老嘴角微揚。「他是破軍星，這人，必須由破軍來殺才行。」

「嗯……必須由破軍來殺？」吳用摩擦著下巴，眼睛瞇起。「我必須說，岳老，你真是壞透了啊。」

「是嗎？」岳老閉上了眼。

這時，那岳老以道行凝聚在空中的那兩個字，也逐漸淡化而消失，從最後的殘影中，隱隱可辨別，上字是為『天』，而下字則是……

『缺』。

天，缺？

這不是魔道之幫的幫主，巨門星的本名嗎？

也難怪，柏會因此而倒吸一口氣，而嘯風犬會因此而低鳴一聲，因為岳老要殺的人，竟然是天缺！竟然是道幫之主！這一任務若是成功，究竟會對陰界有多大的影響，根本就無從估量啊！

第一章・武曲與劍堂製造部

這裡，是道幫的劍堂製造部，一如往昔的，這裡正充滿著不耐煩的吆喝聲。

「菜鳥！聽到了沒有！把這塊原鐵送去火爐那！」

「快點！菜鳥！妳沒吃飯嗎？動作不能快點嗎？」

「菜鳥！妳不要以為妳長得還算正點，就可以偷懶！告訴妳，無論多正的魂魄掉進火爐內，都會變成同一個樣！」

「菜鳥，套句卡通《汽車總動員》裡面麥坤說的，速度！速度！速度！」

「妳知道我們的標語是什麼嗎？『沒有最好，只有更好』，換句話說，就是『沒有新鮮的肝，只有爆掉的肝』！」

轉眼間，來到劍堂製造部已經一個月了，琴依然做著完全一模一樣的工作，就是一邊被罵著菜鳥，一邊來來回回，將堆積如山的原料推到火爐前。

她隨著數十名資歷同樣很淺的新人，每天來到劍堂製造部，就是聽從課長的指揮，領下一張設計圖之後，依照設計圖上的材料去倉庫領料，然後推著推車，將料分送去四大爐。

四大爐，分別是火爐、冰爐、風爐，與樹爐。

火爐，宛如一尊微型火山口，頂端不斷噴出各色火焰，由焰色便可知道此刻爐溫多高，甚至可推測出此時正在熔煉什麼樣的兵器。

冰爐，型態渾圓，有如愛斯基摩人的碉堡，表層如冰面般光滑，但從縫隙中不斷滲出的藍色冷氣，讓人一靠近，就全身發抖。

風爐，外表是正四方形，四面都是透明巨大的玻璃，遠看宛如藝術工藝品，聽說陽世的某蘋果總部，就是學習自這陰界風爐的設計，風爐外表雖然美麗，但裡面其實充斥各種宛如利刃的透明風刀，不小心走入，不用一秒鐘就會被片成火鍋肉薄片。

最後一爐，據說是最珍貴，也是最少被送入原料的，樹爐，此樹爐宛如一株蒼天巨木，從地板一直延伸到了頂層，千百根藤蔓如巨蛇般依附樹幹之上，直攀上天花板，加上茂密的樹葉，讓它宛如一座空中迷宮。

這四大爐是道幫的鎮幫之寶，而琴這一個月則過著簡單、規律，甚至不用動腦的生活，就是不斷的送原料給爐子。

當琴將原料送到爐口，就會有另外一批人接手這批原料，簡單清點之後，依照設計圖，將原料以不同比例放入爐中，接著進行不同時間與溫度的參數設定。

等到這些原料在爐中被加熱、冰凍、風切，甚至是以樹爐進行增生演化，形成新的半成品時，琴再次被喚來，再將這些半成品堆上推車，運送到下一站。

下一站，也許是另外一個爐子，也許是需要被以大鎚擊打以定形的零件，零件若是成形，琴就將這些東西放在推車上，然後依照最原始的設計圖，配送至下一站，組裝部。

等到所有的零件組裝成了成品，最後一站，當然就是琴熟知的……包裝部。

這一個月看起來不花大腦，每日只要推著推車聽命行事，但琴的思緒可沒閒著，她用這些空檔，不斷回想阿豚和她說過的電系四大絕招。

具備強大攻擊性的「電箭」，宛若雷達能掌握周圍環境的「電感」，能對人與物進行操縱的「電偶」，以及傳說中電系道行最具破壞力，能與自然力量共舞的「天雷」。

透過思考，透過暗中訓練，琴知道自己外在的武技，也許沒有明顯提昇，但基礎潛力卻正逐漸的厚實加強。

例如「電感能力」，琴原本只能掌握的距離只有十公尺，但現在她已經能掌握超過二十公尺內所有事物的動靜，就連一隻蒼蠅振翅，琴都能感受蒼蠅翅膀的頻率，以及左右邊翅膀，可能因為受傷或疲倦而產生的不平衡。

提昇的部分還有「電偶」，琴不斷將電偶用在探索自己的身體能力上，因為人體的感官知覺，就是依靠電氣脈衝，傳達到大腦之中，同樣的，大腦的訊息也是透過電氣傳遞，明白這層道理之後，琴的電偶，就不再只是刺激肌肉而已……

她透過控制電氣訊息，感受自己的五臟六腑上的血脈與神經分佈，讓自己在不傷害臟器的情況下，提昇自己的戰鬥力。

像是心臟。

她在每次出擊時，巧妙的加速自己的心臟速度，血液流動速度一增強，氧氣補充速度也會跟著強化，肌肉供氧量一旦足夠，就能打出力道強韌且均勻的武技。

反之，若需要藏匿自己的行蹤，琴則會透過電氣訊號，降低心跳運作的頻率，心跳一減速，肺呼吸變慢，讓身體自然進入半休眠狀態，此舉不僅可以隱匿行蹤，更進一步能讓自己快速恢復體力。

除了電感、電偶，琴主要訓練的部分，是最具攻擊能力的「電箭」，她總是在晚上眾人休息之後，獨自一人來到存放原料的倉庫深處。

琴會先仔細確認倉庫周圍空無一人，然後她會閉上眼，思考阿豚那本筆記本上的人形圖案，思考自己曾經歷的每場戰鬥，其中包括讓她印象深刻，與鬥王的頂樓之戰……然後，琴的左手慢慢舉起，同時間琴左手手腕上的那枚雷弦刺青，會閃爍起奇異的白色光芒。

白光中，一把長弓，勾出優雅且無懈可擊的弧度，在琴手心凝滯而成。

然後，琴挺起胸，目視前方，身體端直，左手推右手拉，弓弦，於是被慢慢的拉開了。

這一拉開，弓與弦之間，一把箭，也順著弦的彎曲，順勢成形。

「弓滿式成，出箭！」琴手指一鬆，這把電箭，就這樣離弦而去。

離弦了？

這把箭的對面，可是擺滿了成千上萬的道幫材料，其中更不乏容易引爆的火藥與毒水，這一箭若下去了，原料被破壞還不打緊，就怕引發連鎖反應的爆炸，到時候原料庫被炸得亂七八糟，琴恐怕再也無法在道幫混下去啊。

但，這些年來琴在陰界中打滾歷練，也絕對不是白滾的，她早已想好對應方法，事實上，這對應方法，就是琴這自我訓練的關鍵。

就在第一把箭射出的同時，琴緊急挺腰拉弓，而這第二次拉弓速度更快，短短不到零點一秒的時間，第二把箭已然離弦，疾射而出。

兩次拉弓，兩次離弦，兩把破壞力驚人的雷箭，就這樣在倉庫中一前一後，快速繞著圈。

「追上去！」琴低語，而就在低語的同時，第二把箭終於追上了第一把箭，兩把電箭，就這樣在倉庫的半空中，精準的互相撞擊。

兩股電能，也隨之猛烈炸開，威力雖然都是強猛絕倫，但卻因為力量相當，箭鋒破碎了箭鋒，箭身消去了箭身，箭尾吞噬了箭尾，兩把原本都破壞力強橫的電箭，在空中不差一分一毫的互相抵銷了。

兩箭，只留下比零點一秒還短暫的燦爛光芒，接下來倉庫又恢復了原本的黑暗。

完美的抵銷，就是琴自我訓練的重點。

這訓練的，不只是電箭的威力，還包括了拉弓的速度提昇，以及對電箭威力的精準控制。

精準控制自己招數的強弱，這也是琴目前最欠缺的，更是實戰中非常重要的，有時候，太強並不是最好的，強到不多不少，才是最佳的戰鬥型態。

不過，琴也不是每一次都能成功，尤其在當電箭的箭色，發生改變的時刻。

琴此刻的箭，已經從脫離了最弱的紅色，跨入較強的橙色，而這段日子裡，橙色也隱隱出現了金黃色，表示琴要跨入下一階的電箭了。

按照太白金星的說法，當年武曲的箭是絕美的紫藍色，每箭更是價值不菲，按照彩虹七色「紅橙黃綠藍靛紫」的分法，琴的確正在靠近當年的武曲。

但問題也就出現在箭色發生改變，也就是琴的道行突然躍進，要跨過某一個門檻的時候，此時，一前一後的兩箭，就變得極容易失衡……

這時，看著兩箭無法順利抵銷，仍挾著驚人威力的殘箭，朝著倉庫千萬原料疾射而去之時，琴唯一的選擇，只有第三次出手。

她會往前奔去，接著雙腳運電，一躍而起，雙手輕拍，電能滙聚於雙手之間，然後往左右拉開，於是，一條白色電蛇就從琴掌心蜿蜒而出。

「負電。」琴透過雙手拍擊的力道，精巧的控制電蛇的正負電性，將電控制為負電，殘留的電箭能量若是正電，自然就會被琴手中的負電白蛇吸引過來。

反之，若殘餘的電成呈正極性，琴就會用上正電，主要目的，都是為了引來那把殘餘的箭。

此刻殘餘的電箭，有如感受到食物的飢餓橘黃色毒蛇，在黑暗倉庫的半空中游動，繞過倉庫的材料，朝著琴直撲而來。

這時，就是這場自我訓練中，最凶險的時刻了，琴手上白蛇盤桓成圓，分毫不差的捲住這撲來的雷電惡蛇。

「散。」琴咬牙。

然後，琴身軀一扭，以曼妙之姿，帶動手上白蛇往橘蛇用力一絞，這一絞技巧精湛，在電光閃爍中，橘蛇硬是被絞成了數段，而牠被絞斷的身軀，就這樣化成沒有半點傷害力的微光，散落在倉庫各處。

橘蛇散去，危機終於解除，琴雙腳隨之落地，輕輕吐出一口長氣。

「驚險。」琴落地，「這次的箭，好像又變得更金黃了，嗯，下次要注意自己的能力是否又提昇了。」

這就是琴自我訓練的方式，先以箭追箭，鍛鍊道行的精準度，若箭未散，也就是琴訓練近身肉搏的時候。

一個晚上，琴約莫可以射出十餘箭，當這些訓練結束，琴已經精疲力竭，準備獨自回到道幫幫她安排的員工宿舍。

每當琴練到全身無力，回到床上之際，她會想到阿豚筆記本中最後的一招，天雷。

這一招，必須引來天地的自然之雷，威力最強，但風險也最高，同時也最難鍛鍊。

這一招鍛鍊的方式，按照阿豚的說法，最為特殊，因為那就是「不練」。

但，也不是一般的「不練」。

是當全身道行耗盡，氣力也放盡，全身有如墮入虛空之時，閉上眼，去感受天雷這一招。

此刻的琴，不只閉上眼，更將自己的毛孔緩緩打開，去感受天地的氣息，大地的脈動，天空中雲的流動，遠方海洋潮汐的起落，甚至是天空中月亮運轉的明與亮，因為天雷取之於自然，就必須感受於自然。

而要感受自然，「本我」就必須處於精疲力竭，全身虛空的狀態，唯有本我消失，自然才會出現。

琴想起自己在貧民窟時，面對十二陰獸中的微生鼠，就是在全身虛脫之時，打出了逆轉的一擊「天雷」，那驚天動地的威力，的確非電箭所及，而且按照莫言的說法，琴的天雷威力仍不及當年武曲的十分之一，那真正天雷的模樣，到底有多可怕？

而且琴越是強，越是明白陰界眾強者的境界是多麼深奧，當年武曲挾著天雷之強悍，竟然只在十四主星中獲得危險等級九，那唯一一個危險等級十的強者，太陽星地藏，究竟厲害到了何種境界？

琴想到這，總是淡淡一笑，她就算知道「道」與「技」的境界高深莫測，無窮無盡，但她卻也沒有那麼在意「勝與負」、「強與弱」，或是「誰是第一」，對琴而言，她只想保護著她想守護的人與物。

只是，每想到「第一」，琴總是會想起在風眼區中，遇到的那個名為柏的男生，如果是那男孩，一定會很重視「強與弱」吧？一定很重視「誰是第一」吧？不過，他為什麼重視強與弱？為什麼要爭第一？好像是令琴很心疼的原因。

至於關於什麼原因，琴已經完全記不清楚了，每當想到這裡，琴就會慢慢的躺下，悄悄進入深眠之中。

不過，琴不知道的是，當她帶著這些殘缺的記憶入眠時，她放在胸口不離身的那只風鈴，總會輕輕的搖曳出充滿懷念氣息的音符。

彷彿，它也正在專注聆聽著，這些點點滴滴的故事傳遞出來的音符。

就這樣，琴每晚辛勤的苦練，但一到白天，她就恢復成一般的新人，與她幾個負責拉貨的同事，一起推著推車在道幫的四大爐之間穿梭，領貨，運貨，送貨，然後又重複一模一樣的模式。

就這樣，又過了半年。

這半年，琴的技雖然沒有顯著的變強，但她很清楚，她的基本功變得更紮實了，像是電箭對撞之後，產生殘箭的次數越來越少了……

武技就像是瓶子一樣，唯有裝滿了一瓶，才能到達下一瓶，就算偶爾因為狀況危急而爆發出超越自身能力的威力，最終還是要回到基礎苦練，這是琴從阿豚的筆記中，得到的結論。

不過，就在琴以為她可以低調的度過這段日子，繼續熟悉道幫的事物之時，新的變故，又悄悄降臨了……

這一晚，當琴依然在倉庫中苦練，她先連射三把電箭，然後又再次拉弓，連射出三把電箭，精準的以三對三的模式，將所有的電箭追擊下。

不再是一對一，而改由三對三，表示琴對電箭的控制力，又更高了一層。

「體力剩不多了，」琴自言自語著，然後彎手拉弓，「再一次，就要休息了。」

但，就在琴打算射出下一波電箭，並替今晚做一個完美結束時……

突然，眼角餘光中，一個人影忽閃而過。

瘦小的，靈巧的，在一層層如山般高的貨料後方，一閃而過。

琴一見到這人影，想起這人影若看到了琴的道行，事情非同小可，她急忙運電於雙腳，化身如一道電光，追了上去。

當琴追上時，這瘦小人影也察覺不對，從隱藏處，一跳而出。

但琴如今的道行，又怎麼會容許這小人影輕易逃走，她以「電偶」刺激了自己的雙腳，頓時讓她雙腳肌力提昇十倍，她只是輕輕一躍，就躍了數十公尺，直接落在那小人影的前方。

小人影跑著跑著，赫然見到琴竟然出現在自己前方，先是驚嚇滑倒，然後半倒半爬中，狼狽轉身，逃向倉庫的另一頭。

琴搖頭，又是輕輕一縱，在「電偶」帶動肌肉下，琴又躍過小人影的頭頂，落在小人影的前方，小人影發現自己竟然又受阻了，「啊！」的一聲慘叫，再次轉身，朝倉庫的另一方向鑽去。

於是，琴再次躍起，而那小人影也再次落荒而逃。

如此反覆幾次，連琴也感到訝異了，因為她發現，自己雖然多次成功攔截這小人影的逃亡路徑，卻始終沒有辦法徹底將他困住。

但看這人影奔逃的模樣，道行似乎不高，那他為什麼能多次逃出琴的攔阻呢？琴隨即懂了，因為這小人影對倉庫的地形非常熟悉，包括堆放貨物的地方，包括隱藏的視覺死角，包括方便逃亡的路徑，都瞭若指掌……

所以，他是長年躲藏在這倉庫的人嗎？

難道，那這陣子琴的自我鍛鍊，這人都看在眼裡嗎？

想到這，琴知道，她要用實力了，她不再以「電偶」讓自己不斷跳躍追擊，反而靜下心來，直直的站立著，然後雙目緩緩閉上，當一切都回歸於黑暗之中後，周圍一景一物的輪廓與細節，反而異常清晰起來。

因為，這就是琴的第二項絕學，「電感」。

透過自身道行發射出來，沒有攻擊性的電波，去感觸周圍景物的一切，琴可以清楚掌握周遭的一切，電感所描繪出來的景色，甚至比五官感受到的一切，更為清晰透徹。

而就在這片清晰與透徹之中，琴已經完全掌握了這倉庫二十公尺內的一切細節，當然，也包括那名小小的隱藏者的所有逃亡路徑。

然後，琴左手高舉，然後轉了九十度，讓拳頭向前。

當拳頭向前之際，一道型態優美的弧線，在琴拳心出現。

這弧線，不用多說，當然就是雷電之弧，雷弦是也。

如今，雷弦的前方，對準的位置，正是這小小隱藏者的藏身位置。

「朋友，我知道你在這裡，已經不是一天兩天了。」琴語氣沉靜，不帶脅迫但卻充滿了懾服力。「所以你應該知道我『電箭』的威力，如今，這柄箭，已經對準了你。」

「……」小小逃亡影子，並沒有回答。

「而且，你應該也清楚，我現在電箭射出的速度，我會瞄準你即將逃亡的方向，所以你絕對不可能躲掉。」琴語氣溫和。「所以，我現在想拜託你一件事……」

「……」小小逃亡影子，依然沒有吭聲，但可以感覺到這片黑暗的倉庫，氛圍已經逐漸緬緊。

「就是請你自己出來，來到我面前，好嗎？」

就是請你自己出來，來到我面前，好嗎？

這一秒鐘，原本就緊緬的氛圍緊緬到了極致，甚至完全停滯下來。

這一切，彷彿都在等著，這小小逃亡人影的決定。

要出來，與琴面對面溝通？

還是要繼續逃，仗著自己對倉庫的了解，試圖逃出琴的連續電箭？

然後，倉庫中的人影晃動，有人開始移動了，然後，當移動開始之時……琴卻驚訝到不能自已。

她好驚訝，萬分的驚訝，更是差點拿手拍自己腦袋的驚訝，因為眼前從角落出來的黑影……一個接著一個……竟然……

竟然，不止一個！

一，二，三，四，五，六……七個，共有七個小小的人影，從四面八方，各個角落，慢慢的移動出來。

「七個？」琴倒吸了一口涼氣，一個月並不短，這七個小人影躲在這，琴竟然完全沒有發覺？「你們共有七個？」

「是啊，我是大膽一。」第一個小人影說，如今，他從陰影處走出，也讓琴看清楚了他的樣貌，那是一個戴著長帽的小矮人，下巴留著一撮鬍子。「我是七矮人中的老大。」

看到這樣的小矮人，琴忍不住想到白雪公主故事中，最知名的七個小矮人。

難道陽世的白雪公主這故事，也是受到陰界啟發的故事嗎？

「他媽的我是生氣二。」老二說，他的樣貌也是小矮人，不過他沒有那一撮鬍子，而且他的嘴角兩邊往下拉，眼睛睜得老大，擺明就是一直處於生氣不開心的狀態。「我沒有不開心，只是為什麼妳要吵醒我們？為什麼為什麼為什麼？吼！」

「我是實驗三。」第三個矮人，戴著眼鏡，感覺就很有實驗精神。「研究與開發，是我的興趣與專長。」

「我是多嘴四。」第四個矮人，嘴巴雖然不大，但講話超快，連帶的他的嘴巴與舌頭速度快到肉眼都看不清。「有什麼問題問我就對了我超級會解釋的喔天啊我應該是這世界最會解釋的人吧。」

「Fight！我是戰鬥五。」第五個矮人，身材比其他的矮人壯碩一些，手上還拎著一把小斧頭。「誰要被我砍？快點出來！見一個砍一個，見兩個我砍一雙。」

「我是跳舞六。」第六個矮人，邊說話時，雙腳還會不自覺的按照著節拍踩踏著。「妳想跳舞嗎？恰恰，華爾滋，探戈，狐步，快狐步，森巴，倫巴，甚至是踢踏舞，芭蕾舞，所有的舞步我都可以奉陪喔。」

「我是闖禍七。」第七個矮人，背影有些熟識，似乎就是琴意外發現的小人影，他低著頭，承受著周圍兄長們不滿的目光。「是我，是我偷看妳練習的時候，不小心被發現的。」

「你們，你們七個……」琴吞了一下口水，「從什麼時候發現，我在這裡練習電箭的？」

「第一天。」多嘴四宛如進入快問快答模式。「正確來說，前一天妳來探查地形的時候我們就發現了。」

第一天就發現了？琴再次倒吸一口涼氣，所以這一個月來的練習，這七個小矮人都瞧在眼裡了？如果他們對劍堂通報了……

「那你們，有和劍堂高層通報嗎？」琴問。

「幹嘛和他們通報？」大膽一開口。

「咦？」

「如果通報，他們也發現我們了，怎麼辦？」大膽一說。

「啊？也發現你們，所以……你們也是……」琴一愣，然後忍不住笑了。「你們也是藏在這倉庫中，不希望被人發現？」

「當然不希望被發現啊。」實驗三說。「不過我們對整個道幫可是很有貢獻的喔。」

「咦？有貢獻？怎說？」

「因為我們會挑選原料啊，那些來拉料的人，其實根本就不懂原料嘛，一群笨蛋，他們根本不知道就算是相同的原料，也會有不同時間，不同溫度，不同保存狀態的差別，所以要根據設計的目的、設計的需求，甚至是製造當時的環境因素，選用不同的原料，這是非常細緻而精密的工程喔。」實驗三果然深具研究精神，說起挑選原料來，不只話多，更是說服力十足。

「所以，劍堂製造部要製造那些零件的原料，都是請你們挑的嗎？」

「不只劍堂喔。」這時，換大膽一開口。「是整個道幫。」

「等等，我要更正一下，他媽的不是請我們挑！」生氣二說，「我們在這倉庫中躲了好幾十年，他們這群笨蛋根本不知道我們的存在，怎麼要我們挑原料？」

「那……你們怎麼挑選原料的？」

「當然是偷換啊。」多嘴四開口。「只要他們來了我們就會偷看設計圖，然後根據設計圖，把最適合的原料推到最前面，這群拉貨的笨蛋就會乖乖的拿我們希望他們拿的原料，如果他們拿錯了，我們還會溜到推車上換，總而言之，整個道幫的原料都是我們決定的，因為包括刀堂、劍堂，甚至是毒堂，不過，毒堂的原料太特殊，產品又少，多半是用來塗抹在武器上，所以我們管的比較少。」

「選用正確的原料，真的有這麼重要？」琴歪頭。「不是可以製造出外觀完全一模一樣的東西嗎？」

「當然重要，乍看之下完全相同的原料，其實存在著完全相反的陰陽屬性，若用反了屬性，原本的武器就變成了廢鐵，原本的廢鐵更會變得致命，」實驗三說，「舉例來說，道幫最常拿的材料『建木』就是喔，那是有陰陽屬性的，一旦由陽轉陰，特性會大變，而且單看外表，真的看不出來。」

聽到這些小矮人這樣說，琴的內心已經信了一大半，更是佩服他們對原料的熟悉，於是她又繼續問道：「你們真的懂好多啊！那真的沒有人知道你們存在嗎？」

「Fight！倒也不是全部不知道啦。」說話的是戰鬥五。「那個刀堂的誰，對，好像是刀堂主什麼狼的，他曾經走入倉庫，然後低頭沉思，最後才開口，『不知道何方高人在此，但我代表刀堂，謝過高人了。』我想，他應該是知道我們，但我們沒露臉，所以他也沒見過我們的真面目。」

「嗯，原來木狼知道啊。」琴點頭，木狼這傢伙外表粗狂，但心可細得很，他會發現七個小矮人，琴不意外。

「知道我們的，嘟嚕嘟嚕，當然還有帶我們進來的那個人啊，嘟嚕嘟嚕。」終於輪到跳舞六說話，他說話時依然維持著一種輕快的節奏。

「帶你們進來道幫的？是誰呢？」琴忍不住繼續問。

「是天瘸。」最後一個開口的，是一直闖禍以至於在七個小矮人中最沒地位的，闖禍七。

「應該叫這名字吧？因為很久沒見到他了，是天瘸吧？」

「Fight！是嗎？叫天蝕吧？」戰鬥五說。

「還是天殘？」多嘴四說，「感覺上就是東缺西缺，有東西不太夠的名字？」

「天啃？」實驗三說。

「他媽的，是天太少？」生氣二說。「還是天好運？」

「笨！」這時，身為七個小矮人之首的男人，終於大聲喝止了大家。「是天缺啦！你們搞什麼啊，連帶我們來倉庫的人的名字都不知道！」

「天……天缺？」琴聽到這，忍不住要翻白眼，「你們知道他是誰嗎？還在那邊亂取什麼天啃？天不夠？天好運？他是天缺，是整個道幫的幫主啊。」

「他是幫主？」大膽一表情驚嚇。

「真他媽的是幫主？」生氣二也表情驚嚇。

「他是幫主？」實驗三繼續表情驚嚇。

「他是幫主？」多嘴四跟著表情驚嚇。

「Fight！他是幫主？」戰鬥五表情也隨著驚嚇。

「嘟嚕嚕，他是幫主，啦啦啦。」跳舞不只表情，連舞步的節拍都亂了。

「幫主？」闖禍七平日的表情，原本就充滿了驚嚇，但他接著又說：「不過，幫主是什麼？」

「對啊，他媽的代表一種食物種類吧。」生氣二說。

「按照原料名字分類，幫主可能是一種礦物吧，接近熱帶雨林的植物，當根部在超過一百年之後會固化產生的物質，好像也叫幫主。」實驗三說。「不對，那東西叫做幫石，不對，叫做鐘乳石。」

「幫主幫主幫主幫主。」多嘴四就算沒有說話，也可以維持一種吵雜的狀態。「幫主幫主幫主幫主……幫主幫主幫主幫主……」

「Fight！幫主應該是一種戰鬥招數吧？不，也許是一種戰斧的款式？」

「幫主喜歡跳舞嗎？我什麼舞都可以跟他跳喔。」跳舞六說。

「幫主，其實我知道什麼是幫主……」闖禍七小聲的說，「他是不是整個道幫最大的人啊？他可以處罰每個闖禍的人，常聽到這裡的幫眾說：『闖禍了，千萬別讓幫主知道……』」

「真的嗎？」所有的小矮人一起看向闖禍七，「所以帶我們來這裡，而且以前常陪我們聊天的天缺，有這麼厲害啊？」

「是。」闖禍七肯定的點頭。

「嗯，原來是這樣啊……」琴看著這七個小矮人，她完全了解這七名小矮人的生存方式了，當年天缺將他們帶到這座巨大倉庫中，其實富有深意，要讓這七名小矮人成為零件品質的把關者，透過他們的單純與對事物的執著，來保護道幫武器製造的名聲。

而這七個小矮人之所以能深藏於倉庫而不被發現，並且衣食無缺，也可能是因為天缺暗中主導著這一切。

這份祕密的保護，則在某一次偶然的機會裡，被敏銳的木狼所發現。

「當年帶我們進來的是天啃，不是，是天缺，但將我們推薦給天缺的，好像是另外一個女孩子。」闖禍七邊說，邊搔著頭。「一個漂亮的大姊姊。」

「漂亮的大姊姊？」琴想繼續問，但其他小矮人卻已經七手八腳的摀住了闖禍七的嘴巴。

「他媽的闖禍七，不可以說，我們有答應，不可以洩漏那個大姊姊的任何事情了。」生氣二大聲說。「他媽的說不可以說，更不可以說她的絕招其實是，電！」

「Fight！就說不能說了你還說！」戰鬥五的手從闖禍七的嘴巴移開，改為摀住生氣二的嘴巴。「我再不阻止你，就怕你連她想要找五項食材來煮炒飯都說了！」

「不可以說啦！你們這群多嘴的笨蛋！」多嘴四用雙手抓著頭髮，仰頭大叫。「再說下去，不就連『蛋』在哪裡都要說出來了不可以不可以不可以你們不可以再說了！」

蛋！？

聽到蛋這一個字，現場頓時從原本的吵雜混亂，瞬間安靜下來。

然後第一個開口的，是琴。

「蛋？你們說的是……聖・黃金炒飯用的蛋嗎？」琴感到呼吸加速了，二十九年前，武曲滿臉淚痕的去找孟婆，說是要離開陰界藏入陽世，而她親手埋下的線索，就是用五項特異材料煮成的「聖・黃金炒飯」。

在過往的冒險旅程中，琴在武曲師父天梁星三釀老人手上，拿到了第一項材料，「米」。

接著在地底洞窟中，與十二陰獸的微生鼠展開生死相搏，拿到了第二項食材，「橄欖油」。

接著，在十級颱風中，拿到了第三項食材，「怒風高麗菜」。

但就在這場十級颱風的戰鬥，發生了許多讓琴不忍回顧的慘事，失魂落魄的琴，藏身到土地守護者之地，足足休養了半年，後來更在木狼引薦下加入道幫。

正當琴以為「聖．黃金炒飯」的線索將完全斷絕之際，沒想到，就在道幫的倉庫中，從七個來歷奇異的小矮人口中，再次聽到了五項食材中的第四項……蛋！

可是，接下來的小矮人卻是異口同聲的否認。

「沒有！」從大膽一，生氣二，實驗三，多嘴四，戰鬥五，跳舞六到闖禍七，全部不再多話，只是搖頭，只說一句話，沒有。

「我是真的想找武曲。」琴語氣誠摯，「你們一定知道什麼，可以告訴我嗎？」

「沒有！」但七個小矮人還是一起搖頭。

「你們看，這是孟婆給我的記憶風鈴，記憶風鈴證明我是真的想找到武曲……」琴為了取得七個小矮人的信任，甚至拿出了一直珍藏在懷中的那只記憶風鈴。

「記憶風鈴……」實驗三往前走了一步，「哇，這記憶風鈴真是傑作。」

「傑作？」琴正想問，忽然，她聽到了記憶風鈴發出了叮噹叮噹，非常輕，但卻異常清楚的聲音。

記憶風鈴在唱歌？所以，它記得七個小矮人？也表示，武曲的的確確曾和七個小矮人見過面？

換句話說，七個小矮人口中的蛋，可能是真的，真的是「聖．黃金炒飯」中的第四項食材？

「你們真的不說？我尋找武曲的記憶，並沒有惡意。」琴看著實驗三把玩著記憶風鈴，這群小矮人依然固執的搖著頭。

「沒有！」七個小矮人又是同樣的異口同聲。

「好吧。」琴舉起了雙手，她知道，如果這群小矮人是受到武曲之託，對蛋的位置保密，自然不可能輕易突破他們的心防。「那至少我希望你們答應一件事。」

「什麼事？」大膽一說。

「別把我在這裡練功的事情說出去。」琴把手指放在唇邊，「可以嗎？」

「這沒問題。」大膽一說。

「他媽的我們也不想被發現，自然不會說。」生氣二說。

「對啊對啊我們看起來有這麼笨嗎怎麼可能洩漏妳的行蹤？」多嘴四說。

「我、我也會小心的。」闖禍七低聲說，他很清楚論洩密的危險性，最高的人可是他。

「而且我們又不討厭你。」實驗三說，「妳就算練習電箭，也會小心的保護這些原料，我喜歡妳。」

「Fight！哪天來打一場架！」戰鬥五說。

「嘟啦啦啦，嘟啦啦。」跳舞六這次換成了探戈，拉著闖禍七，在倉庫的通道上，左衝又突，十分的有活力。

「好，達成協議。」琴伸出小拇指，而眼前七根小拇指也隨之伸出，大夥勾在一起。

「互相保密。」

「對，互相保密。」七個小矮人再次同聲的說。「完全同意。」

也就在這勾勾手之間，也就在黑暗的倉庫裡，琴交到了在道幫中，既大炕嬤之後，一群難得的新朋友。

自從琴認識藏匿在道幫倉庫的七個小矮人之後，整個生活突然變得更有趣了起來。

因為這七個小矮人，不愧是倉庫的品質把關者，對武器的原料，真的是百分之百，頂級的行家。

而跟他們日益熟絡的琴，則透過他們，學到了許多關於武器原料的知識。

像是道幫武器中的主要原料，是一個叫做石英海葵的陰獸，其外貌如同陽世的海葵，身體如圓筒且有著不斷蠕動的短觸鬚，不過重量驚人，僅僅一個水桶的大小，就有超過三噸的重量。

而這些石英海葵，則是各種武器的重要基材，只要將它以一千一百五十度以上的高溫熔煉，就會變成可以任意塑形的膠狀體。

石英海葵的膠狀體，被設計者們拿來當作武器的基材，因為它耐撞，耐高溫，也耐衝擊，像是政府最常使用的「無碇槍」，有百分之九十都是石英海葵製成。

當然，同樣的石英海葵，也有品質之分，品質越佳的石英海葵，重量越輕，但也更強韌，高品質海葵主要生活在陰界東方約三百海里處的海洋深處，那是一個被陰魂喻為「嘆息之海」的地方。

不過，若非特級武器，通常用不著這麼高品質的石英海葵，大部分的海岸線都可以找到石英海葵的蹤跡，而且，需求量大的道幫，也已經租下大片海岸線，進行人工培育。

除了基材石英海葵之外，為了實現各式各樣的武器需求，超過百萬種的陰獸材料已經被開發出來。

以無碇槍為例，這是政府警察的專業武器，其特性是可以吸取魂魄道行，並直接轉為具有殺傷力的子彈，這樣武器的開發，大大改變了技的型態，表示你不用修煉太艱難且危險的技，只要有無碇槍，加上足夠的道行即可傷人，而這樣吸取道行的材料，是來自一種植物型的陰獸，名為建木。

真正的建木是遠古時代就存在的一種巨型植物，它們和一般植物不同處，是它們具有意識，不同建木之間具有組織力，而且具備驚人的武力，通常任何一座森林，只要有建木的存在，它就會成為該森林的森林之王。

當年天機星羅列百大陰獸時，並不限於植物或動物，故建木也被列入百大陰獸之中，並排行第三十九，牠葷素不拘，其根部具備吸收道行的能力，這樣能力十分可怕，因為許多陰獸與旅人，被建木的根纏住之後，往往因為來不及斬斷細根，就被吸盡道行而死，最後成為了建木的晚餐。

但建木就算危險，其斷枝卻被女獸皇太陰星帶出，並透過插枝法的方式，對建木進行培育，後來透過天機星吳用的設計巧思，更創造出左右政府與道幫大戰的關鍵武器，無碇槍。

無碇槍大幅提昇了政府警察與軍隊的戰鬥力，更讓三大幫派損失慘重，就算道幫是專門的武器製造幫派，但礙於建木的培育被政府完全掌握，所以完全無法自行製造，就算想開發相似的武器，終究沒有無碇槍的威力。

除了無碇槍以外，改寫陰界歷史的鬼吏三大兵器，「不夜燈」、「魂鏈」與「魄印」，道幫也接受政府訂單而進行製造，製造不夜燈的主要材料是一種蟲，生長於海拔超過五千公尺以上的高山的山洞內。

牠們名為「陰陽蟬」，陰陽蟬會攀附在山洞牆內，牠們對光線有種特殊的特性，當光靠近時，牠們會吐出一種介質，讓光轉為黑暗，但若身處黑暗中，這介質又會發亮宛如明燈。

陰陽蟬屬於Ａ級陰獸，雖然沒有百大陰獸來得可怕，但卻因為生長在太惡劣的環境，以至於極難被捕獲，不過這樣的問題卻被當年的太陽星地藏解決了，他隻身來到這座山上，也不動手，只是坐地入禪，就這樣坐了三天。

當地藏起身下山時，身後竟跟了一大群陰陽蟬，而地藏更以陰陽蟬的薄翼貼附在燈泡上，做出了鬼吏三大兵器之一的不夜燈。

當不夜燈被點起，周圍明轉暗，暗轉明，標示出一個結界領域，表示鬼吏已到，進行魂魄拘提。

事實上，一直有人議論，真正的不夜燈功用不只是標示鬼吏的領域……不夜燈，一定還有更危險的能力，例如，空間轉移。

但至於空間轉移，這個被政府明令禁止的危險技術，不斷被人提起，但卻始終無人能從不夜燈中證實……當然，這資料僅止於資料，也許，早就有人找出了不夜燈的正確使用方式，那個人極有可能就是地藏本人。

除了無碇槍與不夜燈，鬼吏的武器還有「魂鏈」，魂鏈更是一個極為特殊的武器，這條鏈，可以跨過陰陽，勾出陽世魂魄，有人說它像是一條臍帶，臍帶兩端，拉的是生與死，虛幻與真實。

而製造魂鏈的材料並不特殊，特殊是它通過火爐、冰爐與風爐，外型打造完成之後，所必須浸入的一大槽水。

這槽水除了白色混濁之外，與其他的水其實毫無不同，而這槽水的來歷，連道幫都不清楚。

只知道這水通常由政府提供，不只如此，約莫製造七七四十九條魂鏈之後，就必須換水。

但，就算道幫的人不知道，這種事又怎麼可能瞞過這神秘的七個小矮人，他們一看到這水，立刻和琴明確的說出了一切真相。

這水，不是水，是人類母親懷胎九月，腹中的羊水。

羊水孕育生命，保護弱小胚胎發育，不受外力衝擊，這是母親之水，也是生命之水，而政府取得陽世的生命之水後，透過純化與精鍊的動作，做成一大槽水，送至道幫，並以此製造鬼吏三大器具之一的魂鏈。

魂鏈之所以能跨越陰陽，拘提陽世已死魂魄，就是羊水所賜。

「啊，原來是這樣……」琴坐在倉庫的角落裡，眼前是實驗三與跳舞六，他們剛好講完魂鏈的來歷，透過這些故事，讓琴又更深入的了解，整個陰界運作的法則。

「對啊，不說很神秘，但說起來沒什麼了不起，對吧？」實驗三說，「不過，所謂陰陽兩隔，陰界再怎麼厲害，頂多也只是用羊水之法，創造出魂鏈，藉此拘提已死魂魄，但真的要管到陽世，真的是不可能的。」

「真的嗎？如果我將魂鏈再進行變形，或更高深的修煉呢？」

「更高深的修煉？妳這女孩倒是挺有慧根的啊，我的確是有聽過，曾經有道行高深的鬼吏入魔後，透過不斷的殘害魂魄，積蓄陰氣於魂鏈之上，可以跨過陰陽界限，強拉陽世垂死之魂魄……」實驗三說，「但是啊，再怎麼樣，還是有很多限制的。」

「嗯。」

「那煉陰兵呢？」這時，跳舞六突然開口。

「煉陰兵？」聽到這三個字，琴直覺的嚇了一跳，感覺是很凶狠不祥的三個字。「那是什麼？」

「嗯，煉陰兵……」實驗三搖頭，「那是被視為絕對禁忌的招數，也就是從陽世直接捕獲魂魄，然後挑選其中資質較好的魂魄，練成自己的人馬，但這樣的招數雖然可以短時間擴充自己的兵力，但卻擾亂了陰陽平衡，實屬大忌。」

「直接從陽世抓魂魄，好像鬼抓交替……」琴喃喃自語，「難道所謂的鬼抓交替，或是陽世人們莫名其妙的猝死，就是這樣來的嗎？」

「是啊，在數十年前那場驚天動地的政府與幫派對決中，煉陰兵這件事時有所聞，無論是政府或是幫派，都有人使用過，但後來雙方最高層都強制介入，煉陰兵這件事，後來幾乎就沒有聽過了……」

「其實也不是沒有……」跳舞六小聲的說，「我就在倉庫內聽過，紅樓之主……」

「紅樓之主？」

「跳舞六，這種事沒證據，也很難說得準。」實驗三厲聲阻止。

「是。」跳舞六急忙閉嘴。

這時「煉陰兵可以快速擴充兵力，但干擾陰陽兩界，的確是一大禁忌，就算是政府已經強勢統治陰界的此刻，也難保沒有人正在偷偷進行這件事，但這種事不能隨便說，可是有殺身之禍的啊。」

「嗯嗯，紅樓之主……我聽天廚星說過，那是十四主星之一的廉貞星邪命，他是一個非常神秘且危險的人物。」琴點頭。「不過一整個聽下來，陰界和陽世的關係真的非常緊密。」

「當然緊密，陽世的興衰與陰界的榮敗，互相牽扯，密不可分。」實驗三說。「幾乎可以說，誰掌握了陽世，誰就掌握了陰界啊。」

「嗯。」琴點了點頭，想到這，忍不住笑了。「當年武曲悲傷至極，也是選擇了離開陰界去陽世，陽世真的和陰界好密切啊。」

「沒錯啊。」實驗三和跳舞六同時點頭。

聽到這，琴不禁仰頭，目光看向遠方，她想的是，陽世與陰界，這兩個巨大的體系，真的是盤根錯節，牽扯不休，在這樣龐大複雜的架構中，是不是藏著許多重要而瘋狂的祕密呢？

陽世若衰，陰界則敗，陰界若亂，陽世則是災難連連，這兩大世界中，會不會藏有什麼不為人知的巨大祕密呢？

時間，又再次過了一個月，這段時間琴就這樣不間斷的修煉著自己的技，並且與七個小矮人學習各種原料的知識。

這段時間琴維持一貫的低調，不過度彰顯自己的能力，也不排斥各種工作，所以與周圍的人，倒是維持一個相當和平的狀態。

劍堂內的人，基本上不如刀堂的人那樣熱情，每個人與堂主天策相同，都冷漠而保持距離，所以琴會私下聚會的，反而還是當初刀堂的朋友，像是大炕嬷和小炕嬷，以及那群負責包裝材的大媽們。

她們總是約在黑暗巴別塔旁的無名牛肉麵，吃著沒有名字，但事實上卻好吃到足以把舌頭吞進去的美味牛肉麵。

琴也漸漸和麵店老闆娘「周娘」熟悉了起來，琴後來還向周娘打聽，颱風之後，天廚星冷山饌和小耗星小耗的消息……

包括大炕嬤小炕嬤等人，也幫著琴一起留意這兩人的下落，但始終沒有消息。

不過，關於他們生死的問題，所有人的看法倒是不悲觀，因為天廚星雖然不善戰鬥，但也是乙等星之一，應該不會那麼輕易死亡，最大的可能，不是被關起來，就是正在某處躲藏，等待更佳的時機，才會露面。

而小耗身為天廚星的徒弟，應該與師父有一套獨特的聯絡方式，他們兩人極有可能已經取得聯繫，但因為考量到露面的風險，所以仍低調的隱藏著。

所有人都要琴將心放寬，所謂緣分就是如此，時間到了，自然就會出現。

而琴也只能如此想著，並努力的藏身於道幫之中，鍛鍊自己之餘，更努力的結交志同道合之友。

然後，就是等待。

等待，第四種食材「蛋」的下落，等待天廚星與小耗的現身，也等待，那個令她掛心，卻又不知從何找起的男孩，柏。

而在這片寧靜的等待中，一個新的事件，宛如一個黑夜中的竊賊，無聲無息的，躡手躡腳的靠近，等到琴發現它的存在，它已經近在咫尺了。

一把破斷的無碇槍，正從政府警部，以十萬火急的速度，在數百名全副武裝的警察人員護送下，送到了道幫之前。

而當時，所有人都沒有料到，這把平凡且破斷的無碇槍，將掀起一場足以撼動道幫根基的巨大災難。

第二章・不乖小猴的責罰

這一晚，琴作夢了。

事實上，她已經有段日子沒有作夢了。

不知道是誰說過，陰界的夢，是陽世記憶的殘留，而陽世的夢，更是陰界不肯割捨的記憶。

夢裡面，很清楚的，是小風。

小風，是琴的高中同學，以及最好朋友，小風是一個天生的領導者，決斷快速，充滿自信，勇於承擔，大二時就擔任系學會會長，系上成績更始終保持前三名。

總是留著一頭不長不短的及肩長髮，五官嬌俏中帶著些許英氣，這樣的小風身邊向來不乏追求者，但她始終對這些追求者毫無興趣，唯一能讓她說出心裡話，視為好友的，就屬琴了。

琴不知道為何會夢見小風，但琴夢中的小風，雙手負在背後，凝視著遠方，纖細的背影透露出讓人畏懼的霸氣。

「小風……」看見這副模樣的小風，琴猶豫了一下之後，才輕輕的喊著。

「……」小風並沒有回頭。

「小風……」琴又輕輕喊了一聲。

「……」終於，小風回頭了，這一下回頭，臉上卻是琴熟悉無比，可愛與理性兼備的笑容。

剛剛那充滿陽剛之氣，令人望而生畏的背影，彷彿只是一個錯覺。

「小風，妳剛在看什麼？」琴起身。

「我在看，時間。」小風臉上的表情依然帶著她獨有的英氣與甜美。

「時間？時間有什麼好看的？」

「時間當然很重要。」小風說。「尤其是，易主的時間。」

「易主？」琴悚然一驚，「妳怎麼知道易主？」

「妳忘了嗎？我曾經說過，人與人的相遇，都是特別的。」小風微笑說著。「妳和我，都是特別的啊。」

特別的？易主？

「小風，我聽不懂……」

「易主時刻就要到了，到時候，妳就會全部都懂了……」小風笑著說。「全部。」

全部？

琴還想追問，但就在下一秒鐘，她看見了小風的背後，竟傳來千軍萬馬的嘶喊聲，數以萬計，手拿各式兵器的士兵們，正從地平線的那頭，如海嘯般衝了過來。

「小風，快逃！」琴大叫。

「……」小風似乎對背後的大軍絲毫沒有感覺，臉上依然是那裡性與感性兼具的可愛笑容。

「快逃！這些人，會殺了我們！」琴叫著。

士兵群越來越近，越來越近，近到了小風的背後，有幾個甚至舉起了手上亮晃晃的大刀，就要劈了下去。

「不用怕。」小風依然微笑著。「他們，是我的人。」

下一秒，刀劈了下來，而琴更用力的尖叫起來……

但就在大叫聲中，琴從床上驚坐而起，而她發現自己的手心，都是微濕的汗水。

然後，琴看著自己濕潤的手心，楞楞的想著，難道，這場易主，關係到的人物不只是陰界，連陽世那些琴所認識，所珍惜，所牽掛之人，都會被牽連到嗎？

道幫總部，大廳。

這柄故障受損的無碇槍，正安安靜靜的，躺在一張木桌上。

而木桌的兩側，分別站著壁壘分明的兩方人馬，其中一方，身穿政府警察專用的深藍色制服，數目約為一百餘人。

而居這百餘人中心的，正是警察部隊中「刑警」的第一把交椅，更是警界中僅次於「黑白無常」，「天魁」的第三號人物，天刑。

天刑，乙等星，危險等級四，他身軀瘦長，臉色灰白陰沉，雙目細長，雙手滿是各種傷疤，有人說是他過度使用各種刑具，虐殺犯人後，留下的傷痕。

而且天刑不只道行高超，更是一個運用刑具的天才，外傳他的刑具共有四種，「洗命索」，「剸心針」，「裂骨棒」，「拔舌夾」。

只是關於天刑的刑具，卻沒有人能夠說出完整的形貌，原因很簡單，因為看過他使用這些刑具的人，大都死了，而且是被刑求到全身扭曲而死。

天刑的刑具，和道幫也有些淵源，其中的「洗命索」，又稱「洗命」，不久前，送來道幫強化時，被琴以電感封印攻勢，然後用電箭將十三條洗命上的鎖鏈蛇，全部打殘。

就是這一打，登時廢去洗命的威力。

正當天刑要道幫給個交代時，刀堂堂主木狼卻出面力抗，而多年不管事的道幫幫主天缺，更派出他的貼身護衛「貫索」，替木狼和包裝部門撐腰，終於逼得天刑知難而退。

只是，就算逼退了天刑，但這梁子，也算是結上了。

向來有仇必報的天刑，更在將近一年後，捲土重來，這次，他帶著百餘名政府警察，以及一把故障無碇槍，要道幫給個交代。

一個要命的交代！

「這把槍，是道幫所製，但卻無故走火故障，因而害死一名警察人員。」天刑細長的雙目，閃爍飽滿殺氣，陰冷至極的光芒。「我們代表政府所有的軍人與警察，要道幫，給一個交代。」

要道幫，給一個交代。

而木桌的另一方，站的則是道幫的人員，他們面色凝重，幾個人已經忍不住背脊冒冷汗，因為他們都意識到了一件事，那就是天刑挾著這樣的陣勢而來，這件事恐怕不能善了。

忽然，道幫的人像潮水般往兩旁散開，讓出了一條通道，而通道末端，一個年紀約莫四十，有著高挺鼻梁，就算下巴帶著淡淡鬍碴，就算稍有不修邊幅，也掩不住其英氣的男子，大步而來。

當他穿過人群，人群不時傳來恭敬低語，這些紛擾低語，更直接道出此人的真實身分。

「堂主大人……」「刀堂堂主……」「木狼大人……」

他，就是木狼，右弼星入命，刀堂堂主。

當木狼走到了木桌前，他雙腳一站定，眼角隱隱往旁邊瞥了一眼，隨即收回眼神，直視著眼前這名充滿敵意的三星警察首長，天刑。

而木狼這隱隱的一瞥，看的到底是誰呢？

接受到這目光的那個人，當然明白。

那個人，就是琴。

琴不是一個愛看熱鬧的人，但就在她正如往常用推車運送原料之際，卻聽到同部門的同事紛紛放下自己的工作，往道幫門口跑去，在幾個同事簇擁下，琴也放下了手邊的工作，跟著來一瞧究竟。

而天刑為何要如此大張旗鼓，吸引整個道幫的注意，其心意之陰險，更是昭然若揭。

因為天刑永遠記得，當他因為洗命事件，而狼狽撤退的那一天，他看見了，道幫幫眾的眼神……原本死氣沉沉的目光，卻透出了熱情與希望，這是自從數十年前的政府與黑幫大戰後，天刑從未見過的。

天刑將這件事報告給黑白無常知道後，黑白無常的眼神中，透出凜冽到讓人背脊發涼的寒氣。「天刑啊，你知道當一群乖乖聽話的猴子裡面，一旦有隻小猴子想要跳起來反抗時，主人會怎麼處理嗎？」

「報告黑白無常大人，我不知道。」

「就是用你所能想像到，最霹靂殘忍的手段，將那隻想要出頭的小猴子，直接折磨致死！」黑白無常的右手做出手刀狀，然後用力往下一劈。「而且要殺給所有的猴子看，這時候，恐怖的印象就會深留在每隻猴子的心中，這樣所有的猴子又會乖乖的了，懂了嗎？天刑。」

「是。」天刑低著頭，嘴角卻揚起一絲冷笑。

而天刑臉上這絲冷笑，甚至連他自己都沒有察覺，因為那是他發自內心最深處，對殺戮，對酷刑，對虐殺的一種渴望。

於是，這一晚，當天刑終於準備就緒，他便帶著那把故障的無碇槍，帶著數百名政府警部人員，浩浩蕩蕩的來到了道幫。

一場對不乖小猴兒的殘忍刑罰，即將開始。

陰界，一〇一大樓樓下，天刑與木狼各自著率領自己的部下，狠狠的對峙著。

「這是我們道幫出品的無碇槍？」木狼低頭，看著桌上的無碇槍，沉著聲音說道。

「那還用說。」天刑冷笑。「而且就是這把無碇槍莫名其妙的故障走火，殺了我政府一名警察人員，要請你們說明一下，這件事到底該怎麼解決呢？」

「是嗎？」木狼吸了一口氣，他很清楚，這件事無論是真是假，對方都是有備而來，此事絕難善了。

「當然是，木狼大人，你有任何懷疑嗎？」天刑冷冷看著木狼。

「沒有。」木狼皺眉。

「我限你們道幫，二十四小時給我答案。」天刑冷冷的說，「二十四小時後，我將再次回到這裡，屆時，你們要給我們那位死去的弟兄一個完整的交代，不然……」

「不然……？」

「你們自己想想吧。」天刑露出猙獰的冷笑。「就可惜道幫這個百年老店啦，咯咯咯咯咯咯。」

「是非曲直，等我們查完再說。」而正當木狼要伸手取槍之際，木狼發現自己身邊的人群又如潮水般讓開，又是一個重要人物的駕臨。

潮水的底部，是另一個足以和木狼地位抗衡的人物，劍堂堂主，天策。

這個滿頭白髮，五官纖細俊俏，但行事詭譎的男子，也來了。

「此無碇槍，應該是刀堂所製作的吧。」天策冷冷的說。「木狼，你還真的需要好好查一查啊。」

「哼。」木狼不再多說，拿起了無碇槍，轉身就要走。

不過他才要轉身，就聽到天刑身旁，又一聲音傳來，這聲音虛弱且尖銳，但就算細如蚊鳴，卻清楚的傳入了現場每一個人的耳中。

「木狼大人，你可別偷偷調包啊。」那聲音如此說著，「我們可是用魄印，在每個無碇槍的零件上做上標記了，你想偷調包，只是丟道幫的臉而已喔。」

「調包？你以為我木狼是誰？」木狼語氣沉著，同時雙目一凝，看向天刑身邊那人，瞬間，木狼眉頭已然皺起。

這人，有星格，也是高手。

但高手雖高，高不過有甲級星等級的木狼，但會讓木狼如此介意，而是此人的身分。

這人是天虛星，他並非來自警部，而是軍部。

警部屬於黑白無常，是六王魂之一。

但軍部呢？軍部可是天相的直屬部隊，更接近政府的核心，也是整個政府的實質統治者，當年的黑幫大戰中，將黑幫們打得七零八落的，就是軍部這個體系。

軍部共分五大軍系，東軍、西軍、南軍、北軍，以及中軍。

這個天虛星，隸屬北軍，位列北軍副軍長，次於北軍軍長甲級「化科星」。

「哼。」辨明了天虛的身分，木狼不再言語，只是單手抓著這把走火的無碇槍，帶著他的刀堂人馬，快步離開。

而在離開之際，木狼卻一路緊皺著眉頭，如果只有警部就算了，一個黑白無常，頂多加上無道和天刑，以道幫這個百年大幫，倒也應付得過來。

但如果此刻連軍部也出手了，那表示政府中擁有至高權力的「天相・岳老」也參與了這件事……那情況就很棘手了。

想到這，木狼抓無碇槍的手，又抓緊了幾分，這樣的局勢，要如何脫困，倒真的要好好想一想了。

木狼走入電梯，電梯直到八十層才停下來，這裡是刀堂堂主的辦公室。

在道幫總部之中，樓層越高表示位階越高，刀堂堂主所在的八十層樓，是已經足以俯瞰整個城市的高度。

九十層樓屬於劍堂天策，七十層樓則是毒堂鈴的，而頂層的一百零一層，想當然耳，是專屬天缺的至尊王位。

當電梯在八十層樓停住，電梯門開，門口已經站了一名男子。

這男子魂魄的外型相當年輕，約莫二十歲，身穿一件高中生的白色制服，制服的尾巴並沒有塞入褲管內，胸口第一顆鈕釦更大刺刺的打開，露出胸口下年輕緊實的肌肉線條。

這男子，從外表看，就是那種在高中時代，又壞又會讓女孩尖叫的典型。

不過，當他面對從電梯大步走出的木狼，態度卻沒有他的衣著和肌肉這樣囂張，反而彎著腰，露出恭敬的神色。

木狼見到他，也點了點頭，更伸出手，直接將手上的無碇槍，遞給了這名男子。

「大宇，去查一下，這槍出了什麼問題？」

「堂主，馬上查。」這名為大宇的年輕男子，露出了充滿自信的笑容。「身為副堂主，一定會以最快速度將這件事辦好。」

「嗯。」木狼點頭。「就拜託你了。」

這位名為大宇的男人，丙等，養星，更是刀堂兩大副堂主之一，此刻，他正式接手了這個案子的調查。

「對了，我們的另外一位副堂主呢？」木狼往前走了幾步，像是想起什麼似的，回頭。

「報告木狼大人。」大宇語氣低沉。「瞳姊向來自由自在，行蹤未定，只聽說她好像在那場巨大颱風中出現過……」

「嗯。」木狼沉吟。

「需要發出緊急通知令，將她召回嗎？」大宇問。

「嗯，先不用，關於瞳的事情，我來處理就好。」木狼揮了揮手，繼續往前走去。「你快點查無碇槍的事情吧。」

「是。」大宇點頭，然後轉身，坐上正要下降的電梯，展開他身為副堂主的任務，調查無碇槍的走火事件。

無碇槍走火的原因，大宇調查的速度比木狼想像中快，但結果，卻也比想像中更糟。

四小時又十七分鐘之後，大宇再次來到八十層樓，並且站在木狼辦公室外，敲了敲門。

「進來。」木狼沉聲說。

木狼的辦公室佔地超過五十坪，牆邊掛著各式各樣由刀堂出品的刀具，刀的形狀各式各樣，卻都有其獨特的迷人風采。

其中，最吸引人目光的，是掛在木狼辦公桌正後方牆上的那把刀。

那把刀，已然要脫離人們對「刀」的認知，它的型態，其實比較接近「鍘」。

這把鍘，也是大有來歷，它的刀鋒取自當年宋朝第一判官包青天的三把鍘刀，「龍頭鍘」、「虎頭鍘」、「狗頭鍘」，經歷了千餘年的歲月，刀鋒上的冤怒之氣不退反增，凝聚成鋒利絕倫的殺氣。

而木狼取下這三把鍘刀，熔煉為一把刀，並將把手部分重新製作，變得可以隨手攜帶，成為木狼專屬的武器，並更名為「狼鍘」。

任何初次踏入木狼辦公室的人，都會被這看似平凡，卻透出張牙舞爪殺氣的「狼鍘」所震懾，久久都說不出話來。

「是。」大宇推開門，在他手上拿著一個鋪著白色軟布的黑托盤，而軟布上，是排列得整整齊齊，被分解成三十幾個零件的無碇槍。

「查的結果怎麼樣？」木狼眉毛微揚。

「報告堂主，槍枝走火的原因已經查出。」

「嗯？」

「原因，是吸取道行的材料出了問題。」大宇低著頭，慢慢的說著。

「吸取道行的材料，你是說……建木？」木狼的眉毛再次揚起了，這一揚，將木狼此刻的驚訝之情顯露無遺。

身為刀堂堂主，木狼自然清楚無碇槍的原料與組成，其組成可分為三種，一是本體的主要構成「石英海葵」，二是負責吸納道行並進行子彈轉化的「建木」，以及其他約莫二十種的金屬零件。

「報告木狼堂主，不全然對，出問題的並不是建木……」大宇慢慢吸了一口氣，將接下來的話說了出來，「而是裡面的建木，是假的。」

「假的建木？」木狼眉毛抬得更高了，「你確定？」

「百分之百確定，因為假的建木無法吸納道行，使得使用者道行無法得到正常轉換，進而引發走火，讓無碇槍變成危險凶器。」大宇說。「這份走火原因分析報告，我確認過，應無問題。」

「裝上假的建木……所以這是我們刀堂的問題？」木狼語氣仍然低沉。「你的意思，是這樣？」

「是。」大宇一直低下的臉，此刻微微上抬，雙目直直的看著木狼，似乎在觀察著木狼的反應。「從這份報告來看，的確是我們刀堂的問題，我們該負完全責任。」

負完全責任？負起居心不軌的天刑與天虛的完全責任？

現在的局勢，也太險惡了吧？

「是嗎？」木狼眼睛眯起，似乎沒有注意大宇正盯著他看，木狼只是沉默著。

沉默了數分鐘後，木狼才開口。

「那你先下去吧。」木狼語氣平淡，竟聽不出有焦慮的情緒。「明天早上的會議，我會解釋一切，給天刑一個答覆。」

「是。」大宇收回自己的目光，再次低下頭，就要退出木狼辦公室。

「等一下，那些拆下來的原料，留著吧。」木狼淡淡說。

「呃，可是我們可以再做進一步分析，找到……」大宇遲疑了一下。

「你不是說，原因已經百分百確定了嗎？就是建木是假的。」木狼語氣依然平淡。「那就留著吧，反正政府也用道行做了標記，不會弄混的。」

「……是。」大宇遲疑了一秒，才低頭應答。

「你就下去吧，我再想想，該如何處理這件事。」木狼揮手，而大宇也隨之退出了木狼寬大的辦公室。

當大宇退出，過了數分鐘之後，木狼才從這張黑色的太師椅中起身。

起身後，他做了兩件令人費解的事，第一件，就是他撥了手機，但奇怪的是，他只讓手機響了三聲，也不等人接起，就直接掛斷，隨即又撥了第二次，這次卻只等了兩聲，又直接掛斷。

三音長，兩音短，合起來就是三長兩短，這是什麼意思？

木狼怎麼會做出這麼古怪的動作？而這通電話又是誰？

接著，木狼又做了第二件事，他抄起掛在椅子上的大黑斗篷，大步推門而去，而在木狼辦公室門邊的隨從們，一見到堂主出現，急忙起身要尾隨，但木狼卻隨手一揮，制止了所有人的動作。

這一個揮手，讓所有的隨從立刻知趣的坐回自己的位置。

只是，木狼要去見誰？為什麼不要人跟？

這是因為木狼知道，他要見的人，既普通又不普通，既安全又危險，既弱小又潛力無窮，這樣的人，越少人知道越好。

木狼坐上電梯，一甩斗篷，當黑色斗篷罩滿他身上，他只剩下一雙眼睛露出，一雙如寒夜之狼的眼睛。

這匹寒夜之狼，最終來到了這裡。

倉庫。

掌管整個道幫原料保存的倉庫。

而這裡，還有另一個人。

長髮，纖瘦，美麗的眼神帶著一股任性。

「木狼。」那人笑了，「怎麼？事情鬧大了？」

「很大。」斗篷下的那雙狼眼，微微瞇起，每次遇到這女子，他的狼性總是莫名的不再那麼凶悍，而變得柔和起來。

「大到要來找我？」

「就是這麼大。」

「那你想要我做什麼？」這女子聳肩，「我只是一個劍堂的低階送貨員。」

「我要妳幫我找出，真原料變成假原料的祕密。」木狼看著這女子。

「為什麼你覺得我可以幫你？」

「很簡單。」木狼說，「因為我是右弼星，右弼與左輔專司輔佐每一代易主。」

「嗯？」那女子歪頭，長髮灑落，那是她的招牌動作，每當她開始思考時，就是這個動作。

「所以，我不會看走眼。」木狼的眼睛，不只瞇起，更透出無比信心。「妳一定可以解決這件事，琴。」

所以，我不會看走眼，妳一定可以解決這件事。

琴。

「等一下喔，」聽到木狼這樣說，琴搖頭，「我不知道這件事有沒有隱情，但你也太看得起我了吧，我來道幫才多久？有誰會聽我的？我有多大的權力可以查？」

「嗯，就是因為妳來的時間短，才不容易被習慣蒙蔽，被表面的現象所騙。」木狼說，「畢竟，這件事太多巧合了，先是無碇槍的異常走火，然後把柄落到天刑手上，不對勁。」

「就算事情不對勁，那我能做什麼？」

「我會找一個人來幫妳。」木狼說到這，「這人雖然很孤僻，也不太聽話，但她卻是我整個刀堂內，最信任的人。」

「嗯？」琴歪頭，「誰？」

「她接到我的『三長兩短』訊息，應該快到了吧？」木狼說到這，忽然嘴角微微牽動了一下。「果然是沒錯，到了。」

「三長兩短訊息？」琴正要繼續追問，忽然，她感覺到周圍出現了異狀。

倉庫內，原本三層樓高的天花板，竟然在轟隆轟隆的巨響下，氣勢萬千的往下移動，而在下一秒，連左右兩側的牆壁，也發出像是巨人呻吟吼聲，往琴與木狼的方向，擠了過來。

這是什麼？一種技嗎？竟然可以推動整個建築物？

「一來就在惡作劇啊。」木狼似乎對周圍的驚人異變，絲毫無感，只是搖頭。「妳還是一點都沒變呢，瞳。」

「惡作劇？這種等級的攻擊，會是惡作劇嗎？」琴看著天花板與牆壁同時往內移動，移動路線上堆砌的原料，都被這股怪力給推落在地，然後被牆壁壓爛，而牆壁更直接推擠這些破爛的原料，有如大浪，氣勢駭人的朝琴而來。

「嗯，是啊，是惡作劇啊。」木狼聳肩。

「這些爛掉的原料，應該會賠上不少錢吧？怎麼可以這樣浪費原料呢！」琴一咬牙，道行匯聚於左腕之上，手腕上那只雷弦刺青，開始回應了琴的道行，閃爍起霸氣的電光。

「要出雷弦了？」木狼斜眼看著琴。「有必要嗎？」

「不摧毀這些牆，我們就會被壓扁啊。」琴左手筆直朝前，雷弦已然幻化成弓。「只能直接打破這些牆，衝出去了。」

「嗯，有時候，眼睛看到的，未必是真的喔。」木狼繼續維持著他悠閒的姿態。

「眼睛看到的，未必是真的？」琴看著木狼態度有異，她也是聰穎過人，隱隱察覺到哪裡不對勁。

為什麼，木狼會這麼輕鬆？倉庫的天花板與牆壁以如此駭人的姿態移動，這不就等於是有人向如今的三大幫派之一道幫宣戰嗎？以木狼的道行，不出手制止，還一副事不關己的樣子，實在是有夠不合理的。

最有可能的原因，只有一個……

於是，琴放下了左手的雷弦，然後她緩緩的，閉上了眼。

當她眼睛閉上，她的視界頓時陷入一片黑暗，而這片完全沒有光線的黑暗世界中，琴反而更清楚的感受到了周圍的一切……

電感。

電感將琴一身強悍的電能，譜成一曲又一曲的旋律，然後透過這些旋律，琴得以盡情探索這個黑暗無光的世界。

在電感的世界中，琴頓時明白了真相，天花板，根本沒有往下移動，兩邊的牆壁，也根本是好端端的在原處站著，如海浪般被碾碎的原料，也是依然故我的被擺在架上。

在電感描畫下的倉庫裡，唯一的不同，是木狼的身後，竟多了一個身穿合身旗袍，曲線火辣的短髮女子。

「哎呀，被發現了呢。」那女子聲線略低，卻因為這樣帶著一股讓男人難以招架的魅力。「都是你啦，木狼，不會配合緊張一下嗎？」

「妳要惡作劇，就自己惡作劇，幹嘛拖我下水？」木狼此刻的語調是琴所聽過，最輕鬆的一次。

為什麼木狼可以這麼輕鬆？因為這女子就是木狼最信任的人嗎？

「你老是這樣，才會孤家寡人。」女子的聲音帶著笑。「琴，妳既然都識破了我的瞳術，眼睛也可以睜開了吧？」

琴聽到這女子這樣說，先是一愣，女子知道自己的名字是琴？而且女子提的「瞳術」，琴似曾相識，就在那個凶險至極，奪去琴許多夥伴的……那場颱風之中。

這女子，難道，難道是……

下一秒，琴睜開了眼睛。

透過眼睛，她更加確信了自己的推論，更加明白木狼為何如此信任這女子的實力，因為這女子，琴不只曾經見過，而且還在颱風中交手過！

就是這女子與小天在颱風中攜手合作，佈下迷離陣法，拖延小傑與小才的速度，也讓琴有機會親自見到長空星，但也是這樣，讓這一切虛偽提早曝光。

更是這些虛偽與曝光，讓琴嚐到來到陰界以來，最悲痛的一次回憶……更讓琴躲入了土地守護者的羽翼下，躲了足足半年……

琴不會忘記這女子的模樣，永遠不會。

「雙瞳！是妳！」琴失聲喊出，而她懷中的記憶風鈴，也開始搖晃了起來。「妳是雙瞳。」

「嘻嘻，妳還記得我啊？」這名為雙瞳的女子，俐落短髮，身穿紅色旗袍，古典中帶著美豔，美豔中帶著不遜於任何男性的剛強。「一年不見，道行進步不少呢，竟然能識破我的惡作劇？」

「妳、妳，不是賞金獵人嗎？為什麼會和木狼一起？」琴感到混亂，她看看木狼，又看看雙瞳。

「誰說賞金獵人不能也是刀堂副堂主？誰說刀堂副堂主的業餘樂趣，不能到處打獵，抓抓陰獸，四處玩耍？」雙瞳咧嘴笑著。「我就是我，哪來什麼賞金獵人或是刀堂副堂主呢？」

「這樣說，也沒錯。」琴聽到雙瞳這樣說，不禁點頭，這也是琴從小到大的想法。誰說中文系畢業一定要當編輯，誰說理工系畢業就只能當工程師，而不能想出超厲害的武功祕笈，就像是琴的好朋友阿豚。

當琴的驚訝之情稍減，這時，木狼開口了。

「原來，妳們早就認識了，那就好辦了，合作起來少點問題。」木狼說罷，把托盤往倉庫的大箱子一放。「既然這樣，這就麻煩兩位了。」

「這是那柄傳說中走火的無碇槍嗎？」雙瞳看了一眼托盤上的那些零件，露出幸災樂禍的微笑。「沒想在道幫橫著走路的木狼老大，也有這一天啊。」

「哼。」木狼哼的一聲。「小心點，對方可是有備而來。」

「是是，大宇的報告結果是什麼？」雙瞳收起了笑容，正經的問道。

「材料問題，裝在裡面的不是建木。」

「嗯？這麼的罪證確鑿啊？」雙瞳眼中閃過一絲戒慎。「讓刀堂完全無法避責？」

「是的，就是這麼罪證確鑿。」木狼說。

「太明確，的確是奇怪。」雙瞳沉吟。「那時間呢？我們有多少時間可查？」

「二十四小時，但已經用去四個半小時，所以還有十九個小時半……」木狼看著雙瞳，也看著琴，眼前這兩位女孩，一個美豔剛強，一個任性聰穎，能否度過這次危機，就看她們兩個了。

「時間這麼短？」雙瞳倒抽一口氣。

「就是這麼短，對方準備周全，要讓我們沒有機會翻盤。」木狼苦笑。「而且我認為道幫內一定有政府的內線，所以我的一舉一動都會被監視，換句話說，這次行動，只能靠妳們兩個了。」

「好好好，事成之後，你別忘了你又欠我一次。」雙瞳聳肩，她收斂起擔心與玩笑的心情，專注而強韌的眼神，一代高手的神情，展露無遺。

「當然不會忘。」木狼微笑。「啊，是欠幾碗了？五百？六百？」

「第五百二十八碗，黑暗巴別塔牛肉麵。」雙瞳雙手扠腰，「啊，不行，這次我得順便替琴要一碗，所以是兩碗。」

「這有什麼問題。」木狼看著雙瞳，朗聲大笑。「下次我們一起去吃牛肉麵，吃到天翻地覆都沒問題。」

「你說的。」

「我說的。」說完，木狼轉身，朝著倉庫外走去。「我既然被監視，就無法離開辦公室太久，怕會引起敵人的懷疑，兩位，就交給妳們了。」

「快去籌錢買牛肉麵吧你。」

當木狼的背影消失在倉庫的盡頭，雙瞳經過短暫的沉默之後，臉上掛起了笑容，轉頭看向了琴。

「看樣子，在這十九小時以內，我們是夥伴了。」

「那我們該怎麼做呢？」琴看著雙瞳。

「要製造出一把無碇槍，共分為好幾部分，包括品管部、原料部、製造部、設計部以及最後的包裝部，我們就一個一個檢查……」雙瞳拿起了那個托盤，「看看，有沒有人在過程中搗蛋囉。」

「嗯。」

「十九小時啊。」雙瞳眉頭微微的簇緊，「還真的，有夠短的呢。」

十九小時，還真的有夠短的呢。

第三章・道幫五大部

這裡是陽世，這裡是小靜。

長達一年的歌唱比賽，終於將在一週後，進入最終決戰。

而自從宣佈四強之後，錄影節目的步調反而放慢了，先是辦了一些敗部復活的賽事，然後又在網路上和電視上，徵招了不同路數的歌唱好手，以挑戰現存的四強。

現存的四強，也就是有著低沉渾厚嗓音，被暱稱為「夜之女王」的蓉蓉，帶著原住民獨有的穿越山林嗓音，被譽為「原野音樂王子」的阿皮，以舞技和搖屁股著稱，被稱為「電屁股」的周壁陽，最後是以些微的分數差距，驚險進入四強的，「海之聲」小靜。

而被主辦單位精心挑選而來，要挑戰這四強的歌手們，則被網友們稱為「逆襲者」。

面對一個比一個強悍的逆襲者，夜之女王蓉蓉，展現了問鼎冠軍的實力，每一場都以接近滿分二十五分的分數，將挑戰她的逆襲者一個個都打回老家。

而阿皮呢？擁有原野音樂王子稱號的他，面對與他類型相同的歌者，則陷入了難得的苦戰，苦戰的原因，是因為逆襲者之中，有一個與阿皮有著深厚淵源，甚至是從小一起長大的舊識。

他，是阿皮的表哥。

阿皮的表哥，他家與阿皮家只相隔三間房子，從小與阿皮的兄弟們一起長大，他們爬上樹摘取那些熟與不熟的果子，他們跳到溪中捕撈靈活的游魚，他們一起對著山谷唱歌，也同樣擁有讓人暫時忘記世俗繁忙，帶人回到那片翠綠森林的悠揚歌聲。

由他來擔任逆襲者，更激發出這場挑戰賽中，最激烈的火花。

表兄弟兩人在經歷了四次平手之後，終於，阿皮唱出了一首令全場觀眾為之動容的自創曲，〈飛鼠〉，終於徹底擊敗了表哥。

那一次，他不只保留住自己四強的地位，更拿到他參賽以來，唯一一次的滿分。

「這首歌，我沒有聽過。」超過三十年音樂資歷的評審強哥，表情中難掩驚喜。「這是你原創的？」

「一半。」唱完了這首高亢而優美的歌，阿皮仍喘著氣。「我只創造了一半。」

「喔。」強哥眼睛亮起，「另一半呢？」

「另一半，是我表哥寫的。」阿皮的眼睛看向自己的表哥，而同樣有著原住民血統的表哥，黝黑皮膚下，也是同樣充滿陽光的笑容。

「你們一人一半？」強哥表情充滿了興趣。「這倒有趣了，可以說來聽聽嗎？」

「這是我們小時候一起編，自己亂唱而來的歌。」阿皮說，「但這幾年來，當我離開家鄉來到城市，求學，打工，每當我遇到挫折，想念家鄉的時候……我腦海中都是這首歌繞著，於是我寫成了歌，只是我沒想到，我必須用這首歌，打敗我的表哥。」

「難怪，隱藏在歌曲中的真摯情感，真的會深深打動人。」強哥笑了。「但身為編曲者，有件事我必須想和你說……」

「請說。」阿皮說。

「你這首歌還不完整，雖然充滿了情感，雖然很符合你山中王子的調性，能夠唱出山中的靈氣，也能讓人進入忘憂的森林，但確實有很多細節有待修正。」強哥說到這，「不然，這首歌，會更有威力。」

「更有威力……」阿皮聽到這，忍不住抓了抓後腦杓，「但我沒有受過專業的編曲訓練，這已經是我的極限……」

「這首歌底子很棒，需要一個專業的音樂人幫你。」強哥嘴角笑了一下，眼睛直直的看著阿皮，似乎有什麼話想說，但沒有說出口。

「可是，我哪裡認識什麼專業的音樂人，」阿皮繼續搔著自己的後腦杓。「這首歌只能……」

阿皮這段話尚未說完，在強哥一旁的另一個評審鐵姑，終於忍不住，拿起麥克風說話了。

「傻瓜。」鐵姑也是超資深的音樂人，她的情歌，首首暢銷，她之所以被稱為鐵姑，講的是她的鐵一般的肺活量，還有她如鐵一般的獲獎紀錄，還有她鐵一般的強硬的性格。

「強哥的意思，你還不懂嗎？」

「咦？」阿皮眼睛睜大。

「要說專業高明的音樂編曲家，你眼前不就有那麼一個嗎？」鐵姑語氣依然冷調。「他說這歌的底子好，你還不懂嗎？」

「眼前有一個……」阿皮仍搔著後腦。

「聰明點好嗎？」鐵姑白眼就要翻到後腦杓。「這個音樂編曲家『愛呷又假客氣』，你不主動開口，他怎麼好意思跟你說，他要幫你改歌呢？」

「主動開口？啊！所以是……」這剎那，阿皮懂了，他露出了超級興奮的笑容，「強哥，我可以……可以請你幫忙嗎？」

「哼。」強哥哼了一聲，「算你聰明，看在你這麼有誠意的份上，我就勉為其難的來替你調整這首歌看看。」

「謝……謝謝……強哥，謝謝！」阿皮太驚喜，驚喜到幾乎要把手上麥克風的線拉下，還在現場發出震耳欲聾的響聲。

阿皮之所以會如此興奮，是因為他很清楚，強哥親自調整編曲的背後含意，不只是代表這首粗獷但充滿山林氣息的歌，將再一步的進化，邁向真正經典歌曲的領域。

更代表了，阿皮將擁有更具威力的武器，去爭取這次歌唱比賽的冠軍。

「什麼看在阿皮有誠意？」鐵姑哼的一聲，「老強啊，你根本就是手癢吧，看到好的旋律，忍不住想試試自己的身手吧？」

「是捨不得啊，哈哈哈。」強哥忍不住大笑。「如果這首歌〈飛鼠〉，就這樣被錄成了專輯，推上了市場，它頂多就是十首歌中的一條歌，但透過我的手，它可是有潛力成為一代名曲啊，教我怎麼捨得呢。」

「懂啊。」鐵姑說到這，臉上浮現莫測笑容。「你是音樂製作人，所以你對歌曲有這份疼惜，但我是歌手，對於超有潛力的歌手，我也是這樣的感覺啊。」

「嗯。」兩人聊到這，便不再延續這話題，因為他們已經都知道，再說下去，就會洩漏太多，洩漏……誰是鐵姑心中那個，會讓她捨不得放手的歌手呢？

除了不敗的蓉蓉，因為一首自創曲〈飛鼠〉而得到強哥青睞的阿皮，第三個順利通過考驗的，是「電屁股」周壁陽。

他的逆襲者，自然是安排同樣為舞曲型的歌手，這位逆襲者其實不只是一名厲害的街舞好手，更將他的街舞融入了體操，讓他的舞蹈，已經不再是一般的舞藝，而像是太陽馬戲團等級的肢體表演。

在這些炫目且賞心悅目的舞蹈中，周壁陽獲勝的原因，竟然第一次不在舞蹈上……而是歌聲。

要知道周壁陽的外型帥氣，舞曲唱跳能力極佳，擅長炒熱全場氣氛，但他最大的問題，其實反而是他的歌聲。

相較於他的舞技，他的歌聲極其平凡，尤其是舞曲，當身體隨著節奏而激烈搖擺，原本就很難把歌曲唱得入木三分……但，在這場與逆襲者的對決之中，周壁陽竟然做到了。

他的舞也許跳得沒有逆襲者好，但他的歌聲卻意外的大躍進，反而讓他的歌聲成為致勝的關鍵。

當周壁陽以二十四分擊敗對手之際，主持人忍不住拿起麥克風，開起了玩笑。

「怎麼回事，剛剛的歌，唱得好深情，難道……是想對著誰唱嗎？」主持人露出調侃的笑容。

「啊？」周壁陽的臉，隨著噗通一聲的心跳，紅了。

「幹嘛臉紅？」主持人把臉湊近了周壁陽。「真的有嗎？」

「沒有……有……沒有……」周壁陽講得是支支吾吾。

「臉這麼紅，難道，她在現場嗎？」主持人繼續虧著周壁陽。

「沒，沒有……」周壁陽臉更紅了。

「好啦好啦，雖然看帥帥的臭屁王害羞的樣子很可愛，但我還是要恭喜，突破最後逆襲者的關卡，正式闖入最後一輪。」主持人笑。「你最後有什麼話想說嗎？」

「……有。」這剎那，周壁陽的表情，有了細微的改變。

「有？」主持人把麥克風遞給了周壁陽。「哈哈，要說什麼呢？給自己打氣一下吧。」

「嗯。」周壁陽原本帥氣而帶點痞氣的五官，如今卻異常的嚴肅，嚴肅中更帶著讓人不由屏息凝聽的認真。

「請說。」

「給『那個人』，為了妳，我會……」周壁陽深深吸了一口氣。「拿到冠軍。」

「喔。」不只主持人，包括所有的評審，都在這秒鐘安靜下來，因為他們從周壁陽的表情中，看到獲取冠軍最重要的一個因子，那就是，決心。

「如果我拿到了冠軍，我會……」周壁陽繼續說著，「向妳表白。」

現場沉默數秒鐘之後，所有觀眾一陣譁然，周壁陽要表白？要對誰？對……鏡頭，悄悄的，轉到了第四個參賽者臉上。

她，自然就是琴與柏共同的好友，小靜。

向來害羞沉靜的小靜，罕見的抬起頭，直視著周壁陽，她沒有說話，安靜，無聲，但從她專注的眼神中，彷彿給了周壁陽這個問題，一個最有力的答覆。

那就是，如果你拿到冠軍，就來表白啊，我會等著你。

忽然，周壁陽笑了，一直到他將麥克風還給了主持人，他臉上的神情，始終笑著。

他也說不上來他為何會笑，這笑，並不是因為小靜做出了什麼承諾，而是他再次看到了那個令他心動的小靜，在柔軟無害的外表下，那堅毅而強悍的靈魂本質。

同時間，阿皮用手頂了頂一旁的蓉蓉，蓉蓉轉頭，與阿皮交換了一個眼神。

看見周壁陽的眼神與小靜的沉靜，他們都明白了一件事，那就是「周壁陽追上來了」，這個一路上只能靠著電屁股拿到第三名的舞曲型歌手，追上來了。

他一定會用盡全力拿到冠軍，一定會成為一個可怕的對手，因為他背後支持的那隻手，是小靜那堅定的眼神。

這一刻，全國收視率更打破了當日的最高點。

就在眾人紛紛闖過了專屬於自己的「逆襲者」，進入了最後四強，一場決定命運的抽籤，也即將開始……

這場抽籤，要決定的，是誰先對誰？

一直維持絕對勝率的蓉蓉，擁有「松鼠」這致命武器的阿皮，以愛為名的臭屁王，或是，一路上顛顛簸簸，卻也走到了四強的小靜，這四個人，誰會先對上誰？誰會驚險闖入最後兩強？又有誰會飲恨提前出局？

時空，拉回陰界。

拉回陰界的道幫總部，這裡，正有兩個人針對走火誤殺警察的無碇槍，展開一連串的調查。

一個是雙瞳，另外一個當然是琴，兩位都相當獨立，但個性卻有著關鍵差異的兩位女性，首次攜手合作。

這時，雙瞳展現了她屬於道幫刀堂副堂主的專業與權力，她先找人進入電腦中，查出這柄無碇槍的生產編號，並透過編號將生產這柄無碇槍相關單位人員全部找來。

包括送料人員，火爐管理人員，採樣人員，品質鑑定人員全部一個個被雙瞳叫來，然後採取交叉詢問的方式，詢問生產時有無異狀。

經過三個半小時的審問，結果卻如另一個刀堂副堂主所調查，那就是「什麼問題都沒有！」

「政府給的期限只有二十四小時，木狼招集我們花了四個半小時，剛剛訊問又花了三個半小時。」當人員離去，雙瞳臉色嚴肅。「現在只剩下十六小時，不過仍是一無所獲……」

「嗯。」琴一直在雙瞳身邊聆聽著這一連串的審問，她也聽不出什麼異狀。「那接下來，雙瞳，妳打算怎麼做？」

「從外部調查沒有結果，我們得去生產線走一趟。」雙瞳起身，穿著旗袍的她，走路雖然婀娜，但卻有著一種睥睨四方的女王氣勢。「走吧。」

「沒錯，眼見為憑。」琴點頭。「我們走一趟吧。」

於是，雙瞳帶著琴，從無碇槍的生產線，從頭到尾走了一趟。

要知道，任何武器的生產，包括最後段的包裝，製造，原料調製，基本上各單位是互相分開且各有職掌的，以琴如今這樣低的位階，根本沒有任何的機會，能來一睹完整的武器製造過程。

琴縱然沒有這樣的權力，但，雙瞳這個副堂主，當然是有的。

託了雙瞳福，這趟調查之旅，讓琴實實在在的開了眼界，她的世界不再只是四大爐、倉庫與包裝部，她甚至看到了繁複縝密的原料管理、兼顧速度與品質的製程調度，甚至是被譽為最高機密的武器設計。

這些經驗，後來都將內化成琴的一部分，如果有天琴真的能站上陰界的頂端，這些都會是她與眾主星們互相抗衡，或統領陰界子民們最重要的基礎。

雙瞳帶著琴第一個到達的是原料部門，對應的人員是原料部門的課長，叫做大扇子，大扇子是一個高壯男子，身體很大，頭卻很小，雙眼有點脫窗的往外擴。

「妳問原料？原料哪有什麼問題？」大扇子不只是身材高大，嗓門也很大，「我們原料入料和出料都經過嚴格的把關，一切按照規定，每一份原料都有批號，絕對不會有問題的！」

「但是根據政府與大宇的報告，無碇槍裡面的建木材料，根本是假的。」雙瞳皺眉，「你們會不會混到錯誤的材料？」

「混到錯誤的材料？妳說什麼？妳再說一遍！副堂主！」大扇子接過了那柄走火的無碇槍建木，順手一翻，果然在角落處有一串被刻上的細小編號。「我看過了，履歷沒有半點問題啊，副堂主我知道妳道行很高，也深得木狼老大信任，但我要說的是，原料管理我是內行，我敢說沒問題，就沒有問題！不然妳自己看！」

一邊說著，一邊大扇子對旁邊的電腦，鍵入這串編號，立刻跳出完整的履歷。

包括來自哪一株被培植而出來的建木，何時被取下，被何人取下，取下之後擺放幾日，經過什麼樣的處理，然後進入四大爐，切削，最後何時當成零件，裝入這柄無碇槍之中。

就連無碇槍的履歷也都在資料中帶出來，無碇槍何時賣出，也出現在電腦螢幕上。

這樣完整的記錄方式，讓琴不禁開了眼界，道幫這幾年以製造各種武器起家，做到陰界獨大，果然很有幾把刷子。

「嗯……」雙瞳接過了大扇子的手機，仔細對照上面的批號與生產履歷，這的確是建木材料沒錯。

而雙瞳在道幫十餘年，她對大扇子這人也有一份基本的了解，這大扇子平素不依靠任何一方勢力，算是一個底子很硬，很有實力的課長。

這樣的人不依靠權勢，不耍小手段，也許只能當一個課長，但他敢掛保證，多半錯不了。

「我懂了，所以原料入料時沒有問題……」雙瞳拿回了建木。「所以，建木是在後來失效的？這真的很奇怪，我從來沒有聽過這件事，是被調包嗎？還是有別的原因？」

「我管原料的，進到無碇槍之後會發生什麼事，我就管不著啦，副堂主。」大扇子那雙有點脫窗的眼睛看著雙瞳。

「好，大扇子謝謝。」雙瞳知道在這裡繼續查，應該也查不到什麼了，她起身，朝門外走去，而琴也在和大扇子微微點頭之後，急忙追上了雙瞳。

「想到什麼了嗎？」看著雙瞳在前方走著的背影，琴在後面問道。

「如果一開始的原料沒錯，那就是後來錯了。」雙瞳走得好快，但琴也是一個走路速度很快的女孩，兩人很快就並肩而行。

「啊，妳是說……」

「沒錯，接下來要找製造部了。」雙瞳眼神沉穩，充滿自信。「那裡，可能有鬼。」

只是，當時雙瞳與琴沒有預料到的是……這雙充滿自信的眼神，卻在半小時後，又會再次黯淡下來。

時間，距離天刑要道幫給一個交代，還有十四小時三十六分。

「沒有問題？」雙瞳快速的翻閱眼前的一疊文件，而站在她面前，是一個身材瘦小，但頭的比例異常的大，名為「小棒子」的課長。

而課長後面，還跟著數名當時製作這把無碇槍的工作人員，他們的表情都與課長小棒子一模一樣，那就是對自己充滿了自信。

「報告雙瞳副堂主，沒有問題，半點問題都沒有。」小棒子信誓旦旦的說，「原料進到我們這裡之後，會進行四大爐的製作，每一段製程我們都至少有三個人共同操作，互相提醒，彼此確認，絕對不會用錯參數，導致無碇槍的建木失效。」

「嗯……」雙瞳細細的讀著眼前的文件，文件上記錄的是當時整個製造無碇槍的過程，共有四大段，每一大段又有十七到三十一小段的製程，而每段製程都蓋上了一個小印章。

每個小印章後面還有課長小棒子的簽名。

這些印章和簽名都代表了同一件事，那就是「嚴謹」，對每一把無碇槍，甚至每項武器，每一項由道幫出品的成品的「嚴謹」，這份嚴謹，已經深入了道幫每個人的身體、骨骼，甚至是靈魂之中，然後轉化成比誰都強大的尊嚴。

這份尊嚴，如今正在眼前這數名製造人員的眼中，灼灼的散發著。

文件可以作假，說詞可以先套好，但這份道幫專屬的尊嚴，則是完全無法騙人的。

那隻鬼，不在這裡。

讓無碇槍走火的那隻鬼，不在這裡。

「好。」雙瞳蓋上了文件，深深吸了一口氣。「看起來製作方式沒有問題。」

「就是說啊。」小棒子雙目盯著雙瞳，「而且，坦白說，建木材料相當穩定，就算我們製程參數設定錯誤，頂多就是轉換道行的效能差一些，也不至於會完全失效，甚至引發走火，副堂主，如果妳要查，可能要查清楚一點。」

建木就算製作異常，也不會導致走火……這件事，雙瞳也知道，這也是她最煩惱的部分之一。

因為就算是原料有失誤，製程也有缺失，頂多就是建木品質下降，但要導致其特性轉換，逼得無碇槍走火，這都是聞所未聞的事情。

除非，建木還有什麼，神秘而特別的特性，是雙瞳，是大扇子，是小棒子，甚至是木狼都不知道的……

天刑之所以會選擇建木與無碇槍，對道幫進行這次的報復，肯定是算準了這祕密極度難被發現，一旦什麼原因都沒有發現，就只能任憑天刑宰割，到時候要負責任的，層級恐怕不低……木狼恐怕有危險了。

但，沒有證據就是沒有證據，更何況小棒子與大扇子行事風格雖然不同，但都是鐵打鐵實力堅強的課長，他們的確沒理由亂搞。

思考數分鐘後，雙瞳終於開口了。「這裡沒有問題，我們去查下一個地方吧，琴。」

離開了製造部門，雙瞳靠在電梯前，遲遲沒有按下上下鍵，她似乎還在思考著，連續兩步驟都撲了個空，接下來該如何是好？

「雙瞳，我覺得無論是原料部的大扇子與製造部的小棒子，都不像會說謊的人。」琴對人也有一套自己的觀察術，她就算不懂無碇槍，也得到和雙瞳一樣的結論。

「是啊，這就是最令人煩惱的一件事。」雙瞳雙手扠腰，背部倚在電梯門口，還在沉思。「如果最有可能的兩個地方，都沒問題，接下來該怎麼查？」

「是啊。」琴點頭。「而且有件事我也滿介意的。」

「什麼事？」

「那就是小棒子課長說的。」琴說，「他說建木這材料相當穩定，就算原料有問題，製程有瑕疵，也不會出現走火的現象，雙瞳，他說的是對的嗎？」

「嗯……」雙瞳閉上眼，然後緩緩點頭。「他說的是對的。」

「那無碇槍怎麼會走火？好怪。」

「很怪。」

「如果這問題是稀奇且難以查證的。」琴看著雙瞳，「也許，我們該換個想法，這無碇槍走火不是失誤造成的，而是必須經過非常特殊手法才能改造的，我們要找的，應該是怎麼弄出那個特殊方法？誰才是最懂無碇槍的人？他也許知道。」

「誰是最懂無碇槍的人……」

「妳有人選了嗎？」

「一把無碇槍，從原料、製程，到最後被製造出來，進入品保進行篩檢，各單位各司其職，不過卻有一個部門，縱然他們極少介入其中，但他們卻擁有最高的視角，可以俯瞰整個無碇槍的一切。」

「誰？」

「設計部。」到此刻，雙瞳終於伸出手，朝著電梯的按鈕，按了下去。

往上，五十九層。

「設計部？」

「是的，設計部只有一開始設計無碇槍，後來就沒有參與，但說起無碇槍的一切，以某種程度來說……」雙瞳吸了一口氣。「他們可能是最懂無碇槍的人。」

「嗯。」琴看著雙瞳的側臉，忽然，她有種感覺，雙瞳對於去找設計部的人，有一種複雜的情感。

難道，這位設計部的課長，與雙瞳之間，有什麼特殊淵源嗎？

「……」在電梯抵達五十九層之前，雙瞳幾乎沒有說半句話，只是抿著嘴，似乎在思考著什麼。

唯一一句，那是接近於自言自語的低語。

「眼鏡猴啊，」雙瞳低語著。「這件事，不會和你有關吧？」

時間，距離最後期限，還有十一小時四十二分。

在雙瞳的帶領下，琴走進了設計部門。

道幫的設計部，其實不只設計，更包含了研發、實驗與創新，算是相當前瞻性的部門。位在五十九層的設計部門，辦公室的整體感覺，也和原料部、製造部，以及包裝部完全不同。

原料部需要管理各式各樣的原料，為了管理原料所以盡量系統化以電腦操控，而且為了怕污染原料，對周圍環境的清潔度要求很高。

製造部就是四大爐的主要管理者，這裡有大量的水，大量的光，大量的熱，還有參天的老木樹爐，所以這裡不像辦公室，反而像是一座巨大的工廠。

而包裝部則是相對雜亂，說雜亂也許不公平，但這裡充斥著各式各樣的武器成品，而這些成品分別需要各式各樣稀奇古怪的包裝材料、箱子，以及來往送貨的交通工具。

而設計部呢？

這裡的牆壁都是雪白色的，這裡的人很安靜，這裡有一台一台高端的電腦，而每台電腦螢幕上都展現著複雜無比的設計圖，設計圖乍看之下宛如迷宮般枝節叢生，但卻有著一種藝術品般的美感。

這裡的門禁也是各部門最嚴格的，共有三層實驗室，每一層都要通行帳號密碼，並配上指紋和眼球辨識。

畢竟，這裡是整個道幫最前端的研發設計部門，所有的技術都掌握在這裡。

要不是雙瞳已經是僅次於三大堂主的副堂主地位，也沒辦法直通三關，來到位在設計部最深處的那間課長辦公室。

當雙瞳推門而入，裡面有張黑色大椅，坐著一名男人，他正專注的看著自己的電腦，直到……聽到雙瞳的聲音，才抬起頭來。

此人戴著一副無框眼鏡，斯文之中，帶著些許宅氣，而宅氣之中，又帶著些許久經世事，深沉黑暗的氣息。

「哎啊，雙瞳。」這名為眼鏡猴的男子，一見到雙瞳，立刻露出讓人卸下心防的真摯笑容。「好久好久不見啦。」

「嗯，好久不見啦。」雙瞳也笑著，笑容中，依然帶著琴之前所感覺到的，那種莫名的距離感。「眼鏡猴，最近好嗎？」

「最近累啊。幾個大客戶提出了荒誕的設計需求，真是以為我們道幫的設計部是神嗎？」

「喔，怎麼說呢？」

「什麼可以飛越中央山脈的飛劍？什麼可以潛入『嘆息之海』，不被裡面『嘆息大章魚』捕捉的潛水衣？還有一個黑幫小開，訂了一台『黑寶堅尼』，說是要史上最大聲的喇叭，要一按之後，所有夜店女孩都朝他看？妳說，是不是傻瓜呢？」眼鏡猴說到這，微微一頓。「一見到老友，話就多了哈哈，都忘了問妳，雙瞳老友，最近都沒看到妳，當賞金獵人好玩嗎？」

「還不錯，比一直坐辦公室好玩多了。」雙瞳笑。「以你的道行，要當賞金獵人一定也沒問題，要不要來玩一趟。」

「不啦。」眼鏡猴扶了扶眼鏡。「這幾年來搞設計，整日坐在電腦前，功夫都生疏了，怕走出道幫大門，沒幾個小時就被那些小黑幫幹掉，橫屍街頭了。」

「聽你在鬼扯。」隨著兩人隨興的聊天，雙瞳臉上的笑容慢慢舒展開來。「我還記得你的刀『滿字飛環』，那可不像是小黑幫能夠靠近十公尺內的。」

「別說了別說了，那時候還不是輸給了妳的刀『圖窮』，」眼鏡猴繼續笑著搖頭。「關於刀堂九刀的排行誰先誰後，我可是一點都沒興趣。」

「滿字飛環真正的價值，不在刀的強弱，這點，我很清楚。」雙瞳溫柔一笑，「而是飛環上的字，不是嗎？」

「嗯。」眼鏡猴點頭，話題一轉。「對了，無事不登三寶殿，我想妳這個當賞金獵人當到上癮的人，應該不會沒事跑回道幫找老友敘舊，妳來找我幹嘛？」

「你可有聽聞，政府的無碇槍事件？」

「政府的無碇槍？」眼鏡猴一聽，先是愣住，然後隨口說道：「有聽到一些，可，妳怎麼會來找我？」

「嗯……」

「我是設計部，所謂的設計部，」眼鏡猴又扶了扶眼鏡。「就是設計之後，只要做過幾次，確認沒有問題，就會完全退出生產線，無碇槍也算是老產品了，生產超過二十年了，最原始的設計圖來自政府，縱使後來有幾次小改版，但距離上次小改版，也超過三年了。」

「我知道。」雙瞳嘆了一口氣。「所以我先去找了原料部與製造部，但都查不出異樣啊。」

「嗯。」眼鏡猴沉吟。「妳說無碇槍發生了什麼事？」

「建木失效，引發走火。」

「建木失效，引發走火？」眼鏡猴失笑，「建木這材料就算失效，也不會引發走火，頂多就是子彈弱了點，浪費比較多道行而已，不會走火的。」

「對，這就是整件事最大的疑點，」雙瞳苦惱的說，「所以才想回來問問你，你管設計部，對整把槍的設計概念最熟悉，什麼情況下，無碇槍才會走火？」

「走火……意思是，無碇槍內的建木，仍吸取了能量，也化成了子彈，但子彈的方向卻相反，換句話說，子彈的型態發生改變……」眼鏡猴摩擦著下巴。「這樣的情況，還真的沒有遇過，妳剛說，目前唯一查到的是……建木失效？」

「是啊。」

「很怪。」眼鏡猴閉著眼。「真的很怪。」

「嗯。」

「不過，這件事如果什麼都查不出來，政府又強勢要我們負責，最後要出面的，應該是木狼吧？」眼鏡猴思考了數秒之後，突然提出了一個完全不相干的問題。「妳是為此而回來的嗎？」

「……」雙瞳聽到眼鏡猴的這個問題，似乎微微遲疑了一下，才點了點頭。「是啊。」

「妳對木狼，挺有義氣的。」

「是啊。」雙瞳笑了一下。「但，換作是你，我也會回來。」

「真的假的？」眼鏡猴抬起頭，眼鏡下的那雙眼睛，閃過一絲琴無法理解的異樣。那異樣，琴很難說明，與剛才那嘻皮笑臉，抱怨著客戶的眼鏡猴不同，這份異樣，更為深沉，像是來自眼鏡猴心底深處真正的情感。

「當然是真的。」雙瞳直視著眼鏡猴的雙眼，目光坦蕩且真誠。「別忘了，我們是同期進來道幫的喔。」

「是啊，我們同時期進入道幫的，現在我還是課長，如今妳已經當上副堂主了。」眼鏡猴扶了扶眼鏡，露出笑容。「我們那一期的，妳算是幫花級的人物呢。」

「算什麼幫花，我呸。」雙瞳雖然這樣說，但她的強悍與神秘的氣質，的確會吸引很多男孩，為她癡迷。「身為老朋友，身為道幫設計第一把交椅，你能想到什麼，都和我說，可以嗎？」

「想到什麼，都和妳說嗎？」眼鏡猴又再次扶了扶眼鏡。

「嗯。」

「一針見血的想法是沒有。」眼鏡猴拿著走火無碇槍的建木，在手心把玩著。「其實每個武器被設計出來，都是設計師的心血結晶，裡面的每個彎角弧度，每個細節處理，都是設計師獨一無二的回憶，而且帶著其強烈的設計風格，真的要讓它走火，還真的不容易。」

「所以……」

「我說過，沒辦法給妳一針見血的建議，但我要說的是，妳也許可以再去找一個部門。」

「咦？」

「品質管理部。」

「啊？為什麼？」

「無論這把無碇槍發生了什麼事，」眼鏡猴笑了起來，笑容中，那份異樣又出現了，那是琴無法明白，彷彿看淡了一切，一種很輕的溫柔。「品質管理部都該查出來，不是嗎？如果槍無法發射，或是發射後會走火，都必須經過品質管理部的測試，他們沒檢查出來，就讓無碇槍出貨，不是很奇怪嗎？也許妳可以去那裡碰碰運氣。」

「品質管理部的課長，宗嗎？」雙瞳點頭。「這樣說起來，是該走一趟品質管理部了。」

「我只能這樣建議了，抱歉，沒幫上妳，以及……」眼鏡猴頓了一下，「木狼。」

「還是謝謝你。」雙瞳知道時間不足，若眼鏡猴這裡無法提供資訊，就不該繼續耗在這裡。「那我先走了，改天再找你敘舊。」

「嗯，隨時歡迎。」

於是，琴與雙瞳，就這樣，再一次，毫無收穫的離開了這一層樓。

當雙瞳與琴再次站在電梯口，等待著不斷靠近的電梯，這時，琴先開口了。

「雙瞳，妳和剛剛那個眼鏡猴很熟嗎？」

「嗯。」雙瞳輕輕嗯了一聲。「算吧，我們同時在四十六年前進入道幫，那一年的新人名次裡面，他是第一，我是第二，我們算是老友。」

「嘻嘻。」

「為什麼好笑？」

「雙瞳，」琴看著雙瞳。「其實不只吧？他曾經追過妳吧？」

「啊，」雙瞳眼睛睜大。「妳，怎麼會知道？」

「我是女孩子啊，女孩子對這種事很敏感的。」琴歪著頭。「但最後沒有在一起，是為什麼呢？」

「因為，我對他……沒有感覺。」雙瞳苦笑。「而且，後來我們際遇各有不同，他是非常優秀的武器設計者，而我則成為了副堂主。」

「雙瞳姊，所以妳比較厲害。」

「這是機緣。」雙瞳搖頭。「如果妳繼續在像是道幫這種大幫會中修行，就像是在陽世的公司中工作，妳會知道，很多事情是機緣，還有……性格。」

「性格？」

「是啊。」雙瞳仰起頭，「對道幫的高層而言，他們要的，不只是能力，還有契合度，如果你沒辦法和上司契合，他們就不會選擇用你，這是一個殘酷的現實。」

「這部分，我好像有點懂，不過看到眼鏡猴這種設計師，我有一份熟悉感……」琴笑了一下。「他和我認識的一個陽世朋友很像。」

「妳還保有陽世的回憶啊？」雙瞳說。「和誰很像呢？」

「一個叫做阿豚的老友，他是工程師，這部分和這個眼鏡猴感覺有點像，都念理工，成天泡在程式和設計圖的世界內，有點宅，但又非常的聰明。」

「嗯。」

「但，還是有一點不一樣的。」琴說。

「不一樣？哪呢？」

「我覺得，我認識的阿豚，沒那麼深沉。」琴歪著頭。「這個眼鏡猴除了聰明，好像藏了什麼，更深沉，更讓人陌生的東西。」

「嗯，也許，」雙瞳似乎不想再說下去，眼見電梯到了，她快速步入電梯，「那接下來，我們就去品質管理部看看吧。」

時間，距離最後期限，只剩十一小時二十二分。

品質管理部，簡稱品管，這裡的課長的名字只有一個字，叫做宗，宗有一雙細長的眼睛，長而尖的鷹勾鼻，笑容雖然親切，但總給人一種陰險的感覺。

「雙瞳副堂主，妳想問的是，這把無碇槍的品質，當時有無問題嗎？」宗調閱了相關資料，以手指認真的比對了每一筆資料，最後帶著遺憾的抬頭。「抱歉，我們什麼都沒有發現。」

「什麼都沒有發現？」雙瞳眉頭再次皺起。

「是的。」宗說，「我們做過各種高溫低溫測試，也做過基礎的射擊測試，都沒有發現異常。」

「怎麼可能？」雙瞳看著宗，「可是政府的天刑說，這把槍出品後，因為走火讓一名警察喪命，要追查我們的責任啊。」

「這我不知道，副堂主。」宗那雙又親切，但又帶著冰冷距離感的雙眼，直直的看著雙瞳。「我只能管我這邊的品質管理，而我的品質管理資料不會有錯。」

「嗯。」雙瞳嗯的一聲，「如果品質管理沒錯，那你認為為何有走火事件？」

「走火事件，是真的嗎？」宗嘴角揚起，一個詭異莫測的微笑。「也許，這才是副堂主該查的重點，不是嗎？」

「但如果無碇槍在離開我們道幫之前，就已經異常，你應該——」

「這我就不知道了。」宗聳肩，二話不說的打斷了雙瞳。「我說過，我只管自己的品質管理部。」

「這是你應該有的態度嗎？」雙瞳皺眉。「武器從我們這裡出貨，出了問題，你卻只查自己手上的資料？」

「這是該有的態度嗎？雙瞳副堂主，這件事我不知道，但我想這幾年來，道幫不就是如此嗎？」宗依然掛著微笑，但話語卻冷若冰霜。「這件事，是副堂主去當開心的賞金獵人以前，就有的事啊。難道妳貴人多忘事，已經忘記了嗎？」

「哼。」雙瞳手一拍桌，起身就走。

看著雙瞳邁開大步往前，琴只能默默跟在雙瞳之後，「雙瞳……」

「事情，真的越來越麻煩了，道幫五大部門中……」雙瞳說，「最有問題的原料管理部提出證據說與自己無關，製造部也賭上尊嚴證明自己不會是這件事的主因，設計部無法找到原因，而品管部則一副置身事外的模樣，整件事，只剩下包裝部沒問過，但包裝部與這件事的相關性，偏偏又更無關聯……，時間只剩下十一個小時了……」

「雙瞳姊。」忽然，琴開口了。

「怎麼了？」

「雙瞳姊，我們還是去包裝部看看吧。」

「咦？妳懷疑和包裝部有關係？」

「不，我怎麼可能會懷疑她們？她們是我看過最可愛的一群黑幫大媽。」琴微笑。「我只是覺得，也許包裝部的領導人物，大炕爐和小炕爐，她們包過成千上萬的無碇槍之後，也許能透過經驗告訴我們一些事情，也不一定呢。」

「妳認識大炕爐和小炕爐？」雙瞳眼睛微微睜大。「包裝部的正副課長？她們以孤僻出名哩。」

「豈只認識。」這次，琴的腳步加快，這次換成她走在雙瞳的前面了。「我和包裝部的她們，可是生死之交呢。」

我們，可是生死之交呢。

時間，距離最後期限，還有十一小時零八分。

琴和雙瞳兩人，來到平均年齡最大，但卻最熱心也最剽悍，充滿了大媽的包裝部門，當琴才一踏入這裡，所有的大媽們就不約而同的發出笑聲。

「哎喲，我們家的琴回來啦，」大媽們紛紛放下手上的包裝物，回頭對琴露出笑顏。「去劍堂製造部好玩嗎？」

「很無聊的話，就回來啊。」

「還有上千個爆炸球等妳回來包裝啊。」

「是琴啊，變漂亮了喔。」

雙瞳跟在琴的身後，看著每個大媽們開心的和琴打招呼，這一次，目瞪口呆的，反而換成了雙瞳。

「琴，妳不是才到道幫不到一年嗎？為什麼……妳會和包裝部門這麼熟呢？」雙瞳好訝異。「而且還是以孤僻出名的包裝部！這裡的離職率是最高的！幾乎每個新人都待不上一個月就想走了……」

「我曾經待過這裡，而當時這些大媽們很照顧我……」琴才說到一半，忽然間，她身體突然猛然往上升起，硬是被人抱住，轉了一大圈。

琴被人如此高抱，非但不緊張，反而發出放鬆的大笑，「小炕嬤？」

「不錯不錯，還沒有叫錯人啊。」小炕嬤那粗壯卻又溫柔的雙臂，將琴轉了一圈之後，放下。

「怎麼會忘記妳們呢？」琴落了地，臉上依然掛著大大的笑容。

「咳咳，」忽然，一陣低沉的咳嗽聲，傳到了琴的耳中。

琴抬頭，就發現眼前除了小炕嬤之外，又多了一個人，頭上綁著花花包巾，雖是女性但壯碩如鐵塔，身高更足足是琴的兩倍，這宛如巨人般的女性，毋庸置疑，這是這包裝部門中人人信服的老大，大炕嬤。

「大炕嬤，妳好。」一面對大炕嬤，琴沒有對小炕嬤這樣外放的情感，琴恭敬的彎腰鞠躬。

「嗯。」大炕嬚居高臨下的看著琴，表情依然嚴肅，但眼神的最深處，也透露出一絲溫柔。「妳回來了，怎麼，又闖禍了？」

「說不上闖禍啦。」琴邊說邊吐著舌頭，同時恭敬的端上那只盤子，盤內，正是那柄被拆開的無碇槍。

「無碇槍？」大炕嬚眉頭微皺。「這就是之前鬧得很大的那支槍嗎？」

「是的。」琴點頭。「政府的警察天刑拿著這支槍，聲稱它走火誤殺了一名警察，要我們道幫給一個交代。」

「嗯，那它為什麼走火？」

「根據調查，是因為它內部最重要的零件『建木』失效了，引發走火，誤殺了一名警察。」

「零件『建木』失效？」大炕嬚聲音凜然，「妳在開玩笑嗎？琴。」

「沒有啊，我怎麼敢啊。」琴再次吐了吐舌頭。

「建木故障，這明明就是原料部或製造部的事情，但妳拿來包裝部，不是很荒謬嗎？」大炕嬚眉頭越皺越緊。「設計，原料，製程，品管，包裝……五大部各有職掌，妳也太搞不清楚狀況了吧？」

「我知道，可是雙瞳姊已經帶著我，走訪過前四大部，所以才拿來這。」琴說，「想說請妳們幫忙回憶一下，當時在進行包裝時，有發生什麼異狀嗎？」

「雙瞳……」這時，大炕嬸將目光移向了站在琴身後，態度低調的雙瞳，大炕嬸的態度不卑不亢，頗有包裝部之首的威儀。「刀堂副堂主妳好，刀堂包裝部大炕嬸在此拜見。」

「嗯，大炕嬸，許久不見了。」雙瞳點頭回禮，事實上，她也認為大炕嬸是對的，建木零件故障，和包裝部怎麼會有任何關聯？

但先不說無碇槍的事，此刻雙瞳的內心卻是波濤洶湧，原因來自這群包裝部的大媽，對琴的熱情態度。

要知道道幫這種大型幫派組織，表面上雖然掛上了黑幫的名字，但事實上已經等同陽世的大型公司，人員數目破萬，制度細節嚴明，績效制度明確，這樣的環境雖然能讓經營管理更順利，但悲哀的是，黑幫中最根本的精神「義氣」反而因此而消失殆盡。

尤其是包裝部，這部門的人員資歷最久，都是由上了年紀的婆婆媽媽組成，在幫派中又最不受注目，所以包裝部對其他人都非常冷漠，但如此冷漠的包裝部，竟然對琴如此熱情，這熱情，彷彿就是數十年前雙瞳初次加入黑幫時，令人既懷念又熟悉的「義氣」。

為什麼？

這個名為琴的女子，可以讓年紀最老的包裝部，像是活了起來一樣？

而且真正讓雙瞳內心悸動的，卻是因為在她的記憶中，曾有另外一個人，也是這樣形容過琴……那個人，就是雙瞳認識了數十年，最後在颱風之戰中犧牲了生命的老友，小天。

天使星，非觀點老闆，小天。

「小天」，丙等天使星，曾是陰界首屈一指的飲料師，他開立的「非觀點」，表面上是一家平凡的飲料店，事實上卻默默供應了熱愛的電影人們一個安心的集散地。

從另外一個角度看，非觀點這地方，之所以能支撐數十年而不倒，仗的其實不只是這些人對電影的執著，更多的是小天那令人一喝就上癮的調飲料功夫。

而雙瞳也是因為喝過了小天所調製的飲料，進而引起了她的興趣，開始與小天深談，談著談著，便談成了多年老友。

讓雙瞳印象最深刻的是，小天一生的飲料巔峰，名叫「跳舞吧，珍珠搖滾」。

以雪幫的鎮幫之寶「雪0號」，配上陰獸海蚌殼三年才能熟成的雪珍珠，最後再以陽世歌手的知名情歌〈夏天〉，將所有食材在輕盈溫柔的旋律之中，合而為一。

那時颱風大戰中，小天就是端出了這杯夏天的「珍珠搖滾」，曾讓現場十餘人忘記混戰，進入短暫的和平時光，事實上，「珍珠搖滾」其實只是「跳舞吧，珍珠搖滾」的極度簡化版本。

也只有少數人知道，真正的「跳舞吧，珍珠搖滾」，比起「珍珠搖滾」，不知道好喝上幾千倍，幾萬倍。

也是這杯「跳舞吧，珍珠搖滾」，讓小天拿著這杯絕世飲料，在夏天演唱者的演唱會上，對雙瞳表白。

雙瞳先是訝異，然後遲疑了數秒之後，決定誠實的面對自己。

「對不起。」雙瞳聲音好低，「我心裡還有人，我沒辦法答應你。」

在滿天濃烈且美味的音符之酒中，在喧譁熱鬧的歌迷群中，雙瞳看見了，小天眼神中，那一瞬間，閃過深到極致的落寞。

表白之後，小天和雙瞳仍維持著好朋友關係，小天依然會找雙瞳一起探索且開發飲料，像是以B級陰獸「聖女鱷魚」所製造而成的「聖女瑪麗」，或是以「巧克力螞蟻」製造而成的「火焰山」等等……

就這樣過了好多年，雙瞳安心的以為，他們兩人的關係終究如此，會持續十年、二十年、三十年……之際，卻在某一天，小天帶著雙瞳從未見過的興奮神情，對著雙瞳說了好多好多話。

這些話，都在說著同一件事，都在說著同一個女孩。

那女孩，叫做琴。

一個看起來憨如傻大姐，事實上卻是宛如陽光的女孩。

雙瞳聽著，內心莫名的酸楚起來，但小天似乎完全沒有感覺到，滔滔不絕的說著，甚至在半年之後，小天更為了琴而來找雙瞳幫忙。

「我有件事要妳幫忙，為了琴。」小天語氣懇切，「我需要妳的瞳術，只有我一個人做不到，所以我需要妳幫忙，老友。」

「為了琴？你是說可能是武曲的那女孩？」雙瞳嗤之以鼻。「幹嘛？小天，你轉性了啊，向來不管世事的你，想要蹚易主這渾水嗎？」

「不是我想蹚這渾水。」小天語氣中，透著許久未曾出現的熱情。「而是這女孩，也許可能讓渾水變清澈，她的個性就像是光線，當光線透入這渾水的最底層，陰界也許就能重新找回生命力。」

「太誇張了吧。」

「不管誇不誇張。」小天看著雙瞳，語氣好誠摯，誠摯到雙瞳不忍拒絕。「妳幫不幫我？我需要妳的瞳術，架一個巨大且複雜的幻陣，把琴和她的同伴隔開，不然她的同伴……實在太危險了。」

「……」雙瞳沉默。

「幫？不幫？」小天語氣微微焦急了。

「……」雙瞳吸了一口氣，斷然拒絕。「不幫。」

「為什麼？」小天訝異。「認識這麼久，這次妳一下就拒絕我，為什麼？」

「因為，你，可能會死。」雙瞳看著小天，眼神悲傷。「她的同伴想必身負星格對吧？而且星格還不低，我猜猜，是甲級星？不然你不會需要我出手，如果是這樣的人物，你若要介入，恐怕是凶多吉少，懂嗎？老友。」

「嗯。」小天看著雙瞳，內心是一陣又一陣的波瀾，波瀾起因於，這位老友，竟然直覺如此精準。

小天的確是抱著某種程度的必死決心，才決定佈下這一局的，因為如今圍繞在琴身邊的那些人，都太危險了。

所以他才必須想辦法，想點辦法才行……

「不說話了？」雙瞳看著小天。「因為被我猜中了？」

「雙瞳，妳知道嗎？我很嚮往，很嚮往三十餘年前的黑幫時代。」小天的雙眼雖然依然注視著雙瞳，但目光卻已經飄向了遙遠的記憶彼方。「那個只有義氣，沒有為了權力相互陷害的世界，那個單純得如同電影般的世界，妳應該知道……」

「我知道……」

「因為我嚮往，所以我深信。」小天語氣堅定、懇切，彷彿掏出了內心所有的祕密般，對著雙瞳訴說著。「這女孩能做點什麼，為了千萬陰界子民，為了這個快要窒息的陰界。」不，與其說是對雙瞳訴說，反而更像是對著自己說，對三十餘年來的，對整個陰界故作冷漠的自己吶喊著。

「小天……」雙瞳內心的酸楚又出現了。

因為嚮往，所以深信嗎？

「幫我。」小天再次注視著雙瞳。「拜託妳，幫我，我一個人做不到，對方是甲級星，而且不止一個！」

「不止一個甲級星，小天，你……」這一剎那，雙瞳閉上了眼，她腦海不知道為什麼，想起了那場喧鬧的演唱中，當小天端著那杯，『跳舞吧，珍珠搖滾』，對雙瞳表白的那一瞬間。

當時，雙瞳拒絕了。

小天眼中閃過那抹，打從心底最深處，所浮現的深刻悲傷與落寞。

如今，小天再次懇求，眼中又是當時的熱情，而雙瞳實在捨不得，再一次看到小天眼中那深刻的悲傷與落寞。

終於，在掙扎與複雜的情感交錯下，雙瞳說出了一個自己最不願意說出的答案。

「好。」雙瞳的眼眶紅了，因為她的答案，極有可能將這位認識數十年的老友，一把推上死絕之路。「我幫你，我可以支撐兩個小時，但那就是我瞳術的極限了。」

兩小時，就是我的極限了。

拜託你，要活下去，老友，拜託你。

只可惜，雙瞳完成了她的承諾，但小天卻沒有。

小天死了，在颱風中，死在甲級星地劫星的黑刀之下，就在他完成自己心願，保護了琴之後……

「雙瞳，雙瞳……」雙瞳耳邊傳來一聲聲的低喚，才猛然將她給拉回了現實。

「嗯？」雙瞳急忙收斂心神，看向琴。「怎麼了？」

「大炕嬤和小炕嬤她們答應了，幫我們查一下這柄無碇槍當時經過包裝部的情形。」

琴歪著頭，看著雙瞳，「咦？怎麼了，妳的表情，怎麼好像想起了很多的事？」

「有嗎？」雙瞳急忙搖頭，剛剛想起了小天，讓她情感外露了嗎？「別亂說。」

「嗯，就當我亂說吧……」琴拉了一張椅子，坐在一個包裝部的老婆婆旁邊，順手拿一張包裝紙，竟然就開始和老婆婆一起包裝起來。

這次包的是爆裂茄子，這在陰界中，也算是赫赫有名的危險物品，因為爆裂茄子的爆炸威力與生長的土壤、溫度、氣候，全部都有關係，長得不好的爆裂茄子只能當點菸器，但被細心培育的爆裂茄子，則可以直接毀滅一棟高樓。

而這爆裂茄子最吸引人的地方就在這裡，就是你永遠不知道，自己會拿到什麼樣的爆裂茄子？

面對這麼奇異危險的物品，琴卻毫無懼色，反而像是拿起了一個再普通不過的茄子，只見她一手靈巧的拿著爆裂茄子，一手拿著能阻隔道行的包裝紙，雙手盤旋互轉，宛如變魔術般，當轉了五六圈，這惡名昭彰的爆裂茄子，就這樣被琴安安妥妥的包入了包裝紙中。

包完了一個，琴完全沒閒著，又拿了第二個爆裂茄子，又是雙手互轉，像是小時候完泥巴一樣，茄子在她手中轉了五六圈之後，又是一個包裝完美，沒有半點瑕疵的包裝品。

「五圈半？」一旁的老婆婆，滿臉皺紋，她包起爆裂茄子，也是毫無滯怠，不帶任何多餘動作，「琴啊，妳不但沒退步，竟比老婆婆厲害了，老婆婆也才七圈半。」

「有嗎？當時是妳教我的哩。」琴微笑，離開了包裝部之後，她藏身在倉庫中苦練，果然又讓她的功力提昇了嗎？「我只是練得更熟一點而已。」

看著琴熟練的包裝方式，以及她與包裝部婆婆輕鬆談笑的樣子，只讓雙瞳看得更是默不作聲。

這女孩，當真如小天所說，是一道陽光嗎？能照入如今混濁死沉的陰界嗎？

是不是木狼也看到了相同的特質，所以才將這麼危急的任務，交給雙瞳與琴？

不只是小天，連木狼也是嗎？

就這樣，雙瞳默默的看著琴與老婆婆，一邊話著家常，一邊累積包裝爆裂茄子的數目……直到，大炕嬤與小炕嬤帶著一個人回來了。

「雙瞳副堂主，」大炕嬤來到雙瞳面前。「我來介紹一下，這位就是當時負責包裝無碇槍的包裝員，她有話要說。」

她有話要說？

雙瞳眉毛微微上揚，調查了超過十二個小時，這是第一次，終於有人「有話要說了」，幽暗的黑夜，出現了曙光。

而這曙光的起因，真的是這個其貌不揚的新人魂魄，琴？

時間，還剩下九小時又五十一分。

「大家好，我叫做筍干，人家都叫我筍干阿姨，鬼齡超過一百，我生前應該是在山中挖竹筍的，挖完之後扛下山來賣，死因是有次摘筍子沒站好，就一股溜的從山崖墜落，然後就到陰界了——」這位筍干阿姨有著多數阿婆共通的特性，就是一開口就沒完沒了。

「等一下，請說重點好嗎？」大炕嬤打斷了筍干阿姨的說話。「妳剛剛說，妳在包裝無碇槍時，有發現什麼？」

「嗯嗯，雖然鬼齡已經一百，但我三十年前來到道幫，十五年前第一次包裝無碇槍，轉眼已經十五年了，想起十五年前啊——」

「可以說重點嗎？謝謝。」

「沒問題，我筍干阿姨什麼不會，就是會說重點，」筍干阿姨說著，「十五年前，我也算是一個清純可愛的包裝部姑娘，轉眼就十五年過去了，包了十五年的某東西，閉著眼睛，都可以感覺到它的不對勁——」

「妳是說，那把無碇槍，有不對勁？」

「有啊，就是這把無碇槍，包起來的確特別奇怪。」筍干阿姨笑著抓了抓頭。「主要是重量。」

「重量？」

「妳知道我們包裝這些東西，為了確保速度，都會有一定的流程動作。」筍干阿姨說，「就這樣在手心轉啊轉，包啊包，一下就包完了，但這把槍有點怪，它比過去每把槍都輕了一點點。」

「只差這麼一點點重量，妳就感覺得到？」雙瞳有點訝異。

「如果妳花了十五年，每年都包著一樣的東西，那就會有感覺了，哈哈。」筍干阿姨大笑兩聲，「以往包裝無碇槍要十六圈半，那一次無碇槍太輕了，害我重包了三次才完成，最後用了二十一圈才完成，超討厭，哈哈。」

「無碇槍太輕……那會是什麼問題？」雙瞳沉吟。「所以妳的意思是，槍有問題？」

「我不知道槍有沒有問題，但我肯定的是，槍比較輕，而且不太一樣，它的重量雖然還在規格內，但它比同一批無碇槍來得輕，表示它發生過什麼事……」筍干阿姨說，「至於是什麼事，還是要問你們喔。」

「有問題，有問題，」雙瞳起身，來回的走著。「唯一說有問題的人，竟然是與問題關聯性最小的包裝部，這到底代表什麼？」

「雙瞳，代表什麼，不就很清楚了嗎？」琴的聲音，在雙瞳的耳邊響起。

「咦？妳想說什麼？」雙瞳猛然抬起頭，看向了琴。「什麼很清楚？」

「很清楚的部分是……」琴語氣堅定。「是說謊。」

「說謊？」

「設計部的眼鏡猴，原料部的大扇子，製造部的小棒子，到品管部的宗。」琴說。「這裡面，有人在說謊，那就是這把槍在這些過程中有問題，有人發現了，有人沒有，但一定有人說了謊。」

「有人說了謊……」

「我認識包裝部的媽媽們的時間雖然短，但我知道她們不會說謊。」琴看著雙瞳。「如果東西到了包裝部重量已經改變了，那表示東西在包裝部，就已經壞掉了。」

「東西在包裝部，就已經壞掉了嗎？」雙瞳閉上眼，吸了一口氣。「我們從頭來過吧，這一次，我們從宗開始。」

「宗？」

「還記得眼鏡猴對我們說的嗎？品質管理部的宗，理當檢查出無碇槍的異狀，不是嗎？」雙瞳再次快步往前走去，「他沒發現什麼，才真正的奇怪。」

奇怪的是，就是品質管理部的宗，為什麼什麼都沒發現？

曙光，開始照入這片混沌了。

就在，時間剩下九小時的此刻。

時間，剩下九小時零八分。

但就在琴與雙瞳的調查終於露出曙光之際，另一個消息，卻從雙瞳的手機中傳來了。

「嗨。」電話那頭，是這次調查案的委託者，刀堂堂主木狼。「狀況怎麼樣呢？」

「查過了刀堂五大部門，大家都有足夠的證據，證明自己與無碇槍事件無關。」雙瞳說。「但是透過琴，包裝部的人說出，這把槍的重量可能異常。」

「透過琴？」木狼的聲音從電話那頭笑了出來。「這小姑娘的確有趣，對吧？」

「嗯。」雙瞳一手握著電話，遲疑了片刻，才開口道：「木狼，你還好嗎？」

「幹嘛？」木狼爽朗的笑聲從電話那頭傳來。「妳也會擔心我？」

「會。」雙瞳語氣轉低，「因為對你太熟，才會擔心，你向來熟知『用人不疑』的道理，若交給我調查，不到最後幾分鐘不會過問，但現在還有九個小時，你打了這通電話，表示……你那邊出了什麼事？」

「哈哈。」

「不要只是笑，發生了什麼事？」雙瞳眉頭緊皺。

「妳知道『三堂密會』嗎？」

「三堂密會？這是道幫最高層的密會啊！與會者只有四個人，現任幫主，與三位堂主。」雙瞳吸了一口氣，「你說道幫為了這件事召開密會？」

「沒錯，三堂密會除了幫主之外，至少要有兩堂的堂主聯合，才能召開。」木狼說，「劍堂堂主天策聯合毒堂堂主鈴，兩人一起召開了這個會議，目標當然是我。」

「那結果呢？」

「兩件事。」木狼說，「第一件事，就是會議中決定，在明天給政府答覆之前，將拔除我刀堂所有的權力，換句話說，我現在不只什麼權力都沒有，還是一個被監視軟禁的老傢伙。」

「哼。」雙瞳哼的一聲，「我懂了，這就是你找我和琴的原因吧？你早知道你會被拔除權力，所以讓我們自行展開調查，這件事既然早就在你的掌握中，你幹嘛打這通電話？你還擔心什麼？第二件事是什麼？」

「知我者，真雙瞳也啊，哈哈哈。」木狼的笑聲，在電話那頭聽來依舊。「第二件事，才是我真正擔心的，妳知道三堂密會，對道幫而言，是多麼重大的一件事吧？」

「我當然知道。」雙瞳皺眉。「所有重大決定都出自這密會之手，我怎麼可能不知道。」

「是的，那妳就會懂我為何擔心第二件事……」木狼的笑聲在此刻停了，轉為低沉而內斂。「那就是，就算是三堂密會，我仍然，沒有見到天缺幫主出席！」

「啊？」雙瞳感到背脊微微發涼，三堂密會中，天缺幫主依然缺席？算一算，天缺幫主不在眾人前露面，似乎已經有三年？四年？甚至更久了？

好像從天缺的第二個兒子天馬消失之後，天缺幫主就漸漸的隱遁，更在數年前，完全消失在眾人面前，只剩下一個幫主親衛「貫索」替幫主傳遞命令。

只是如今政府已經對道幫下了「無碇槍」這張戰帖，道幫內部更召開三堂密會進行對應，進而要拔除其中一位堂主了……這樣的情況下，天缺幫主竟然還是不露面？

這一切，未免太匪夷所思了。

「妳懂了嗎？」木狼的聲音低沉，宛如冬夜吹來的凜冽冷風。「我們的老大天缺，到底出了什麼事？才是我最擔心的啊。」

時間，還剩下八個小時五十二分。

三堂密會的結果，雖然對外宣稱是絕對保密，但木狼被拔除了權力的消息，卻像是從緊閉窗戶隙縫中吹入的賊風，不斷的滲透入道幫刀堂的各個角落。

連雙瞳與琴，都可以感覺到風向變了。

原本就算是冷漠，但仍尊重木狼的一群人，嘴臉全變了，最明顯的，莫過於品質管理部的宗。

「不是我說妳啊，雙瞳副堂主，」宗依然維持著他的禮貌，但禮貌背後的尖酸的語氣，卻讓人為之氣結。「就說文件全部都沒問題了，妳怎麼還是一直來問呢？」

「因為我們發現了異狀。」

「異狀？誰說有異狀？」宗看著雙瞳。

「……」雙瞳咬著牙，她知道說出包裝部筍干阿姨的經驗，沒有任何的實質證據，根本動不了眼前這個混蛋。

「坦白說，我知道妳是心疼刀堂堂主木狼啦。」宗冷笑著。「但我必須說，一切都遲了，如果什麼都查不到，唯一要負責的人，就是堂主啊，誰叫他要當堂主？犧牲一個堂主，換回政府對我們的信任，不是挺划算的嗎？哈哈哈。」

「你這樣，真的是三大黑幫之一的道幫的課長嗎？」雙瞳雙眼圓睜，「黑幫黑幫，為什麼有黑幫，就是因為人民需要制衡政府的力量，黑幫與政府之間就像是陰與陽，黑與白，正與反，相生且相剋，兩者共存才能維持陰界的平衡，你們全部傾向政府，黑幫會滅亡，陰魂們會被政府完全控制，最後陰界甚至會滅亡啊！」

「我說杞人憂天的副堂主姑娘啊，那又怎樣呢？」宗看著雙瞳，臉上依然掛著冷笑。

「什麼那樣怎樣？」

「你們這些黑幫大志，能讓我賺更多錢嗎？能讓我擁有更多的權力嗎？能讓我生活過得更爽嗎？」宗冷笑著，「既然不行，那我為什麼要管呢？現在政府得勢，靠著他，我們就爽，那些什麼平衡，什麼滅亡，又干我屁事？」

「你！」

「妳快滾吧。」宗站起，冷冷的瞪著雙瞳。「沒人會幫妳了，在這個道幫，每個人都知道，木狼完蛋了，只有跟著劍堂天策，才是唯一賺錢的活路啊。」

離開了品質管理部，琴看著雙瞳幾次拿起電話，卻又放下。

琴知道雙瞳想要撥電話給誰，是那位唯一的委託人，也是這次陰謀的第一受害者，刀堂木狼。

但雙瞳始終沒有打，因為沒有打，更讓琴對雙瞳多了一份小小的欽佩。

打了電話，雙瞳也許可以結束這次委託，畢竟頹勢已定，根本無從逆轉，就算沒有結束委託，至少和木狼訴訴苦，還可以振作一下精神，重新踏上這條探查真相之路……

但，雙瞳卻什麼都沒有做，此刻的她，展現令琴欽佩的強韌個性，她選擇收起電話，再次大步向前。

只是走了幾步，雙瞳的腳步卻緩了。

「琴，妳覺得，接下來我們該去哪？」雙瞳回頭，這也是琴第一次看到，徬徨無助的雙瞳。

「還有九小時。」琴看著雙瞳，她的得失心沒有雙瞳或木狼來得重，畢竟她才加入道幫數月，她沒什麼好失去的。「雙瞳姊，聽我一言，如果是我，我會改變方式。」

「改變方式？」

「既然有人說謊又不認，木狼的權力又全部被拔除，那表示，來軟的行不通了，不是嗎？」琴淡淡的微笑，一道電光，以左手心為起點，化成一條金色小蛇，沿著手臂往上竄，竄過了琴的肩膀，然後順著胸口往下，最後來到右腳處，順著大腿盤桓往下，最後落到地上，化成一大片細碎電光，往外擴散。

這些細碎電光雖然道行不足以傷害雙瞳，卻讓她身軀微微一麻，更因此讓她的精神一抖。

「妳的意思是？」

「雖然我沒經歷過你們口中常說的黑幫年代，但我從這些日子以來，經過貓街鼠窟、狂暴颱風，到以生命為代價而戰的土地守護者，我明白了一件事……」琴眼神精光內斂，透露著初入陰界時從未出現的自信氣息。「那就是……黑幫要用黑幫的方法處理！」

「黑幫有黑幫的方法……」看著琴，雙瞳忽然發現，自己的嘴角無法控制的上揚了。

黑幫應該用黑幫的方法嗎？

自己怎麼會忘記，當時黑幫是怎麼打下江山的呢？

「有些事，用嘴巴是問不出來的啊。」琴笑著。「得用……」

「拳頭。」雙瞳彷彿被琴所感染，也笑了出來。「是啊，我怎麼會忘記，有些問題，得用拳頭才問得出來啊。」

從現在開始，我們就改變方法，用黑幫的方法吧！

第四章・就用黑幫的方法

這裡是陽世。

陽世攝影棚內，歌唱比賽現場。

四強終於出現，讓整個歌唱比賽接近了最尾聲，同時收視率也逐漸來到整個節目的歷史新高。

四強賽，將透過抽籤進行捉對廝殺，換句話說，小靜會抽出一名對手，若能擊敗他，便會順利進入冠亞軍賽，若無，則從此與冠軍無緣。

這種殘忍的單淘汰賽，更是主辦單位最後催高收視率的手段。

一場，過了這場，就是冠亞軍。

小靜在舞台後方的化妝室，雙手緊握，安靜的祈禱著。

她會對上誰？是一路照顧她，幾乎與她同住，和她情同姊妹的「夜之女王」蓉蓉？

或是自創〈飛鼠〉之歌，聲音中帶著強烈山林氣息的「原野音樂王子」阿皮？

抑或是那個超級會跳舞的「電屁股」，總能輕易掌握全場觀眾情緒的周壁陽？

然後，小靜聽到了自己的名字，她起身，走向舞台。

舞台上，主持人拿著兩張紙，一張紙寫的是小靜的名字。

而另外一張紙呢？

主持人用一種非常溫柔，帶著些許憐憫心情的溫柔，看著小靜。

「第四名小靜的對手，是目前積分累積第二的歌手……」主持人語調放慢，語氣充滿情緒，彷彿早可預見這場比賽的結果，「這位歌手自創飛鼠之歌，而飛鼠這首歌日前更被強哥拿來重新編曲進化，不知道會進化成什麼可怕的樣子，這一切都訴說著同一件事，這名參賽者的實力驚人，絕對足以問鼎冠軍……」

小靜看著主持人手上的第二張紙條，紙面在舞台高亮度的燈光下，反射著刺眼的白光。

然後，她聽到了主持人唸出了那個名字。

「原野音樂王子，阿皮！」主持人聲音幾近嘶吼。「你的對手，是海之聲，小靜！」

就在聽眾發出喧騰，替這兩人的對決表達了各式各樣的情緒，或高昂，或嘆息，或期待或單純放聲大喊……但就在喧騰的此刻，小靜的心情反而奇異的安靜下來。

原野音樂王子嗎？小靜並沒有發現此刻的自己，嘴角泛起了淺淺微笑。

一種自己都不懂的戰鬥興奮感，取代了對對手強大的恐懼，取代了勝算渺茫的無奈，化成一抹笑容，牽動了小靜的嘴角。

那就戰吧，今晚要唱的，是最棒的歌啊。

陰界，道幫本部。

時間剩下八小時四十分。

宗剛剛關上了電腦，他拿起桌上的手機，起身離開他的辦公室，當他闔上門之時，刻意往左右看了一眼，似乎在提防什麼，才往電梯方向走。

他來到電梯，再度確認了左右有無人之後，在高達一百零一個按鈕中，選了其中一個，並選擇按下，那個數字是九十……九十，不是劍堂天策所在的樓層嗎？

只是，當他按下時，他赫然發現，電梯閃了兩下，燈光竟然暗了。

「電梯故障？」宗皺眉，按了電梯按鈕十幾下，電梯沒有反應，「下次要和負責設備的『龍眼老頭』好好抱怨一下，怎麼會故障呢？」

但就在宗抱怨之際，忽然，電梯又開始動了。

電梯陡然往上拔高，速度極快，快到宗忍不住雙手撐住牆壁，試圖穩住身形之時……

黑暗中，電梯一震，又停了。

電梯停在四十四層。

「四十四層？」宗歪著頭，「這一層早沒在使用了啊。」

然後，在這片黑暗中，電梯門緩緩開起，映入宗面前的，是一片漆黑的長廊。

「電梯故障，不會到目的地就算了，竟然還會停在報廢的樓層，真的要和龍眼好好說一下了，這龍眼平常管東西管得很好啊，最近怎麼了？」宗嘆氣，按了幾下電梯，發現電梯毫無反應，他只能走了出來，「算了，先走樓梯好了，四十四層的樓梯在哪呢？傷腦筋。」

宗走出了電梯，迎面而來的，是一條漆黑的長廊，四十四層果然停用了，連電力都沒有供應嗎？

不過就在宗往前走了幾步，他忽然聽到背後的電梯砰的一聲，關了起來，關閉就算了，竟然開始上升……

「欸欸欸，這電梯是怎麼回事？挑人故障嗎？」宗皺眉，正要用腳踢電梯門，忽然，他的腳猛一停，然後頭轉了角度，目光凝視著眼前這片黑色長廊。

黑暗中，有人？

「誰？」宗才要問，眼前的黑暗長廊，閃爍了一下電光，電光才落，那個人，竟然已經到了宗的面前。

然後，宗感覺到胸口一窒，電光中挾著強烈道行的一掌，就這樣朝自己的胸口劈來。

這一劈，速度稱得上是快捷絕倫，威力也強大到足以震昏任何一隻A級陰獸，但宗的身體，卻動也不動。

不只不動，宗竟然咧嘴一笑，雙手往前一抓，不多不少，剛好抓住了這隻帶著電光一掌。

「好樣的，你不知道道幫的課長，每個都是危險人物嗎？」宗邊笑，說完，雙手用力一擰，就要把這突襲者的手整個扭斷。

但這突襲者的這一掌，卻跟著宗的手順勢一扭，更由掌轉握，整隻手臂佈滿電光，這強大的電光，讓宗的雙手再也撐不下去。

「這是？」

「電箭。」一個女子低沉的聲音響起。

然後一道橙色電光從手臂上竄出，高速沿著著突襲者的手臂，直射向宗的咽喉。

見到這一箭的來勢，宗立刻知道此箭不可小覷，雙手頓時鬆開了突襲者的手臂，擺出雙爪之姿，並轉而護住喉部。

蹭的一聲，橙色電光過去。

宗退了三步，而突襲者也趁勢後退了一步，與宗拉開了距離，兩兩對峙。

「妳是誰？」宗的雙爪掌心，是被電襲擊過後的微微焦黑，更可怕的是，他發現自己的雙掌雙腕隱隱發麻，「竟敢在道幫內撒野？」

「我只是一個希望能問出實話的人。」這突襲者語音纖細，顯然是一名女子，她將長髮盤於腦後，紮成一綹馬尾，左腳在前，右腳在後膝蓋微屈，雙掌一前一後，作戰架式十足。

此女子身形纖細柔軟，在這份柔軟中帶著強悍陽剛，宛如一名深諳武學的舞者。既剛且柔，絕對是一個極度難纏的角色。

「問出實話？妳以為妳是誰！」宗怒笑，原本焦黑的雙手相握，然後慢慢拉開，在拉開的過程中，一把造型奇特的長兵器，竟緩緩的成形了。

見到這長兵器的模樣，這位突襲者不自覺的改變了姿態，顯然是受到這奇異武器散發的氣勢所迫，而擺出了更嚴謹的態度。

而這奇異的武器，外型酷似有柄的長刀，但刀鋒處卻像是收起的象鼻般往內迴旋，這樣的設計，可以讓刀鋒的風阻降低，揮起刀來更加流利，尤其是長刀這樣重量級的武器，一旦揮刀速度加快，絕對會成為戰場上所有敵人的夢魘。

而且整柄刀除了造型，本身更散發出一種令周圍空氣凝滯的壓力，它的奇異流線，肯定還藏有什麼凶惡的祕密。

「這把刀，叫象鳴刀，是我們道幫刀堂最引以為傲的九刀之一。」宗雙手握此刀，殺氣宛如有形物質，盈滿整條長廊，「我想妳應該和木狼和雙瞳有點關係，但他們礙於同幫身分無法對我動手，所以由妳來代打，但我要說，只憑妳，是動不了我的。」

「……」突襲者沉默著。

這份沉默，等同直接默認了宗的推論，雙瞳身負副堂主之責，若是出手就會演變成幫內互鬥，所以會讓這位突襲者出手。

既然已經默認了與木狼和雙瞳的關係，這位馬尾女子的身分，也就呼之欲出了。

她，當然是琴。

資歷淺，潛力強，外表柔，個性卻如剛的女子，琴。

琴的資歷淺，無人認識，這場收服課長們，讓課長們說實話的硬仗，自然要讓她出手了。

但課長們容易收服嗎？課長們如果不肯說實話，逼他們說會容易嗎？

答案當然是否定的。

要知道，陰界三大黑幫中，道幫地位僅次於藏於山林中的僧幫，貴為天下第二幫，製造陰界各式兵器，製造兵器是一門高深且具有危險性的工作，如果身上不帶點道行，可能沒幾天就會被兵器反噬，成為一灘爛泥般的魂魄。

就像是洗命的製造，就曾奪去數十名的道幫幫眾性命一樣。

而課長們，更是這些製造兵器的魂魄之中的佼佼者，琴要用武力逼得課長們點頭，難度肯定更高，而見到宗亮出了這把「象鳴刀」，琴的沉默，是再次確認了……這任務的風險。

但，沉默歸沉默，象鳴刀的主人可不是這麼想，只見宗發出一聲大喝，雙手舞刀，大刀在空中盤桓成一個又一個威猛絕倫的白圈。

白圈在空中微停，像是蓄飽了力，接著朝著琴，猛然砸了下去。

「說服行動，正式開始。」琴用力吸了一口氣，全身電光籠罩，這次她不會逃，她要面對，更要讓課長們，敗得心服口服！

象鳴刀，重量六百七十六公斤，在道幫九刀中，重量排行第一，屬威猛型的武器。

如今在宗的雙手舞動之下，不但沒有過重產生的滯怠感，反而因為其特殊的象鼻刀設計降低了風阻，而讓刀速快如暴風，在這狹窄的黑色長廊中，盡情展現其暴虐本質。

而琴呢？

她在躲。

左閃，右避，輕縱，低迴，在這數十個不斷迴旋的象鳴刀刀圈中，琴將所有的道行都專注在「電感」和「電偶」之上。

電感，能精準感測即將來襲的刀鋒。

電偶，則透過注入體內的電能，提昇琴的體術，讓她可以躲避每個襲擊。

一刀又一刀，一斬又一斬，宗的刀法轉眼已經砍了上百刀，把這黑色長廊砍得是滿目瘡痍，但卻一刀也沒有砍中琴。

「怎麼了？不是要說服我嗎？」宗冷笑，「怎麼只會躲呢？一直躲怎麼說服我？」

「……」琴沒有回應，只是專心的閃避著這威武絕倫的刀。

她之所以要一直躲，原因有二，一是她還在觀察，觀察宗的刀勢，在這繁複的刀勢中，找到可以瞬間反擊的突破口；而原因二，卻是因為……她的自信心仍不足。

其實這也不能怪她，畢竟數年前，她還是陽世一個手無縛雞之力的女編輯，並非從小在刀口舔血倖存的戰士，所以就算她已經和火王等級的高手交過手，她對生死相搏，一個疏失就是送命的戰鬥，還是會心存畏懼。

也是這份畏懼，讓琴無法發揮百分之百的實力，而要如何彌補這信心的缺口，別無他法，只能靠著實戰，不斷的實戰，累積觀察敵方的能力，並了解自己的實力境界。

所以，琴等了上百刀，始終在躲。

「快啊，說服我啊！」宗大笑中，刀由上而下，朝琴劈來，見到這樣狂妄的刀勢，琴吸了一口氣，右拳緊握。

然後，是電箭。

電箭宛如一條橙色長蛇，盤繞住琴的右手。

「那就接受我的說服吧！」琴大叫，右掌在電偶刺激下，爆發驚人掌風，朝著宗的胸口直轟下去。

琴的掌速之快，不只超乎了琴自己的想像，也超過了宗的認知，竟然後發先至，超過了刀速，直逼宗的胸膛。

「什麼？」當宗意識到，他發現琴的電掌已經來到他的胸口！

而且這一掌，掌中有箭，箭中有掌，宗知道若被打中傷害不小。於是他一咬牙，雙手緊握象鳴刀，用力一轉，迴刀自救。

這一迴刀，讓琴的掌心沒有碰到宗的胸口，掌心正中回頭自救的刀柄，電能激發，與象鳴刀撞擊出燦爛光芒。

燦爛光芒中，宗退了，蹬蹬蹬蹬，連退了四步，才穩住身形，但腳跟方纔踩穩，就見琴右掌在空中一轉，再次挾著橙黃色電光而來。

「混蛋！」宗梳得油亮整齊的頭髮，首次出現幾條混亂的髮絲，他怒喝一聲，透勁於雙臂之中，猛力揮刀，刀勢再起，化成凶猛白光，一圈砍入一圈，眨眼間黑暗走廊又佈滿了十枚凶險白圈。

這一怒，再次逼住了琴的攻勢。

琴又再次轉為躲避，左藏右避，落回一開始的守勢。

其實，琴是有更好機會的，就算宗暴怒出刀試圖扭轉局勢，琴只要掌握當時的時機，甚至可以將宗一擊擊敗。

會讓琴退縮的，還是那個老問題，就是她的自信不足，從小在和平陽世長大的她，就算現在擁有了驚人的道行與武力，仍是在實戰中卻步。

這一卻步，就算只是短短的一瞬間，就足以讓宗這樣具備道行的對手，重新站穩腳跟。而琴的耳中，更聽到了雙瞳的一聲輕嘆，「可惜啊……」

「嗯。」琴吸了一口氣，她雖然再次落入守勢，但就在宗的第一百七十四刀之後，琴再次透過電感掌握了破綻，然後，又再次揮了掌。

這一掌中挾著電箭道行，宛如在暴風雨中筆直而行的孤船，顛簸卻強韌，穿過層層的白圈，又來到了宗的腹部。

「又來了？她真的看出了我刀勢的規則？」宗的頭髮更亂了，凌亂的髮絲黏貼在他的鷹勾鼻之上，他再次用力握刀，原本要劈中琴肩膀的刀，被迫迴轉，橫刀於自己胸口。

這一橫，又再次讓琴的掌，拍中刀柄，而非宗的身體。

象鳴刀以特殊精鋼錘鍊數千日子而成，能卸去大部分攻擊，加上宗的道行輔助，兩者相乘，再次擋住了琴的這一掌。

這一掌，劈得宗退了五步，比剛才退得更遠。

當宗的第五步方纔踏穩，他眼前黑影籠罩，是琴又追擊而上。

「退！退！」宗又再次狂舞象鳴刀，逼退了琴，宛如剛才一幕的重演。

但雖是重演，宗卻隱隱感到冷汗直流，因為他發現，越來越近了……琴的掌每次都更靠近宗的胸膛，而宗的刀，也越來越不及迴救了！

而琴被逼回之後，腳尖往地上一點，主動迎向了宗，讓宗完全沒有思考的餘地，雙手舞動象鳴刀，迎擊琴的電掌。

接下來的十餘分鐘，宗雖然依舊維持攻勢，但琴回擊的頻率卻已經越來越高，而琴的電掌，也越劈越近宗的胸膛，到後來，兩人甚至已經出現了一攻一守的狀態。

宗的冷汗越流越多，流到濕透了半個背部，因為他漸漸意識到了一件可怕的事，那就是「進化」！

進化？他眼前這個蒙面的馬尾女子，正在不斷進化？

「怎麼回事？妳到底是誰？」宗發出怒吼。「為什麼……非但打不死妳，妳還會越來越強？越來越強？」

「我說過，」琴深吸了一口氣，情緒絲毫不為所動。「我是一個專門來說服你的人。」

「放屁！」宗邊打邊吼著，「而且更奇怪的是，我們打了有四十分鐘了吧？怎麼會都沒有人發現？妳到底偷偷動了什麼手腳？」

「手腳？」琴露出俏皮的笑容，在激戰中，她已經越來越輕鬆了。「我的手腳都在這，哪裡有亂動？你哪隻眼睛看到我偷偷動手腳的呢？」

「還屁話，這是陣法嗎？從電梯異常上升開始……我就陷入一個陣法中了嗎？」

「喔。」琴雖然討厭宗，也不由得佩服起道幫的課長，有道行也有見識，道幫數十年來屹立不搖，果然是其來有自。

「還有陣法，表示你還有同夥，既然如此，我也不保留了，」宗雙手握刀，發出震動屋瓦的大吼，「我要速戰速決！出絕招了！」

「絕招？」掌風飛舞中，琴眼睛微瞇。

「那就是，我象鳴刀真正的威力！」宗大吼之中，雙手舞刀，往琴的方向奔去，刀光再次在宗身邊環繞出一個又一個凜冽白色刀圈。

「真正威力？就這樣？」轉眼間，白光已至，琴又深陷在這刀圈之中，於是她再次啟動了電感能力，將電能化成細微的電波，在她身邊往外散射，並透過散射回來的電波，感應周圍的一切。

因為這樣，琴又能輕易在象鳴刀的縫隙中，自在穿梭著。

「就這樣？妳以為我的象鳴刀為什麼叫做象鳴？」宗狂笑著。「妳馬上就知道了！」

「是嗎？」琴正要回嘴，忽然間，她感到周圍出現了異狀。

異狀，來自她散發出來的電波。

電波似乎碰到了某種能量體，反彈回來，而且這能量體的速度極快，雖然不及電速，卻遠超過宗的揮刀速度。

琴的經驗畢竟太少，就算已經感受到這異常的能量，從象鳴刀爆發出來，但卻來不及反應。

「嗡！」的一聲，琴只覺得耳膜傳出巨響，緊接而來的是耳內尖銳的劇痛，這份劇痛讓琴頓時失去了平衡感。

劇痛中，象鳴刀已經朝著琴的後腦，直削而來。

而就在此刻，當刀鋒要削過琴的後腦之時……琴的眼睛陡然睜開，這剎那，她腦海莫名的閃過那個替自己擋住白金老人的柏，那個被小才斧頭劈開的大耗，在教室放下自己，孤身去引走敵人的小耗，還有那個老是罵自己笨，卻忍不住幫忙的莫言，還有雙手端著一杯珍珠搖滾，露出自信微笑的男子，天使星。

天使星，小天，他正將飲料往前遞，對琴笑著。「累了吧，喝一杯？」

「啊啊啊啊！」琴大吼，電偶能力爆發，讓她頸部肌肉收縮，頭頓時低下。

刀鋒，就這樣平平的切過琴的長髮，削下了十餘公分的長髮。

長髮如輕雪散落，刀沒有拿下琴的首級，沒有。

「躲掉了？」宗詫異，他雙手將刀用力拉回，第二波攻勢緊接而來，此刻，也是宗的關鍵時刻，因為他的救命絕技已經施展了，如果被琴破解，他就無路可退，非死不可了。

當象鳴刀再次揮舞，又發出了一聲尖銳無比的鳴動，這聲鳴動，來源就是象鳴刀本身。

因為刀鋒處特異的迴圈，在特殊的角度與速度下，便會突然發出尖銳巨響，這巨響若突然出現在一對一的廝殺中，往往就像是一個不可預知的突襲，讓敵人精神一亂，而這一亂，就是宗的最佳機會，象鳴刀直取對方首級，讓對方成為少了腦袋的無頭屍。

這一招，就是宗這數十年來在陰界中生存下來的祕密，為了怕祕密洩漏，宗的第二刀揮舞得更加瘋狂。

琴已經躲掉了第一刀，她躲得掉宗瘋狂追擊的第二刀嗎？

象鳴的尖銳聲音再次響起，經驗不足的琴腳步再次錯亂，刀鋒又趁機逼向了琴的脖子，而且這次刀的角度更加刁鑽，速度更加凶猛，這一次，百分之百宗是真的要置琴於死地。

「喝！」琴再次低吼，但她的身體此刻卻出現了不同，她的姿態宛如陽世的雲門舞者，姿態自然卻又充滿了深醞地底而爆發的力量。

就是這舞者的姿態，讓她用超乎想像的姿態，在空中迴轉半圈，完美的避開了刀鋒。

而且不只如此，當琴落地，她的一隻手，已經握住了象鳴刀。

「我的刀，被抓住了？」宗眼睛睜得好大，但接下來發生的事，才讓宗的瞳孔收縮到極致。

因為象鳴刀再次發出了聲音。

但這次的聲音卻不是充滿了攻擊性的鳴動，而是斷裂前的悲鳴。

「電，箭！」琴大喊，橙光瞬間升級為燦爛的金色黃光。「給我進去！」

「象鳴刀啊！」宗慘叫，下一秒，象鳴刀，這柄名列道幫九刀之一，威猛排行第三的兵器，就這樣，碎出了一條長長的裂紋。

裂紋越裂越深，越裂越大，最後，在一聲又長又無力的悲鳴之後，刀柄斷裂，連刀鋒都斷成了兩半。

「我的刀，我的刀，我的刀……」宗語氣驚恐，宛如自言自語，而當他轉頭，他見到這個看似弱小，卻能折轉象鳴刀的女孩。

她的臉，滿是淚痕。

「我不能死在這喔。」琴語氣沙啞。「我還有事情要做，他們，他們還在等我，我絕對不能死在這。」

「妳……」

「告訴我。」琴的手，離開了象鳴刀，碎裂的象鳴刀應聲落地，三四截碎片灑落，然後琴的手握住了宗的脖子。

那纖細柔軟的小手，此刻竟是如此冰冷。

「……」宗沒有說話，明明比琴高上一個頭，被琴的手抓著，卻連動也不敢動。

「告訴我，無碇槍是誰搞的鬼？」琴仰頭看著宗，那雙帶淚的眼睛，深邃美麗中卻帶著不容忤逆的意志。「是誰？」

「我不知道。」宗語氣顫抖著，但當他說出了這句話，他可以感覺到握住他咽喉的那雙小手，變得更冰冷了。「但，但是，我可以說的是……」

「是什麼？」

「聯絡我的人……是設計部的眼鏡猴，」宗知道自己的命懸一線，他更知道這滿臉淚痕的年輕女孩，下手絕對不會留情，所以他決定全盤托出。「是他說要我在品質的資料上作假，目的是要拉下刀堂木狼。」

「那你為何答應他？」

「因為，」宗苦笑。「風向要變了啊，妳不懂嗎？」

「嗯。」

「政府如今如此強勢，而我們的道幫老大天缺呢？妳知道他多久沒有出現了嗎？」宗語氣顫抖，「我要自保啊，和政府關係密切的天策，遲早會登上道幫之主，到時候我們刀堂的課長們，一個一個都會被清算！我們只能先選邊站啊！」

「原來如此，但……我討厭你！」琴的手終於鬆開，而宗一屁股跌在地上，摸著喉嚨不斷咳嗽。「太沒有義氣了！」

而琴轉身，朝著黑暗長廊不斷的往前走著。

「等等，妳要去哪？」宗看著琴，伸手低喊著。「這一層是怎麼回事？為什麼我們打了這麼久都沒人發現？我現在究竟在哪？我能出去嗎？我會被困多久？」

「十一個小時吧。」琴聽到了宗的話語，腳步不停，只是側過半邊臉，這樣回答道。

「等到這件事都結束了，你就能從這個結界中出去了。」

「結界？這結界是妳張的？」宗左右看了看，眼神敬畏。

「不是。」琴的背影已經消失在黑暗長廊的盡頭。「我想，這張結界的主人，十一個小時後，才會找你算帳吧。」

「結界的主人……」宗想再問什麼，但他發現琴已經徹底消失在黑暗長廊的深處，再也沒有半點聲音了。

黑暗中，徒留下宗一個人，他把臉埋在自己的雙手中，無助的顫抖著，他知道自己被擊敗了，象鳴刀也碎了，在結界結束之前，他是絕對無法自行闖出這裡的。

他頹然坐下，自言自語著。

「當時的決定，究竟是對的？還是錯的？」他喃喃自語著。「無碇槍的事件，會怎麼收尾？而我們道幫的命運，又會如何呢？到底，怎麼做才是對的呢？」

沒人能回答他，空蕩的長廊空間中，只剩他一人自言自語的聲音，不斷的迴盪著……

「義氣……」宗苦笑著，「妳說，我沒有義氣，沒有義氣……義氣……好久，好久沒有聽到這兩個字了啊。」

當琴離開了黑色長廊，長廊的盡頭，正是這結界的創造者，雙瞳。

「厲害。」雙瞳倚在牆邊，雙手抱胸。「尤其是最後逆轉象鳴刀的那一擊。」

「謝謝。」

「這一擊，其實用了三種截然不同的技巧吧？」雙瞳說，「第一個技巧，是單手抓住高速刀柄的武術，不，不能說是武術，那是跨越人體極限的體術運作，妳是用妳的電能刺激自己的肌肉嗎？」

「沒錯，這叫做電偶。」琴笑，她佩服雙瞳的觀察力入微。

「第二個技巧，則是用來防禦象鳴刀聲音的，妳把電波集中到耳朵附近，讓電波破壞掉聲音的頻率對吧？」雙瞳說，「這招又叫什麼？」

「這招叫做電感，電感主要是操作電波的能力。」琴依然回答得爽朗，沒有保留。

「我的技是電，所以我也有操作電波的能力，其實第一次電感碰觸到象鳴刀發出的尖銳聲音時，起了反應，當時我不知道怎麼處理，第二次就知道了。」

「第三個技巧，則是破斷象鳴刀的技巧，妳把極高的電能集中到掌心，然後直接破壞刀體結構，進而使其破斷，這技巧並不神秘，但卻是紮紮實實的道行。」雙瞳說，「這一招，有什麼名堂？」

「這一招叫做電箭。」琴說，「平時是透過我左手的雷弦，化成一枚一枚的箭，不過這次我將電箭能量集中到我的掌心，雖然沒有雷弦的威力萬鈞，但要破斷這把象鳴刀，卻已經足夠。」

「果然沒錯，妳有驚人的實戰潛力，但我真正想問的，卻不是這件事。」

「那妳想問什麼？」琴歪著頭，長髮傾瀉到左肩上，這一直是琴的招牌動作。

「我想問的是，妳為何而哭。」

「……」琴沉默了一會，然後微微苦笑。「我想是我怕死吧，怕到哭出來吧。」

「不。」雙瞳看著琴。「妳不是怕死，怕死的人只會逃跑，但背負著必須活下去理由的人，則會選擇迎戰，我想知道，妳迎戰的理由是什麼？」

「……」琴看著雙瞳，這一次，琴沒有回答。

「珍珠搖滾，是嗎？」忽然，雙瞳開口了。

「……」聽到這四個字，琴身軀微震，小天的珍珠搖滾？這的確是那一瞬間，琴腦海浮現的畫面。

「果然是嗎？」雙瞳閉上眼，輕輕吐出了一口氣，背部離開了牆壁，開始邁步向前。

「什麼原來如此？」

「原來如此……」

「沒什麼意思。」雙瞳沒有回頭，邁步向前之餘，只輕輕吐出了這句話，「只是說，他沒有看錯人。」

「嗯？看錯人？」

「接下來，才是真正麻煩的。」雙瞳來到電梯口，短短的數秒鐘，她就已經收斂了心神，回到霸氣而敏銳的刀堂副堂主。「設計部的眼鏡猴，他可沒有那麼好對付哩。」

雙瞳凝視著不斷減少的電梯數字，她內心卻是波濤洶湧……

小天，你沒有看錯人。

但是，我卻寧可你，不要看對人，這樣，你就不會死了，不是嗎？

時間，還剩下七小時五十一分。

琴和雙瞳經歷了與「品質管理部」宗四十分鐘的激戰，如今來到了刀堂的「武器設計部」，眼鏡猴的辦公室之前。

「雙瞳，我們該怎麼把設計部的眼鏡猴引出來呢？」琴看向雙瞳。

「不用引，引了也沒用，他不是宗。」雙瞳伸出手，握住辦公室的門把。

「他不是宗？」

「他是眼鏡猴，他是設計與研發，換句話說，結界這種小伎倆……」雙瞳的手用力，門把旋開，門也順勢往前推去。「騙不了他的。」

「喔？」

「既然騙不了他，唯一的辦法，自然就是……」雙瞳手推著門，不斷往前。「直接面對！」

門開。

琴看見眼鏡猴正坐在他的主管椅上，雙手放在腹側，臉上露出淺淺笑意，看著琴與雙瞳的到來。

看到眼鏡猴的樣子，琴直覺的反應就是，眼鏡猴早就知道她們會去而復返。

「嗨，老友。」雙瞳走到了眼鏡猴面前，單手扠腰，窈窕豔麗中帶著霸氣，只差沒把腳上高跟鞋，直接踩上眼鏡猴的辦公桌。「告訴我這是怎麼回事？」

「哈哈。」眼鏡猴抬起頭，看著此刻壓迫感十足的雙瞳。「有什麼事情讓我們副堂主這麼怒氣沖沖。」

「你早就知道了吧？」雙瞳直直的看著眼鏡猴，「無碇槍資料作假的事情。」

「喔。」眼鏡猴也回看著雙瞳，長達整整一分鐘，忽然笑了起來。「妳們怎麼說服宗的？啊，妳們打了他一頓，是嗎？」

「果然和你有關……」雙瞳咬牙，「告訴我，這背後的主謀是誰？」

「……」眼鏡猴沒有回答，嘴邊依然是那莫測的微笑。

「眼鏡猴，我們是同一天進到道幫的，我們認識這麼久了，我不想動手。」雙瞳直看著眼鏡猴。「告訴我！」

「雙瞳啊。」眼鏡猴沒有與雙瞳爭辯，只是默默收回了目光，輕輕的搖頭。「妳還記得我們剛進到道幫時，都會有一個沒日沒夜，沒血沒淚的道幫新人訓練嗎？」

「新人訓練？你是說『陰風陣陣活力營』嗎？」雙瞳一聽，忍不住也微笑了。「當然記得啊，超級沒日沒夜，也超級沒血沒淚好嗎？連續一整個月，每天上山下海，拔深山百年老陰獸的牙齒，挖地底大陰獸的糞便，還要撿天上飛來飛去的陰獸羽毛，累死了。」

「對啊，那年的活力營，共有六小組，每小組四個人，我和妳同一組，記得嗎？」眼鏡猴說。

「嗯，超好笑的，你為了挖糞便還掉進糞池中，我們都以為你要被糞便淹死了，一個陰魂死因是被大便嗆死，你的名字一定會被掛在道幫史冊，不不不，整個陰界的名人錄裡面，哈哈哈。」

「還敢說我，妳自告奮勇要去拔老陰獸的牙，結果呢？連哪根是牙，哪根是鼻毛都搞不清楚，差點拔了牠的鼻毛回去交差。」

「那是深山老陰獸好嗎？鼻毛那麼長，又那麼粗，那麼硬，任誰都會以為是牠的大暴牙！而且，拔鼻毛沒有比拔牙輕鬆，我還拔得牠流鼻血，牠差點氣到抓狂，把整座山掀了。」雙瞳也笑。

「還有天空陰獸那次，天啊，為了跳上天空，我們把對方扔來扔去，好幾次都撞到大樹，差點一命嗚呼，那時候我真的懷疑，妳是打算公報私仇。」眼鏡猴笑。「老實說，妳扔我的時候，瞄準的不是陰獸，是大樹吧？」

「不過，我們那一組，還真的給它拿到了第一名，不是嗎？」

「嗯，陰風陣陣活力營有史以來，最高分數的新人小隊，好像就是我們？」雙瞳笑。

「那年的道幫，正要從眾多幫會中嶄露頭角，對新人訓練特別講究，可是當道幫成功了，新人訓練反而疏忽了，怠惰了。」眼鏡猴說到這，嘆了一口氣。

「是啊，這幾年來，新人們加入道幫，也不像當年這麼充滿熱忱了，更不會懷著要爭霸天下的鬥志，反而像是來討一口飯吃的。」雙瞳說。

「我們剛入道幫的那幾年，」眼鏡猴閉上了眼。「那真的是一個美好年代，不是嗎？」

「呵呵，新人營的最後關卡，妳還記得嗎？」雙瞳笑，「就是打敗自己的教官。」

「當然記得，我們四人聯手，妳用幻行陣法，我用特別設計出來的『追到天涯海角也不妥協之飛鏢』，另外兩個隊友一個打冰系的技，一個沒有太特殊的技，就用蠻力幫忙。」

「教官就算道行比我們高不少，還是中了我們的計，沒幾分鐘我們就偷到教官的徽章，然後衝去搶第一名了。」雙瞳說到這，微微一頓，「還記得我們當年的隊呼嗎？」

「隊呼，隊伍的口號嗎？當然記得啊。」眼鏡猴說，「出手就致命，不然就喪命。」

「對啊，當年我們那麼菜，怎麼會想到這麼狠的隊呼。」雙瞳笑得開懷，「但也是如此，才讓我們拿到有史以來最高分吧。」

「說什麼菜？這隊呼明明就是妳想的。」眼鏡猴呵呵的笑著，「我們三個啊，充其量也是認同妳而已啊，說真格的，當年的妳超正，我們三個還私下打賭，誰能追到妳呢。」

「哎呀，當年好正，就表示……現在不正嗎？」雙瞳笑。

「現在還是很正，只是當上副堂主的妳，變得太遙遠啦。」眼鏡猴搖了搖頭，嘴角依然蕩漾著濃濃的笑意。「這麼快的當上副堂主，然後又率性的說要去當賞金獵人，拿得起又放得下，這麼帥的妳，誰敢追妳啊。」

「不提這件事啦，對了，當年我們那組另外兩個隊友在哪？你知道嗎？」

「妳太忙了，我還和他們保持聯絡呢，」眼鏡猴笑著，「一個後來去雪幫，現在應該當到中級幹部了吧；一個離退出了黑幫，現在在開個小餐館餬口呢。」

「真的好令人懷念呢，這些老友。」雙瞳仰著頭，閉上了眼，彷彿還在回味著剛剛談論的自己，那青春，熱血，充滿了無畏無懼的美好年代。

「是啊，」眼鏡猴也低頭笑著，「真的，令人念念不忘當年的道幫啊。」

就這樣，兩人安靜了下來，空氣中沒有了笑聲，只剩下那專屬於多年老友相聚，那充滿回憶的餘溫。

然後，下一瞬間。

真的是瞬間。

是琴連眨眼都來不及的瞬間。

眼鏡猴的手陡然伸出，掌中白光閃爍，那是一把圓形的刀，刀鋒輪轉，朝著雙瞳的腹部，狠狠的切了進去。

但，雙瞳呢？她也不遑多讓，手腕一翻一轉，一把貼著雙瞳皮膚的刀，有如冰冷閃電，朝著眼鏡猴的腦門，直插了進去。

一瞬之後。

琴別過了臉，閉上了眼。

她不忍，不忍這對老友，終於要這樣收場。

直到，緊閉雙眼的琴，聽到了雙瞳的聲音。

「這幾年，你的道行，一點也沒有荒廢呢。」雙瞳聲音微微顫抖，她受傷了嗎？

「彼此彼此啊。」眼鏡猴也回答，「出手就致命，不然就喪命。這幾年，我們都沒有變呢。」

而琴睜開了眼，她眼眶不禁紅了。

因為眼鏡猴，已經軟軟的倒在雙瞳的懷中，從他額角不斷流下的血絲來看，剛剛那一劍，確實貫入了眼鏡猴腦門。

一代設計高手課長，竟然就這樣在一刀以內，殞命了。

「眼鏡猴……」雙瞳用手輕柔的拍著正倚在自己懷中的眼鏡猴，剛剛瞬間的殺氣早已蕩然無存，又回到那充滿懷念氣息的餘溫。

「殺我的，是九刀之一的『圖窮』，是嗎？」眼鏡猴眼睛半瞇半閉。

「是的。」

「好刀。」眼鏡猴苦笑，「刀好，人也好，我敗得是……心服口服……」

「眼鏡猴，你……」

「我知道妳想問什麼，」眼鏡猴的聲音，悶在雙瞳柔軟的腹部，氣息不斷的減弱。「無碇槍真的被動了手腳。」

「可是，對無碇槍動手腳，他們怎麼做到的？這要通過層層檢驗啊！」

「建木這材料，有陰陽兩種屬性，一般我們得到的建木屬陽，吸取道行而轉化之。」眼鏡猴聲音已經低到了幾乎不可聞。「但有人有辦法，創造出陰的建木。」

「陰性的建木會怎樣？」

「它同樣會吸取道行，但子彈會反過來追逐提供道行之人，它是一種自殺型的建木。」

「真的有陰陽？那把建木由陽轉陰，又是怎麼做到的？」

「抱歉，我也不知道。」眼鏡猴呼吸越來越慢，聲音也越來越虛弱。「我只是負責讓人把建木裝上去，然後以設計者的角度，確保這把槍會走火。」

「你也不知道……」雙瞳詫異了，「那究竟是誰將建木弄出陰陽的？還有哪一個高手？」

「高手，自然是有的，至少政府內的天機吳用就是一個。」眼鏡猴聲音不斷轉弱。「我只知道，建木轉陰陽和天策……有關，但至於什麼關聯，我……我也不知道……」

「可惡。」雙瞳閉上眼，但旋即又睜開眼，「老友，我知道你該說的都說了，但我還是想問你……」

「……說吧。」

「為什麼，你會加入天策與政府的陰謀，這些年來，道幫對你不好嗎？木狼老大有虧待你嗎？」雙瞳雙眼凝視著木狼，眼中滿是不捨，「我不懂，我真的不懂，我記憶中的你，也是如此懷念那熱血澎派的黑幫時代，更對製作設計有份不輸給任何人的熱情，這樣的你，怎麼會，怎麼會投入天策的計畫中？」

「哈哈……咳咳……哈哈……」眼鏡猴大笑起來，邊笑邊咳，咳完卻又繼續笑著。

「幹嘛笑？」

「哈哈……咳咳咳咳……哈哈哈哈……咳咳……」眼鏡猴仍笑著，但笑到後來，卻已經是咳多笑少，聲音更弱到細不可聞。「哈哈……咳咳咳咳咳……」

「眼鏡猴！別笑了，快回答我！」

「……」眼鏡猴到此刻，眼神已經渙散，似乎完全聽不到雙瞳的聲音了，唯一留下的，是那接連不斷的囈語。「當年的陰風陣陣新人營啊，我們四個人一起合作，撿過大陰獸糞便，拔過老陰獸的牙，更為了追捕天空陰獸摔得七葷八素，一起打敗了教官，我們三個男生，還打賭誰最先追到那個女生，那個外表驕傲，但笑起來像是小孩一樣可愛的女孩……那真是一段美好，美好的時光……美好……時……光……」

終於，眼鏡猴的聲音停了。

魂魄已散，消失在這片寬闊無垠的陰界之中了。

「為什麼？」雙瞳輕輕放下老友的屍首，滿臉淚痕。「我還是不懂，我以為我們會是最佳戰友，一直到最後都是啊，為什麼你會想要投靠天策呢？」

忽然，雙瞳感到肩膀一陣溫暖，卻是琴伸手輕摟住了雙瞳。

感受到這份溫暖，雙瞳忍不住在琴的懷中哭了起來。

琴沒有說話，只是安靜的抱著雙瞳。

讓這位一直驕傲而強悍的雙瞳，盡情哭了三分鐘，琴沒說話，因為她雖然不是男生，但她曾說過，眼鏡猴和阿豚很像，是的，他們很像。

他們都是很笨的男生，笨到明明喜歡得要命，卻又說不出口。

但眼鏡猴又和阿豚不一樣，阿豚將這份喜歡，化成堅強的保護盾，保護了他等待的人，終究得到了自己的愛情，而眼鏡猴……卻誤入了歧途，讓它化成兩敗俱傷的劇毒，最後害死了自己。

眼鏡猴與阿豚，真的很像，又，真的很不像……而琴看著雙瞳，她懂，她們兩個都是那個又幸運，又不幸運的女孩。

終於，雙瞳的哭泣慢慢停止了，她仰起頭，深深吸了一口氣。

「現在，最重要的是，眼鏡猴臨死前說的話……」雙瞳不愧是雙瞳，深吸了一口氣之後，語氣已經完全恢復了冷靜。「他說，建木有陰陽兩極，但陽轉陰是一門神秘的技術，他不懂，也做不到，只知道和天策有關，但我們若要將線索拉上天策，就需要證據……可是，我們沒有證據。」

「建木有陰陽兩極，建木材料有兩極……」琴聽到這，忍不住側起了頭，長髮垂到肩膀一側，這是她思考時習慣的姿勢。

「怎麼了，妳想到什麼了嗎？」雙瞳看著琴，女人的預感告訴她，琴一定又想到了什麼！就像當時在包裝部門一樣。

「我好像在誰口中有聽過這段話哩。」琴側著頭，皺眉思考。

「妳有聽過？表示妳還認識材料大行家嗎？」雙瞳眼睛大睜。「真的還是假的？」

「啊，材料大行家！對！就是這句話！」琴眼睛亮起，用力拍手。「他們是材料大行家，因為他們是材料大行家，才會講出這句話！」

「聽不懂，聽不懂，妳說誰是材料大行家？」雙瞳聽得是一頭霧水，「是誰？是我們道幫的人嗎？」

「算是，也算不是。」琴微笑。「他們居住在道幫之中，卻從來不被人發現。」

「咦？」

「他們，居住在倉庫裡，但，沒有人知道他們的存在，除了天缺幫主，他們是……」琴的笑容越來越大，「七個小矮人。」

第五章·二十六秒的生存戰

陽世，歌唱決賽的前一天。

這一晚，蓉蓉特地帶了簡單的衣物，來到小靜的宿舍。

「今晚和妳一起睡。」蓉蓉推門而入，非常習慣的拉開了衣櫃，將自己的衣服掛上，然後走到廚房，開始放置自己買回來的蔬菜水果。

乍看之下隨興的舉動，其實就是蓉蓉對小靜的溫柔，因為蓉蓉知道，若自己不主動，小靜只會內向安靜的等到天荒地老。

「喔好啊。」小靜眼睛眨了兩下，沒有反對。

在這個漫長的歌唱比賽中，小靜與蓉蓉兩人已經成為了極好的朋友，曾經，蓉蓉心懷不軌，想在Pub中徹底擊垮小靜的信心，但小靜不只以更純淨的歌聲感動了蓉蓉，更以一顆不帶惡意的心，保護了蓉蓉不被比賽驅逐。

之後，蓉蓉更來到小靜宿舍，透過一次帶著淚水的烹調，訴說著自己來到歌唱比賽的原因，為了媽媽，一個渴望成為歌手卻始終無法如願的媽媽。

從此，蓉蓉與小靜兩人不只是舞台上勢均力敵的對手，更成為相知相惜的好友。

而看似大刺刺的蓉蓉，也擁有著一顆比誰都細膩溫柔的心，總能在小靜經歷風浪之際，安穩的擁抱著小靜，陪她度過難關。

「小虎勒，怎麼又沒看到？」蓉蓉放下行李之後，左右瞄了一眼，只有十坪大的房間中，有沒有貓的身影，一目瞭然。

「不在喔。」小靜聳肩微笑。

「小虎這隻貓也真神奇，門明明就鎖著，卻老能自由進出，連什麼時候不見的都不知道。」蓉蓉笑。「而且常常一閃神，牠又回來了。」

「是啊，」小靜微笑。「小虎真的是一隻奇怪的貓。」

「不只小虎奇怪好嗎？」蓉蓉睜大眼，看著小靜，「奇怪的還有牠的主人，也就是妳，小靜，妳的貓這麼奇怪，妳都不會感到不對勁嗎？」

「不對勁？」小靜再次眨了眨眼睛。「妳是說哪部分？有嗎？」

「算了算了，」蓉蓉揮了揮手。「你們真的是絕配，奇怪的貓才能配上奇怪的人啦。」

「嗯。」

「對了，小靜，妳明天要比賽的歌，想好了嗎？」

「嗯嗯。」小靜歪著頭，這姿勢與琴有些像似，似乎是在兩人共同住在一起時，不自覺被琴感染的。「其實我想了兩首歌，但很難做決定。」

「很難做決定？等等……明天就要決賽了，對手還是拿過好幾次二十四分的原野音樂王子欸。」蓉蓉聲音拉高，幾乎等同尖叫。「妳竟然現在還沒把歌選好？」

「這也是沒辦法的啊。」小靜表情苦惱。「就是選不定啊。」

「歌單借我看，哪兩首？」蓉蓉伸出手，「幸好我有來這。」

「一首是〈海風〉，一首是〈夜雪〉。」小靜說，「蓉，妳覺得我該選哪首呢？」

「海風與夜雪，這兩首歌的屬性天差地遠欸。」蓉蓉眼睛再次睜大，「海風是那個知名作曲家去綠島海邊，獨坐三天所寫下的歌，裡面說的是陽光下的一大片海洋，有海鷗，有烈日，有壯碩強健的生命，每一陣迎面吹拂而來的海風，都說著海洋的故事，這是非常寬闊非常嘹亮充滿生命力的歌……」

「是啊，我好喜歡這首歌，每次唱，內心都被陽光射入，所有遺憾都被忘記，」小靜微笑。「唱起來好舒服，也好痛快。」

「但夜雪，又是完全不同的調性，夜雪的作曲者現在不可考，但詞是知名的憂鬱詞人所寫，夜雪當年紅遍大街小巷，看似說著平常瑣事的歌詞，卻像是一道深不可測的漩渦，將人的情緒不斷往下拖入……」蓉蓉也是一名高明的歌者，聽她說著這些歌的特性，感性與理性兼具，充滿了獨特味道。「那時候我在Pub唱歌，每次唱夜雪，都有人在台下啜泣。」

「嗯，我也很喜歡夜雪，今夜無雨，點點月光下，雪落，心無聲，雪更無聲。」小靜輕輕唸著歌詞。「每次晚上一個人，感到寂寞悲傷的時候，常會發現自己正輕輕哼著這首歌。」

「海風與夜雪……」蓉蓉用力拍了一下腦袋，「小靜，妳怎麼會選中這兩首天差地遠的歌，妳叫我怎麼幫妳挑？」

「我也不知道，但想到對手是阿皮，我腦海中第一個跳出的，就是這兩首歌哩。」小靜笑。「但怎麼想，都不知道選哪首才好。」

「對手是阿皮……」蓉蓉喃喃自語著，「他最拿手的是森林之歌，也許這次就會唱飛鼠了，妳要怎麼辦？小靜，不然妳唱唱看，我直接感覺一下好了。」

「嗯沒問題。」小靜閉上了眼，當眼睛的光線被眼簾遮去，一片黑暗中，小靜彷彿再次看到了寬闊的觀眾席，觀眾席中，只有一個聽眾，那是蓉蓉。

然後，小靜微張小嘴，聲帶輕震，聲音幻化成一條細流，從聲帶湧出，湧到鼻腔迴旋共鳴，然後在舌尖幻化成文字，最後，化成一條巨大洪流，朝著聽眾席洶湧而去。

唱了。

是海風。

洪流中，不斷跳出水面，在陽光下閃爍著各色金光的魚群，就是音符。

音符化成燦爛飛魚，在迎著海風中前進，而海風則是一條一條紋路，或粗或細，或沁涼或熱辣，吹過了唯一聽眾的臉龐。

於是，蓉蓉也閉上了眼。

此刻，她可以放下另外一個頂級歌手的身分，回到最初對音樂迷戀的小女孩，小小的聽眾。

而這份美好，是小靜才能給予蓉蓉的。

海風吹著，歌聲唱著，蓉蓉輕輕搖擺身軀，在風、魚、陽光下，她彷彿回到了陽光的海岸，身穿著涼快的比基尼，快樂的享受著生命的美好。

四分五十五秒的海風，吹著吹著，蓉蓉盡情的享受著，這一刻，真的讓她忘卻一切憂傷，一切憤怒，一切人世間紛擾。

但，卻在這四分五十五秒，風停了。

風停了？

蓉蓉正要睜開眼睛，但卻在睜眼之前，她發現周圍的光線陡然暗下，從白日瞬間轉為暗夜，而且不只風停了，竟然下起了雪。

這雪極冷，極冷，冷到骨子的那種冷。

這片夜晚的雪，太冷，太寒，太悲傷，太寂寞，讓蓉蓉想要張開吶喊，卻完全無聲，甚至想要睜開眼，卻因為沉溺其中而無法離開。

夜雪？

小靜在唱夜雪了？

那悲傷，那痛苦，宛如一名城市的女孩，在自己的房間，房間中只有一盞昏黃檯燈，女孩打開了一封信，那是數年前男孩寫的信，這男孩已經離開，因為對一份真心的背叛，被女孩驅逐而走。

但這驅逐，卻也讓女孩內心缺了那麼一塊，永遠永遠無法被填平的缺陷。

女孩讀著信，她想哭，卻哭不出任何聲音，忽然她發現，窗戶玻璃外，竟然落下了雪。

在這已經凝聚了足夠悲傷的城市夜晚，竟然下了雪。

雪很美，美到宛如一種慰藉，也是一種沉溺，讓女孩的目光無法離開，也讓女孩遲遲無法闔上信紙。

就在這悲傷的夜，悲傷的雪，悲傷的城市中，女孩無法迴避的，凝視起自己內心那塊缺陷。

那段與男孩一起大笑，一起牽手，一起窩在暖暖小窩，一起面對悲傷，一起對著山大喊我愛你的時刻，點點滴滴，透過窗外的雪，透過信紙，來到女孩的眼前。

女孩不是不想離開，而是她根本無法離開，這場夜雪，下得太美了，美到讓女孩想著，也許，人生在這個時刻，悄悄畫上句點……

缺陷很美，在這個時刻結束，一定會更美。

就在女孩從抽屜中拿出了美工刀，臉上帶著寧靜微笑，想讓時光結束在這片美中之時……

然後，就在此刻，在這片飄零的白色透明雪片中，一聲貓叫，傳了進來。

貓叫？

蓉蓉陡然睜開眼睛。

首先，她看見了小靜的表情同樣呆愣，於是蓉蓉轉過頭，看見了房間的角落，不知道何時，那隻行蹤老是成謎的虎斑貓，回來了。

「小虎，剛剛是妳的聲音嗎？」小靜回神，蹲下身子，伸出雙手，「你回來啦？」

小虎抖了抖身軀，宛如國王般，慢慢走到小靜的腿上，然後坐好。

「這隻貓真是太奇怪了，什麼時候回來，怎麼開門進來的，老是沒人搞得清楚。」蓉蓉嘴巴碎唸著，但她內心卻隱隱有種慶幸的感覺。

慶幸著，小虎在那瞬間的那一聲貓叫。

是那聲貓叫，精準的切入夜雪的節拍之中，然後將深陷在夜雪悲傷情緒的兩人，硬生生打斷，拉回了現實。

雖然不知道是不是巧合，但蓉蓉卻非常慶幸，小虎的這聲貓叫。

而小靜若唱夜雪，實在太可怕，明晚若她唱了夜雪，恐怕真的能擊敗阿皮，但這首歌肯定會被人完整錄下，然後透過網路不斷放送。

而且小靜會被定型，從此歌路受限，歌路受限倒是其次，主要是，蓉蓉有種感覺，若小靜不斷演唱著類似的歌曲，她那純淨無瑕的內心世界，遲早會承受不住的。

演唱者會承受比聽眾更強十倍以上的情緒波動，小靜還是一張白紙，她受不了這樣的歌路的。

在歌壇上，有多少以憂傷歌曲著名的歌手，最終都是……收場啊！

「不行！」蓉蓉脫口而出。

「什麼不行？」小靜一呆。「蓉蓉妳幹嘛沒頭沒尾的迸出這句話？」

「妳不能唱夜雪。」蓉蓉握住小靜的雙手，語氣懇切。「妳明天不能唱這首歌對付阿皮。」

「唱得不好嗎？我覺得自己唱得不錯啊。」

「不是，不是那個意思！」

「咦？」

「我很難說明，但小靜，請妳唱海風，不要唱夜雪。」蓉蓉溫柔的語氣之中，包含著堅定的意志，「可以嗎？拜託妳。」

「喔。」小靜看著蓉蓉，再次眨了眨眼，似懂非懂的點了點頭。「好啊。」

而就在同時，這宛如國王的小虎，則發出了呼嚕一聲。

窩在小靜的腿上，睡著了。

這聲呼嚕，在蓉蓉耳中聽來，怎麼有種放下了心的感覺，這隻怪貓，也認為小靜應該唱海風，是嗎？

「呼。」蓉蓉坐回了地板的軟墊上，用雙手拍了臉頰一下。「好，既然決定了，那我們接下來就多唱幾次海風，我們一起把狀態調整到最好吧，海風是一首熱情輕鬆的歌，小靜，妳有幾個地方的轉音，可以拉得再漂亮一點……」

「……」小靜用力點頭，也坐下，聆聽著蓉蓉衷心且無私的建議。

這時，小靜看著蓉蓉，莫名的想起了自己曾經最喜歡的人，琴學姐。

琴學姐好像也曾經對自己說過，唱歌就是要快樂，幹嘛唱些好悲傷的歌，也是因為想起了琴，小靜才會如此安順的聽從了蓉蓉的建議。

「好像喔妳。」

「什麼好像？」

「嗯，蓉蓉妳照顧我的樣子，」小靜笑得好甜。「好像我以前最喜歡的一個學姐喔。」

「是嗎？常聽妳講那個學姐，是琴吧？」蓉蓉笑了。「我想那學姐一定和我想的一樣，老是擔心妳吧。」

「是啊。」小靜嘟起了嘴，「她老是說我不懂得照顧自己，唉呦，妳們幹嘛都這樣說我啦，其實我很會照顧自己啊。」

「是啦是啦，超會照顧自己的小靜，我們趕快來練歌吧！」蓉蓉說，「剩下一天了呢。」

「嗯遵命。」小靜點頭。

只是，無論是小靜或是蓉蓉都不知道的是，在此刻溫暖而開心的房間外，有幾個陰魂正在耳語著……

他們耳語的內容是這樣的……

「好可惜，差點就引誘成功了呢，老三。」第一個聲音是一名男子，低沉中帶著些許沙啞。

這名男子頭髮梳得油亮，穿著西裝打著領帶，細眼薄唇，這似曾相識的外貌，不就是曾在「黑暗巴別塔」的血鬥內，操縱士林之狼的人權律師嗎？

他在這裡做什麼？

「是啊，我用了由『悲愴毛蟲』所羽化而成，影響力足足大上百倍的陰獸『憂鬱藍蝶』，但還是被那隻貓打斷了。」回答這話的，也是一名男子，只是他外型比人權律師帥氣英挺多了，他酷似外國影星，下巴留著小鬍碴，眼神帶著迷醉般的憂鬱，是那種會讓熟女們為之瘋狂的典型。「這隻貓，不簡單。」

這男子同樣似曾相識，他，不就是琴進入颱風之前所去的，那家釣魚店的老闆，基努嗎？

這時，第三個魂魄開口了。

她是一名短髮的女子，有著如孩童般的容顏，乍看之下親切可愛，但那雙靈活大眼，卻隱隱有著一絲狡猾詭譎。

「三哥、四哥，我不懂……」那女孩說，「那隻貓有什麼可怕的？這麼小一隻，別說白鬍貓，連黑鬍貓都比牠大上好幾倍，實在沒有很可怕啊。」

這女孩也是十隻猴子中的成員，排行第六，名叫松子。

「老六，這隻貓的厲害，在於那似有似無的一聲貓叫，卻剛好精準的切入夜雪的節奏之中，節奏這一亂，所有的憂鬱藍蝶更全部震落，這隻貓的來歷尚未得知，我們還是不要輕舉妄動。」基努說，「不過，我相信我們還有機會，因為這隻貓不會一直在這女孩身邊。」

「沒錯，真正的舞台是唱歌比賽時……」人權律師說到這，又冷笑幾聲。「那時候陽世的聽眾人數多，陰界來享受音樂的魂魄又更多，一鬧起來，才是真正的非同小可。」

「豈只非同小可，一定是驚天動地，慘絕人寰，屍橫遍野，因為——」松子跟著拍手鼓掌，「他，可是我們老大啊。」

「是不是老大，還說不準呢。」基努語氣冷漠，「總之，我們繼續等待機會吧。」

「遵命，老三。」人權律師獰笑著。

「我擔心的是，如果這隻貓真的會成為一個麻煩，也許……」基努眼中綻放陰冷光芒。「到時候真的要請老二出來了！」

「老二……」聽到這兩個字，剛剛歡愉的氣氛，瞬間凍結，人權律師與松子同時沉默下來。

十隻猴子中的老二，更是僅次於十隻猴子之王的人，又有什麼可怕之處，會讓習慣將神虐殺的人權律師都如此畏懼呢？

不過這問題，已經沒有了後續，因為當一陣冷風吹過後，陰魂的耳語已然淡去，人也隨之悄悄遁去。

只有小虎微微抬頭，牠似乎聽到了什麼，又像是什麼都沒聽到。

然後，牠又閉上了眼睛，再度發出呼嚕的聲音，彷彿最後一次般，貪婪的汲取著小靜身上的溫暖，進入了夢鄉。

距離最後會議時間，剩下六小時十分。

地點：陰界，道幫倉庫。

「雙瞳姊，等會可能要請妳迴避一下。」琴對雙瞳說。

「為什麼？」

「這七個小朋友，不太喜歡遇到其他人。」琴一笑。

「七個小朋友？」雙瞳眉頭微皺，「我在道幫數十年了，進出倉庫也不下千次，我怎麼都不知道有這七個小朋友，琴，妳確定妳的情報是對的嗎？」

「確定。」琴斬釘截鐵的說。

「好，那我迴避。」雙瞳攤開雙手，「但請妳注意安全，現在情況非同小可，我們無法承受任何夥伴的損失，我就在倉庫外。」

「謝謝體諒，但也請妳幫忙一件事。」琴微微點頭，她感受到雙瞳那冷峻警告下的關心，任何夥伴的損失嗎？謝謝妳把我當作夥伴呢。

「什麼事？」

「如果裡面出現打鬥聲就算了，若是一直安靜無聲，請妳千萬不要進來。」琴說。「可以嗎？」

「一直安靜無聲？無論多久？」

「無論多久。」琴凝視著雙瞳。「夥伴。」

「嗯，那妳要保重。」雙瞳瞇起了眼，「千萬注意，夥伴。」

於是，當琴目送著雙瞳離開後，她俏麗的身影獨自站在倉庫的長廊上。

安靜的站著，時間長達了十分鐘。

琴沒有說話，更沒有大聲喧叫，更沒有去四處探查，七個小矮人是否躲藏在附近，她，只是安靜無聲的站著。

她知道，因為她知道，這七個小矮人藏匿在倉庫中數十年，不只是善於躲藏而已，更重要的是他們不願意干涉道幫事務，才能讓他們在多次的腥風血雨下，安穩度過。

又過了一個十分鐘。

琴依然站著，她依然等著。

七個小矮人還是沒有出來。

又一個漫長安靜的十分鐘。

在這個天刑即將逼近的此刻，在木狼可能會被送去祭旗的此刻，在時間壓力極大的此刻，琴仍動也不動，安靜的等著。

倉庫安靜無聲。

只剩下琴淺淺的呼吸。

又一個漫長，無聲，一切靜謐的十分鐘。

轉眼已經四十分鐘了，小矮人絲毫沒有動靜，琴也沒有任何逼迫的動作，她依然站著等待，用一種絕對信任的態度等著。

接著，隨著滴答滴答的秒針移動，隨著六十個秒針，換來一個分針移動，當分針走完了十格，宣告十分鐘過去，小矮人還是沒有出來。

到這裡，琴倒開始佩服外面的雙瞳，算一算，距離公審木狼應該只剩下不足六小時了，雙瞳竟然還可以守住承諾，不急不躁的推門衝入。

而且這個承諾，基礎還是建立在一群雙瞳壓根兒不信的「倉庫七個小矮人」身上。

第六個十分鐘，時間已經滿了一小時。

就在時間之針，跳上十二，也就是剛滿一小時之時……

黑暗倉庫中長廊的角落，一個影子微微晃了一下。

琴，展顏笑了。

「哎呀，怎麼會是你先出來呢，我以為是老七呢。」

「我先出來的原因，是因為……」黑暗中，出來的竟然是大膽一，「我打賭輸了喔。」

「咦？」

「他會出來，是因為他賭妳忍不了一個小時。」大膽一的後面跟著是生氣二，他露出得意的笑容，「他真的賭輸了。」

「喔？」琴歪著頭，笑著說。「你們會賭我忍不了一小時，所以你們知道道幫這件事了？」

「知道了。」第三個出來的，是實驗三。「鬧得很大啊，我們藏在倉庫中，不想聽都會聽到。」

「那你們猜出發生了什麼事嗎？」

「妳手上托盤，應該就是那柄鬧出問題的槍吧？」黑暗中第四個出現的，是多嘴四。「我們一開始還沒猜到，但老三很快就想出了可能性，就差實際拿到妳手上的無碇槍，來確認假設是否正確了。」

「實驗三，那就請你幫忙了。」琴把托盤往前遞送。「請告訴我，這建木是否真的被轉為陰陽？又如何轉換為陰陽？」

但，看著琴往前遞送的托盤，托盤內數十個排列得整整齊齊的無碇槍零件，實驗三卻沒有動。

不只是實驗三，所有的小矮人，包括一開始出現的大膽一、生氣二、多嘴四，甚至是後來出現的戰鬥五、跳舞六，以及一開始因為好奇而出現在琴面前的闖禍七。

大家都沒有動。

琴側著頭，看著眼前的小矮人，「放心，我不會說出來，請告訴我建木如何轉為陰陽的。」

「不是那件事。」

「不是？」琴訝異了。

「而是，我們之所以從黑暗中出來，這數個月來與妳共處，甚至是今天無碇槍的事，都是為了一個請求。」

「請求？」琴的訝異越來越盛，「你們希望我做什麼？」

「好多年前，我們之所以來到這裡，是因為一個女人以及一個男人，當年的我們從陽世來到陰界，遺忘了自己的過去，而且道行極低，只能躲藏於山中，遲早會成為陰獸糧食，是那個女人找到了我們。」大膽一說。「她不只強，還很美，不只驕傲，卻也是溫柔，是她將我們帶離了陰獸的獠牙，並將我們交給了另一個男人。」

「她不只強，還很美，不只驕傲，卻也溫柔。」琴聽到這，嘴角微微上揚，她好像猜出那女孩是誰了。「然後呢？」

「那個女孩對那個男人說：『這七個朋友，很有武器的材料天分，對你會有幫助，我認為你該收留他們。』而那個男人看著我們，笑了。『妳這是來幫我嗎？妳可知道我們其實是敵對的？』」

「這男人，這女孩，其實是敵對的嗎？」

「是啊，但妳知道那女人怎麼回答？」實驗三扶了扶眼鏡，這樣說道：「她說：『我們的敵對，是在戰場上，不是技術上。』女孩笑，『那我問你，這裡是戰場嗎？』」

「我們的敵對，是在戰場上，不是技術上……」琴默默的唸了一次，「說得真有道理啊。」

「『對，這裡的確不是戰場！』那男人聽完，放聲大笑，『那我就收下啦，欠妳一份情，武曲。』」

「所以那女孩，就是武曲？」琴聲音揚了起來。

武曲，又是武曲，事實上，琴隱約也猜到，能在陰界如此任性，又如此迷人的角色，除了武曲以外，幾乎沒有別人了。

「『別客氣。』沒錯，接著那武曲也回了一個笑容，『天缺。』」

「那男人，是天缺？」琴吸了一口氣，武曲與巨門天缺，陰界兩大強者啊。

若是他們兩人，果然是「我們的敵對，是在戰場上，不是技術上」啊！

「從此，天缺就將我們收入了道幫之中，並且考量到我們生性低調，道行不高又不足以保護自己，於是任我們藏身於倉庫之中，躲在暗處中替道幫各式材料把關。」

「武曲，天缺……」琴閉上眼，雖然如今這兩人都已經在陰界沉寂了，但想像當年說著這件事時的風采，那在戰場上威風八面，私下卻惺惺相惜的情誼，讓琴不禁神往起來。

「這兩個人對我們七矮人有恩，所以，想請妳幫忙的事情，也和這兩人有關。」

「請說。」

「我想請妳救人。」這次，不再只是大膽一，而是七個小矮人一同開口。「救救天……天殘。」

「天殘？」琴訝異。「你是說天缺幫主嗎？」

「是的，我們很愛他，但老是記錯他名字，哈。」

「嗯。」

「我們是這樣懷疑的，過去他最少每個月會來倉庫探望我們一次，而我們會圍著他，爭先恐後的說出自己對材料的新發現，而他也會回敬我們很多他對武器的想法，在我們面前，天缺不是統領一幫，擁有生殺大權的幫主。」大膽一閉上眼，慢慢的說著，「他像是我們的老朋友，總是他讓我們明白，武器不只是武器，往往是一個陰魂用盡一生才能寫完的故事。」

「嗯。」

「透過天缺說的故事，我們會更尊重每種武器材料，而他也說，透過我們的發現，會激發他更多的創新與想法。」大膽一說，「只是現在……天缺卻已經半年沒有來找我們了。」

「半年了？」

「是的，他已經整整半年沒有來找我們了，」大膽一說，「坦白說，我們很擔心，非常擔心，我認為，他就算沒有出事，恐怕也很危險了。」

「我懂了。」琴吸了一口氣。「我答應你們，我會一併調查這件事。」

「嗯，我們相信妳，因為妳實在很像……」

「很像？」

「很像那個女孩。」闖禍七小聲的說，「雖然外表不同，道行更是天差地遠，但說不上來，感覺就是很像。」

「那個女孩……你是說武曲？」

「嗯。」實驗三拿起了建木的材料，仔細端詳著。「既然妳答應了，我們就來看看吧！」

「那……」琴在一旁看著，忍不住問。「實驗三，你有辦法判定這建木是否被陰陽互換了嗎？」

「當然可以。」實驗三抬頭，臉上是充滿自信的笑容，「我們也許對權力鬥爭不拿手，也許對人情義理不拿手，但說到武器的材料，那可是我們的絕對領域呢。」

「所以……」

「所以，我不但可以告訴妳，這個建木是不是被陰陽互換過，甚至可以告訴妳是怎麼做的？」實驗三語氣中充滿自信。

「那是怎麼做的？」琴驚喜，這個連設計部高手眼鏡猴都不知道的技術，果然難不倒七個小矮人。

「說來簡單，也說來困難。」實驗三微微一笑。「建木這材料，專門吸他人道行，轉變成自身的養分，或是被人製作成具備傷害力的子彈，但妳有想過，一旦建木吃太飽會怎麼樣嗎？」

「吃太飽？」琴眼睛睜大，「原來建木會吃太飽？」

「任何的材料都有其極限，建木自然也有，但要讓建木出現陰陽翻轉，不只是要讓它吃得過飽，而且要讓它在極短時間內打破極限。」實驗三說，「簡單說，要讓建木陰陽互換，要在不到零點一秒的時間，對建木注入驚天動地的道行。」

「等等，這麼短的時間，這麼強的道行，那表示……」琴彷彿懂了實驗三的言下之意。

「那一定是高手弄的？」

「不只是高手，還需要是甲級星以上的高手！」實驗三看著琴。「從這條件來看，縱看整個道幫……」

「可能不到五人？」

「不，是只有四個人。」這時，大膽一說話了。

「哪四個？」

「道幫幫主，巨門天缺。」

「這自然是。」

「刀堂堂主，木狼。」

「嗯，沒錯。」

「毒堂堂主，鈴。」

「嗯。」琴吸了一口氣，「等等，整個道幫不過就是一主三堂，一主是天缺，三堂是刀堂木狼，毒堂鈴，最後一個，當然就是……劍堂的……」

「沒錯，整個道幫中，有辦法短時間內以驚人的道行注入建木，逼其陰陽互換的，就只剩下他……」大膽一語氣肯定。「劍堂堂主，天策。」

天策？

琴剎那間腦袋轟的一響，整個陰謀的全貌，就在這個揭曉建木陰陽互換的時刻，完整的呈現出來。

要將建木陰陽互換，需要極高的道行，難怪眼鏡猴就算知道陰陽能互換，也想不出方法，因為這限制就在道行的強弱之上。

事實上透過這限制，也可以將嫌疑犯一口氣限縮到四個人。

天缺、木狼、天策，以及鈴。

木狼不可能自己陷害自己，天缺沉寂已久，鈴又如此冷漠，最有可能的凶手，自然就是天策了。

難怪，眼鏡猴說，這件事和天策有關。

「而且也不用猜。」實驗三又開口了。「道行就像是人的氣息，氣息是陰冷，是灼熱，是暴躁，是輕柔，都是可以被事後探查出來的，只要拿無碇槍去找天策，透過兩者道行比較，就能證明是不是他了。」

「謝謝，就是這個了！就是這個了！謝謝！」琴興奮的一叫，轉身就要往外跑，她要找雙瞳，告訴她這個驚人的發現。

「那妳要去哪？」

「我去告訴木狼！」琴聲音揚起。

「那我們的約定？」

「等我告訴了木狼，我馬上就會調查。」琴跑著，右手揮著。「謝謝。」

「好，也謝謝妳啦。」七個小矮人站成了一排，目送琴離去。

他們將希望交付在琴的身上，目的是如此簡單，只為了找回那個曾經對自己有恩的男人，天缺老人。

而此刻的琴，心情則是雀躍的……她邊跑邊想著，時間還有，還有五個多小時，沒問題的，琴奮力的往外跑，跑過了偌大的倉庫，穿過了一層又一層宛如城市大廈的貨架，最後來到了倉庫大門。

然後琴雙手握住倉庫粗大的銀色手把，用力往後拉去。

她期待的，期待著打開倉庫門，會見到與她共同不眠不休奮戰了將近二十小時的戰友，雙瞳。

但，當沉重的倉庫門被琴緩緩拉開，露出門後的一切時，琴的臉色，卻在此刻，變了。

變了。

因為門後的人，不是雙瞳。

而是另外一個琴曾經見過，但卻不甚熟悉的男人。

他外表年紀約莫二十出頭歲，有著一百八十的身高，身穿高中學生制服，笑起來有一種清純洋溢，卻又帶著玩世不恭的男人。

「妳就是琴嗎？」這男人笑容充滿魅力，如果真的是高中生，肯定迷死不少女生。

「你是誰？」琴退了一步，神情戒慎。

「我是站在妳這邊的喔。」這男人笑起來真的很邪，但邪氣之中，又帶著好迷人的氣質。「我是刀堂另一個副堂主……我是徐大宇！」

「徐大宇？」琴想起來了。「對，我曾經看過你，和木狼一起……」

「是的，我是木狼大人手下副堂主，和瞳姊並列。」徐大宇依然保持著讓人著迷的微笑。「剛剛瞳姊因為接到木狼大人的緊急任務，所以先去處理了，瞳姊擔心妳，所以特地交代我，來接妳過去。」

「派你來接我？」琴心裡隱隱感覺到納悶，「雙瞳呢？她去出什麼任務？」

「詳情我不太清楚，但也和無碇槍有關，她說她發現了一條極為重要的線索，分秒必爭的情況下，就先去處理了。」大宇說。「然後我來保護妳，我們先去將現況和木狼大人報告。」

「嗯。」琴歪著頭，木狼和雙瞳到底發現了什麼新線索呢？需要走得這麼急？不過現在當務之急，是趕快將手上「建木轉陰陽」與「天策道行」的關聯性，趕快對木狼說明。

想到這，琴點頭。「好，大宇，請你帶路，我想快點見到木狼。」

「沒問題。」大宇微微一笑，彎腰擺手，做出邀請的姿勢。「請隨我走，琴。」

「嗯。」琴點頭，就這樣跟著大宇的背影，離開了倉庫門，朝著電梯而去。

時間，還有五小時十六分。

噹一聲，電梯門開，大宇走進了電梯，並按住了電梯門開的按鈕，對琴說道：「進來吧，我們坐電梯去找木狼。」

看著電梯這狹窄的空間，琴不知為何，心跳速度微微加快了。

這麼狹窄的空間，又在這麼危險的時刻，琴不是膽怯之人，但她卻莫名的感到不安，這不安，是來自這個徐大宇嗎？

但，對方可是刀堂副堂主哩。

木狼手下兩大戰將，除了雙瞳，就屬這男人了啊。

看著大宇手按著電梯，與自己四目對視，琴吸了一口氣，原本要往前跨的腳，遲疑了。

「對了，我想問你喔，大宇，木狼有找你調查無碇槍嗎？」

「嗯？有啊。」大宇看著琴。「怎麼突然問這問題，快進來啊，木狼大人正在等妳啊。」

「那你調查的結果怎麼樣？」

「調查結果？無碇槍失效，是因為建木這材料有問題，」大宇依然笑著。「快點進來吧，電梯不等人。」

「那你有繼續去追問原料部的大扇子？製造部的小棒子？品管部的宗？設計部的眼鏡猴？甚至是包裝部的大炕嬤嗎？」琴的腳抬在空中，就是無法往下踩去，踩入這只有兩公尺的立方鐵盒中。

「妳究竟想說什麼呢？琴小姐。」

「我想說的是，」琴的腳，不但沒有繼續往前踩，反而慢慢的縮了回來。「一開始是你調查的，理論上應該要讓你繼續調查下去，但木狼卻沒有這樣做，是為什麼？」

「為什麼呢？我沒問木狼大人呢。」大宇還是笑著，那充滿迷人的邪氣笑容。

「但木狼沒有找你，反而找了雙瞳回來，而且這十幾小時以來，我與雙瞳攜手調查，一起經歷了幾次生死交關……」琴的腳，越縮越後，幾乎完全離開電梯。「我不認為，她會不顧我，自己離開。」

「事實上，就是如此啊。」大宇還是維持著笑咪咪的姿態，手微微前伸，彷彿一切只是琴的無理取鬧。

「所以……」琴從懷中，拿出了自己的手機，然後按下了木狼的電話號碼，「在進這電梯之前，我希望做一件不太禮貌的事……我要親自和木狼確認。」

「沒必要吧，木狼大人就在八十層，沒幾分鐘就可以直接問他囉。」大宇仍笑著，他的手舉在半空中，臉上笑容依然迷人。

「抱歉，如果我誤會你了，等事情過後，我請你一杯珍珠搖滾。」琴意志堅定的將手機放在耳邊，腳已經完全脫離了電梯。

嘟……嘟……琴將手機放在耳邊，她聽到電話已經撥出，正等待著對方接通，卡的一聲，電話通了。

「喂。」木狼的聲音，從電話那頭傳來。

而一聽到木狼的聲音，琴正要說話，忽然，一陣怪力猛然襲來，瞬間攫住了琴的手腕，然後這隻手傳來驚人怪力，竟將琴朝電梯猛力扯了進去。

「啊！」琴來不及反應，竟然就這樣被連人帶機的被扯入了電梯，而且這怪力更扯下了琴的手機，並在空中一扭一轉，手機就這樣在空中被扭成了碎片！

這一切實在發生得太快，甚至不足一秒的時間，轉眼間，琴已經被抓入了電梯內，而大宇則看著琴，保持那令人痛恨的迷人笑容，然後另一隻手，輕輕的按了電梯的兩個按鍵。

琴看清楚了，那兩個按鍵，一個是九十樓，另一個則是關閉鍵。

關閉鍵亮起，兩邊電梯門也開始緩緩的靠近，就要關上。

「歡迎光臨啊。」大宇的聲音冰冷，嘴角依然掛著笑。「我已經鎖住了電梯，這段時間除非是道幫幹部，不然無人能解鎖開門，電梯只能直上九十樓，而這短短的二十三秒，就會是妳的死期！」

「九十樓？那不是天策的辦公室？」琴咬著牙，她感到背脊微微發涼，那怪力的速度不只快，更完全沒有半點生靈的氣息，以琴這些日子在道幫的經驗，她幾乎可以斷定……那是武器。「剛剛那是什麼東西，把我拉進來？」

肯定，是一把比洗命更危險，更具殺傷力的兵器。

「我們道幫刀堂有九刀，第九刀為象鳴，我想，妳才剛和它碰過面，是吧？」大宇慢慢的轉過身子，臉上依然是那令人著迷的微笑。

「你知道……」琴看著電梯門已然關上，隨即，開始緩緩的上升。「我和宗打過？」

「當然，妳和雙瞳的動作頻頻，怎麼可能不驚動我們呢？」大宇雙手空空，剛剛的武器到底藏在哪？「九刀象鳴，八刀犬神，七刀孔雀，六刀滿字飛環，五刀鬼徹，四刀圖窮，三刀黑劫，二刀狼鍘，一刀七殺刃，妳可知道，我是哪一刀？」

電梯門緩緩的，就要完全閉合。

琴不是沒有想過要集中全身道行，一鼓作氣衝出去，但一種強烈的直覺，卻抑制了她這份衝動。

如果連對方是什麼兵器都搞不清楚，這時候硬衝，只會被迫暴露出破綻，然後給大宇一擊必殺的機會。

「哪一刀？」琴一笑，「你不會是七殺刃吧？哈哈。」

「七殺刃？不好笑。」大宇依然笑著，笑著陰森。「我是第五刀，鬼徹。」

「喔。」琴眉頭微皺，所以剛剛那怪力，就是鬼徹造成的嗎？鬼徹，究竟是一把什麼樣的刀呢？

「鬼徹的等級，可是硬生生比象鳴刀高上……」此刻，電梯門的已經只剩下細細的一條縫，大宇臉上的笑，也越來越陰森。「四個等級呢。」

說完，鏘的一聲，門關上了。

就在電梯的纜線軸開始轉動，要帶動著人類一百年來最偉大發明之鐵盒，垂直往上，要抵達目標九十樓之時……

琴看見了。

這把，鬼徹。

從大宇的背部，被釋放出來。

然後，琴感到全身顫慄，她的的確確明白了剛剛大宇想要說的……所謂「高四個等級」是什麼意思。

鬼徹，真的是一把從地獄爬回來的惡鬼兵器啊！

陰界，道幫大樓倉庫。

七個小矮人，是闖禍七率先開口。

「那個女孩，會沒事吧？」闖禍七表情擔憂。「我感覺到，整個倉庫的原料，好像都在騷動……」

「Fight！」戰鬥五也左顧右盼著。「很少看見原料們會騷動，是因為高等級的兵器出動了嗎？是九刀之一嗎？還是……」

「騷動嗎？」小矮人中，實驗三表情冷靜，他看了一眼貨價上的原料，「這些原料騷動的原因，不只是九刀出鞘了，而是……過了今晚，九刀們，還會剩下幾把……」

「過了今晚，九刀，會剩下幾把？」這剎那，所有小矮人都懂了，實驗三言中之意。是浩劫。

今晚，不只是道幫的浩劫，甚至是道幫們武器們的生死之劫。

一場九刀都必須投入的混亂戰鬥中，又會剩下幾把九刀？又會剩下多少倖存者？

「琴。」闖禍七閉上眼，「拜託，妳一定要撐過今晚啊，一定要把消失已久的天缺找出來啊，能阻止這場浩劫的人，也只剩下他一人而已啊。」

撐過今晚？

事實上，琴不是這樣想的……

她想的是，只要撐過二十三秒就好了。

撐過，眼前大宇與鬼徹刀的二十三秒，電梯抵達九十樓以前，那短短的二十三秒就好。

道幫高樓，電梯內。

對陽世的人而言，這台電梯一如往常，停住，人群湧入，一片沉默，眼神游移，直到電梯該停下的地方，舊的人以門為圓心，以扇形方向散去，而新的人呢？則以相反的軌跡，擠入電梯門內。

如此風景，在陽世的電梯開開合合中，每天不知道上演幾萬次。

但這些面無表情的人們，他們所不知道的是，在他們以為空蕩的電梯中，其實另外一世界的事件，正在激烈上演。

那個世界，殘忍而好殺，暴力而奇幻，那地方叫做陰界。

陰界的電梯，正上演一齣這些陽世人們，完全無法想像的畫面。

一把刀，正緩緩的往上升起，從一個男人的背後。

刀鋒有著流水般的弧度，刀鋒鋒利到人眼無法直視，但最引人注目的，是整把刀，不是眾人慣知的銀色，而是幾乎要滴出鮮血，彷彿有生命的血紅。

這樣的血紅，不知道是斬殺了多少無辜的生靈之後，吸納了多少垂死哀號之後，所寄宿上刀體的怨念。

如今這把刀，像是擁有自己的意識，慢慢的拔高，然後刀鋒轉了半圈，對準了電梯中的另一個陰界乘客，琴。

「九刀之五，以地獄為池，以惡鬼為名，是為……」大宇臉上，至今都是一模一樣的迷人微笑。「鬼徹！」

鬼徹？琴光看這把刀升起，就感到呼吸困難，好陰森的刀，好可怕的壓迫感。

如果讓他揮了刀，在這麼狹窄的電梯裡面，琴完全不敢想像自己屍體被發現以後，是會變成什麼模樣？是斷了幾截？還是剩下黏在電梯玻璃上的肉末？

「二十三秒，」琴在電梯擺出了戰鬥姿態，此時此刻的她，已經沒有任何思考的餘地了。「任務只有一個，就是活下去。」

「怎麼活下去？」大宇大笑著，「妳要逃去哪？在電梯裡面，妳要逃去哪？」

「不逃。」下一瞬間，琴躍起，雙腳踩住電梯邊緣，藉由電梯貢獻的反作用力，她要出掌。「逃不了，只能打。」

「喔。」

「接招！」琴的掌風凝聚驚人電能，電氣在狹窄的空間中，化成炙熱狂暴的風。

然後，琴的雙腳蹬開，掌往前劈去，劈向了眼前這個致命的敵人，刀堂副堂主，大宇。

同時間，電梯開始上升，門上顯示樓層黑底紅字的數字，也開始跳著增加。

二十三秒，九十層樓，琴能否活著離開這部電梯呢？

全力。

此刻的琴，真的將自己到陰界這些歲月中，所累積的道行全部釋放出來。

她以電偶為底，肌肉力迸發，讓她宛如深山靈猴，或縱，或旋，或舞，在僅容旋馬的電梯中，高速躍動著。

躍動，是因為不能給鬼徹任何一絲鎖定目標之機會。

而且，琴的躍動，不只是為了逃，而是為了，攻。

當電梯數字來到十九，琴在空中迴旋半圈，雙腳踩住電梯上緣，低喝一聲，電偶之力爆發，讓琴化身砲彈，直衝向大宇。

大宇訝然，轉鬼徹刀為前，但同時，琴右掌往前，電學三大技之二，電箭已化成此掌，狂轟而下。

電光先紅後橙，接著轉為明亮黃色。

就是這金黃色電箭，貫入「象鳴刀」之中，硬是迸裂了九刀之一的象鳴之刀。

金黃電箭在琴的掌心凝聚，更在電梯內掀起電氣風暴，亂竄的黃色餘電，宛如小蛇，在橙掌之前，化成一波波前導攻勢。

但所有的電，最終目標，都只有一個。

大宇，鬼徹刀。

掌已到，大宇臉上卻依然是那張笑臉，只聽三字吐出：「未夠班。」

說完，鬼徹拔出，鮮紅刀鋒直揮而下，日本武士刀獨有的一刀流，不帶花俏，不帶虛假，只用刀鋒決勝，若不是你死，即是我亡的一刀刀法。

如此一刀，竟切斷了無形無質的黃色之電，更斬斷亂竄的電之小蛇，眨眼間，刀已到，就要硬撼琴的電箭之掌。

琴感覺，掌前，不再是那把透漏邪氣的刀，而是一群發出撕裂哀號，死不瞑目，張牙舞爪的地獄冤魂，這群來自冤魂濃濁邪劣之氣，竟讓她完全看不到手上的黃色之電。

這只是念頭一閃的極短時間，讓琴必須判斷，她該正面迎擊，抑或退讓。

一股直覺如冷電，竄過琴的背脊，讓她做出了選擇，退。

但，就算退，也要退之有道，因為鬼徹必會展開追擊，逃避追擊的風險甚至高於迎擊，稍有閃失，在這狹窄電梯之中，琴就會化成一隻被竹籤插到斷腸的鳥兒。

所以，當琴收掌，她將所有的道行一口氣轉向第三種技，「電感」。

電感，乃是透過細微電波放射，並藉由電波的反射來捕捉周圍環境的變化，電感的精準與速度，甚至凌駕人體感官的萬倍以上，如今，琴為了從鬼徹刀下全身而退，她將全部的道行都灌注到電感的電波上。

萬道電波在小小的四方電梯中互相散射，交錯縱橫，宛如一張綿密蜘蛛網，網內任何一絲顫動，都逃不過琴的電感之眼。

在蜘蛛網中，她清楚感覺到鬼徹刀的行進方向，包括鬼徹刀表面比毛細孔還細膩的刮痕，刀鋒偏轉的細微角度，甚至是大宇握刀時的力量強弱分佈，這一些影像，透過電感描繪，清晰的在琴的腦海中成形。

「躲得掉！」琴側身，鬼徹刀平平的滑過了琴腹部前方一公分處，然後擊中了電梯邊緣，火花迸裂之間，直直的削出了一條線。

「躲掉了。」大宇詫異，讓他訝異的，還在後面。

因為，避開這一刀的琴，瞬間將道行由電感轉為電偶，讓她擁有驚人體術。

當大宇眨眼，琴已經在大宇前面微蹲，她的掌，更已經進入了大宇的腹部要害區。

「電箭。」琴的掌，已經按住了大宇的腹部。「倒下吧。」

「難怪宗會栽在妳的手下！」大宇獰笑，「我看，就算眼鏡猴也不是妳的對手！只可惜，妳的對手是我啊！」

聽到大宇這樣說，琴的掌仍沒有絲毫滯怠，已經按上了大宇的腹部，電箭就要透掌而出。

但也在此刻，一股無法說明的詭異感覺，在這瞬息萬變的戰局中，竄入了琴的腦門。

有危險！

不知道從哪裡來，不知道為什麼，不知道是什麼……總而言之，就是危險！

「退！」必須相信直覺，這是琴多場實戰後的心得，她急速收掌，身體更急速後退。

電梯空間狹窄，琴一直退到電梯邊，背部頂上了電梯，方才停止。

隨即，她原本要發動的電擊能量，全部回灌到她身上，她身軀一顫，瞪著大宇。

「那是什麼？」

「妳怎麼會知道？」大宇笑容慢慢收了起來，轉而露出一種非殺琴不可的寒氣。「妳是原本就知道，還是直覺？但無論是哪一種，今天，妳都非死不可，我不容許像妳這樣的人，妳的存在，絕對會讓我們的計畫出問題！」

知道？琴沒有回答。

她當然什麼都不知道，她仰賴的，是唯一的直覺，那由電感為主，電箭與電偶為輔的直覺。

「看妳的表情，似乎又什麼都不知道，嗯，是啊，畢竟見過鬼徹真實模樣的人，大都死了，妳一個道幫菜鳥，又怎麼可能會知道呢。」大宇繼續咯咯的笑著，手往前伸，鬼徹刀鋒也往前，在這狹窄的電梯中，刀鋒幾乎要碰到琴的鼻尖。「不過如果妳一直避戰，電梯到九十層我都沒殺死妳，實在有點丟臉，所以，我決定了……」

「嗯。」琴嗯的一聲，忽然，那股發冷的感覺又出現了。

而且，這次寒意更濃，殺氣更盛，整台電梯的溫度彷彿驟降了三十度，像是墜入了絕望冰庫之中。

然後，琴看到了。

那柄鮮紅的鬼徹刀，竟然像是變形金剛般，刀鋒張開成好幾部分，宛如有著血肉的盔甲零件，一片一片的裝上了大宇身上。

短短的一眨眼時間，其驚恐程度，卻讓琴宛如過了數分鐘之久。

因為鬼徹刀不再是鬼徹刀，而是讓大宇穿著紅色日本鬼武士戰甲，全身都是利刃的致命人體凶器。

這樣的戰甲，再加上電梯這麼狹窄的戰場，琴真的，覺得自己的生機越來越渺茫了。

「既然妳已經要死了，而且我們也趕時間，那我也就照實說吧。」大宇的臉已經完全被鬼甲覆蓋，只露出那雙邪惡的眼睛，還有那始終冰冷的笑。「我的鬼徹戰甲上，處處是刀鋒，共有一千四百二十九片刀鋒，而每片刀鋒上，都淬著致命的毒，這些毒得感謝毒堂藍蠍的提供。」

「呼……」琴聽到自己無法控制的，吸了長長的一口氣。

「好啦，那我們不廢話，還有幾秒，我們來做最後了斷吧。」大宇說完，發出大笑，然後揮拳，不，揮的是滿是毒液的戰甲拳刀，朝著琴直直而來。

逃，琴再次張開了有如蜘蛛網般交錯縱橫的電感網路，她現在只能拚命逃了，在這兩公尺見方的空間內，盡全力的逃了。

逃過這十餘秒，先離開電梯，才有任何一絲活命機會了。

樓層，四十二層，時間，還有十三秒。

接下來的十秒，琴每一下都躲得極為驚險，大宇身著鬼徹化成的戰甲，像是紅色風暴在電梯內肆虐著，琴完全沒有機會反擊，她只能將所有的道行都集中到電感與電偶上，不斷閃避著。

到此刻，琴也確信了一件事，這大宇的道行等級，果然是在宗與眼鏡猴之上，副堂主的功力，果然比底下的課長更高！

若是在一般的戰場上，琴也許能伺機反擊，但此刻的環境太過險惡，電梯這麼狹窄的空間，對手又穿著全身毒刀的戰甲，加上琴的實戰經驗太少，頓時讓琴陷入完全的劣勢之中。

所以，琴將所有的力氣，都集中在一個字上，那就是「逃！」。

「這麼能躲？」大宇獰笑，「那我換一招好了。」

「什麼？還有招？」

「為了對付像妳這樣，跟猴子沒兩樣的對手，」大宇雙臂打開，全身竟然透出點點奇異紅光。「有為妳特製的……大餐啊！」

說完，大宇身上的紅光亮度，陡然增強，不只增強，竟然一口氣，全部狂射了出來。

一看到它脫離盔甲而出，琴明白了，這哪裡是紅光，這是飛刀啊。

密密麻麻，數目破百的殺人兵器啊。

「太誇張了，用這種兵器，你知道這裡是電梯嗎？」琴慘叫一聲。「叫我怎麼躲？」

電梯內何等封閉，琴該如何躲？她只能雙臂護住臉部，電感道行從四面八方全部收回，只為了化成一強力電盾，來阻擋這幾乎不可阻擋的暴力一招。

蹭！蹭！蹭！蹭！蹭！

琴只能閉著眼，感受著電盾傳來綿密不斷的毒刃轟擊，而琴也被轟得不斷往後退，退到背部緊靠電梯牆。

當電盾威力因為消耗而減弱之時，更有幾把毒刃硬是穿過電盾，驚險的從琴的臉旁、手邊，以及腹側擦過。

嘶了一聲，那些穿盾而過的毒刃，果然鋒利絕倫，一把把插入牆中，直沒至柄。

在這密密麻麻的毒刃暴雨中，琴低吼著，不斷狂擋，不斷逼出極限，只為了兩個字：生存。

終於，毒刃停了。

琴聽到了，大宇輕輕的一聲笑。

「七十二樓，還十秒。」大宇笑著。「我就說，妳不可能撐過電梯吧。」

不可能撐過電梯？琴聽到這句話，像是感覺到了什麼，她慢慢的低頭，看向了自己的腹部。

那裡，衣服有一條長長的破口，破口之下，還有一道清晰的刀痕。

刀痕上，開始滲出一滴又一滴的血珠，這表示，琴被毒刃割中了？

「嗚。」琴按住腹部，傷口不大，傷勢不重，但可怕的卻是毒刃表面塗抹的那層物質，如果來自毒堂……

琴才這樣想，忽然就覺得頭一暈，頓時單膝跪地，呼呼的喘氣。

「鬼徹飛刀的毒來自『藍蠍』，而在道幫中，『藍蠍』的毒性僅次於鈴的『蟾蜍母』。」

大宇站到了琴的面前，他擋住了燈光，影子如深淵般籠罩住不斷喘氣的琴。「藍蠍的毒，雖然沒有像『蟾蜍母』般詭譎複雜，有如愛恨情仇，但藍蠍毒主打速度、威力及效率，一旦中毒，道行較弱者，甚至會當場斃命。」

「呼呼……」琴不斷喘氣，已經模糊的視線，看向了電梯上的數字。

七十九……八十……八十三……八十三……八十三……

終究，是到不了九十層嗎？

她終究，是會死在這窄窄的電梯裡嗎？

小耗、冷山饌、大耗、小天、莫言、橫財，以及那位陌生的男孩，我的故事，終究要結束在這裡了嗎？

籠罩住琴的影子，慢慢的舉起了手上的刀，伴隨著大宇的冷笑，「結束了。」

「結束了……」琴咬牙，她瞪著電梯上的數字，八十三……沒辦法了，真的沒辦法了嗎？

但，就在此刻，琴的腦海閃過一絲異樣。

八十三？

從剛剛就一直在八十三，為什麼，電梯沒有繼續往上？

然後，就在大宇的刀，舉到最高，就要砍下之際，電梯門，竟然傳來了一個雖然普通但卻讓兩人同樣詫異的聲音。

叮。

接著，電梯門竟然，緩緩的往兩旁張開。

人影，也從打開的門縫中，逐漸清晰起來。

剛剛大宇不是說，電梯只有幹部才能解鎖，所以不是一般的道幫幫眾，所以，是誰按下電梯了？

當人影終於清晰，琴先是一愣，然後她的臉上，露出了好複雜的表情。

這表情，又是喜悅，又是擔憂，又是畏懼，又是困惑……

這八十三層的電梯，究竟是誰打開的，為什麼會讓琴的表情如此複雜呢？

電梯外，站著兩個人。

一個人身材高壯如巨塔，手持一只大鐵扇，五官霸氣而威風，一個人身形瘦小如柴，雙手插在口袋，對著電梯內露出邪氣微笑。

這兩個人，琴在數個小時前才看過，數小時前，就是這兩個人，以他們對自己工作的專業與執著，嚴正的證明了自己的清白。

原料部，大扇子。

製造部，小棒子。

如今，他們為什麼會在這裡，並解開了大宇對電梯的控制，將電梯強制在八十三樓停下？

「副堂主，這樣不太對喔。」小棒子微笑。「如果電梯中有女士昏迷了，應該趕快通知醫護人員，送去醫務室才對呢。」

「不過，如果副堂主太忙，這種保護女士的小事。」大扇子也接口。「我們可以效勞。」

「你……你們……」這剎那，大宇的眼中由詫異轉為怒氣，然後又轉為濃烈殺意。「看樣子，你們已經決定選哪邊了，是嗎？你們可知道，你們選木狼那邊，是必死無疑？」

「選木狼？」小棒子搖頭。「副堂主你弄錯了，我們從來沒有選任何一邊，我們選的是自己這邊。」

「自己這一邊？」

「是啊。」大扇子說，「是非善惡，心安理得，即是我邊。」

「所以？」大宇怒極反笑。

「所以，刀堂第七刀，孔雀。」大扇子一抖手上巨大鐵扇，鐵扇垮的一聲，完全張開。

「拜見五刀，鬼徹。」

這巨大鐵扇，共有四四十六片扇葉，每片扇葉都是一片刀鋒，刀鋒型態各自不同，有的尖銳，有的扁平，有的刀鋒帶齒，這些扇葉組成的這大鐵扇，透著一股絕命魔兵的霸氣。

「還有，刀堂第八刀，犬神。」小棒子手一揮，手上出現一根宛如指揮棒的銀色小棒，乍看是一根沒有刀鋒的小棍，但卻在揮動的瞬間，空氣被颯的一聲切開。

這是一根棍子，卻比刀刃更為鋒利，因為小棒上佈滿了細微的小孔，小孔或大或小，或圓或方，當棒子高速揮過空氣時，會干擾空氣流動，製造出真空的效果。

真空，即是大自然的刀刃，能輕易割裂敵人肌肉與骨骼，這是一把犬神，事實上就是前幾代破軍星「一念」的傑作。

「第七的孔雀與第八的犬神。」大宇獰笑著。「如今你們要挑戰第五的鬼徹嗎？」

「嗯？」

「不，我們沒有要挑戰鬼徹。」大扇子搖頭。

「我們要挑戰的，」小棒子接口。「是這數十年來，不斷讓道幫墮落的那片混濁與黑暗。」

「哈哈哈，哈哈哈哈，好一個讓道幫墮落的混濁與黑暗！」大宇狂笑，「那就看看，是光明照亮黑暗，還是黑暗吞噬光明吧！哈哈哈！」

說完，三項兵器同時舞動起來，赤紅色的鬼徹、七彩繽紛的孔雀，還有在空中佈滿銀色線條的犬神。

道幫九刀，「九刀象鳴，八刀犬神，七刀孔雀，六刀滿字飛環，五刀鬼徹，四刀圖窮，三刀黑劫，二刀狼鍘，一刀七殺刃。」如今八刀與七刀同時出手，戰上五刀鬼徹。

而琴在因為中毒而失去意識之前，她看見三大兵器正生死糾纏著，鬼徹化成的戰甲，轟中孔雀，卻被孔雀十六柄刀刃夾住，而另一頭，犬神劈中鬼徹戰甲的肩膀，瞬時讓鬼徹往前一跌，就這樣跌出了電梯之外。

但鬼徹戰甲一個回轟，大扇子也被孔雀刀帶得撞向了牆壁，大扇子頓時吐出一口鮮血。

另一頭，犬神則被戰甲抓住，用力拽向地上，接著鬼徹戰甲滿是刀刃的腳，狠狠的踩向了小棒子的胸口。

一大片血花，從小棒子嘴裡噴出。

琴想要看得更清楚些，甚至想要起身協助這兩把仗義之刀，但此刻，電梯門卻已經緩緩關上。

關上。

然後電梯輕輕一晃，開始往上了。

電梯內，只剩下琴一人，孤單的，昏沉的，駛向電梯原本設定的最後終點，九十樓。

九十樓之外，這原本該是天策辦公室，換句話說，就算琴逃過了大宇的這一劫，後面恐怕還有其他的劫數，在等著琴。

叮一聲，琴完全昏迷，而電梯停了，門也開了。

一個人影，就這樣走進了電梯。

然後，人影面容上，抹著淺色口紅的美麗朱唇，揚起了一個淺淺的笑容。

「嘻嘻，妳，終於落到我手上了啊。」那人影笑著。「武曲，不，現在該稱妳為琴，是吧？」

第六章・黑門之後

陽世，歌唱比賽。

小靜正坐在舞台的一旁，準備上場，她的內心雖然平靜，但卻隱隱聽到整個攝影棚，不只觀眾席，甚至是天花板、地板，每個晦暗不明的角落，正傳出低語般的騷動。

這些日子以來，從那次 Pub 夜唱感受到柏的存在以後，小靜發現自己越來越能聽到這些不屬於這世界的囈語，甚至能感受到這些囈語的情緒，是憤怒，是悲傷，是貪婪，或是興奮。

尤其，是在小靜開口唱歌之前與之後，她感覺到，這些囈語的聲音都會特別清晰。

而今天，小靜感受著囈語的情緒，顯得興奮而期待，就像崇拜多時的偶像，終於要開演唱會了，那是一種期待了大半年，即將踏入演唱會現場的心情。

小靜的感覺並沒有錯，只是當時的她不知道，在她身處的陽世之中，存在著另外一個有如鏡中倒影的世界，那世界名為陰界。

那些囈語，就是陰界子民「陰魂」的聲音。

而且，音量之大，已非囈語，而是喧譁的吵鬧了。

就算距離小靜與阿皮的對決，還有將近一小時的時間，但四面八方湧來的陰魂們，已經快要把整個攝影棚塞滿了。

對陰魂而言，土地與寶物是能量，而歌聲，則是比能量更能撫慰他們心靈的，醇酒。

歌聲越好，感情越重，酒就越醇，老歌手歌藝高明，所釀的酒技藝純熟，品質穩定，但若是這種剛剛崛起的新人，釀出之酒時好時壞，但卻因為情感深厚，讓酒的氣味千迴百轉，讓人永難忘懷。

而這次歌唱比賽的四強，蓉蓉、周壁陽、阿皮，以及小靜，在陰魂眼中，就是這樣的新人釀酒師。

陰魂們仍在聚集，但原本或坐或站，排列混亂的陰魂們，卻隱隱出現了秩序。

陰魂們讓出了收聽歌曲的最佳位置，並且圍繞著那幾個位置而站，有如漩渦的中心，由上方往下俯視，可以看見大漩渦共有四個，其他小型散亂的漩渦，則約有十餘個。

而那四個大漩渦，其中一個，身穿政府的軍服，軍服上掛著象徵將軍級的星星，而政府的官員與將士們，就這樣圍繞著這位星級將領而站。

這將領身材高大，雙目深邃，似有幾分外國血統，他不是別人，正是曾經隸屬於黑幫十傑，但在十字幫覆滅之後，轉投至政府的甲級星強者。

他是獨飲。

他愛喝酒，音符之酒又是酒中至尊，所以這場歌唱比賽，獨飲不會缺席。

只見他大剌剌的坐在舞台的左方，蹺著二郎腿，睥睨著舞台，就算不用開口，但從坐姿本身，就宣告了他的性格特質，那是一種天不怕地不怕的狂氣。

而在他身後，有個女子散發著與獨飲截然不同的氣質，她戴著金邊眼鏡，頭髮整齊的梳理成髮髻，表情專業冷漠，給人一種做事一絲不苟，極度細心到令人畏懼的處女座女生氣質。

這女孩沉靜強悍的氣質，剛好與獨飲豪放隨意的氣質相反，兩人似乎共事已久，就算沒有互動，也自然形成一股緊密的默契。

從其他陰魂的耳語中，隱隱聽到這戴著金邊眼鏡女子的名字，丙級，天哭星，綽號小聽。

第二個大漩渦，在舞台的右前方，縱然這漩渦氣勢較獨飲略遜一籌，縱然漩渦如此，但論規模顯然也是一方強者，她是女性，卻有著不下於男子的英氣。

她，是最近崛起，隱隱有取代十字幫地位的「紅樓」姚字門之主，天姚星。

她留著俐落短髮，身穿簡潔襯衫，嘴角輕揚，雌雄莫辨，英姿颯爽，其姿態無論男子或女子都為其著迷。

圍繞天姚的，也都是身負道行的紅樓人物，個個身材挺拔，自信滿滿，果然有新崛起幫派的驕氣。

但在這些高大幫眾之中，卻有一人散發著與他人截然不同的氣質，此人乃是一名男子，卻蓄流著長髮，身材高瘦卻不寒傖，反而像是一個蓄力已久的彈簧，隨時能爆發出驚人的力量。

耳語，依舊傳著，此人雖然只是新魂，卻已經爬到了姚字門的第二把交椅，星格未明，綽號小馬。

看著天姚不時回頭與小馬竊竊私語，就知道這兩人交情匪淺，而且與獨飲和天哭相同，有著長年共事，彼此信賴的關係。

第三個漩渦，位在舞台左後方，規模又再小些，漩渦中心是兩個人，一男一女，互動自然親暱，是一對夫妻。

男者，正是如今的海幫之主，龍池是也，女者則是據說實力不在龍池之下的副幫主，鳳閣是也。

「海幫」是僅次於三大幫派之下二級幫派，與「雪幫」、「宅幫」，和「公路幫」齊名，但這些年龍池與政府走得很近，讓政府對海幫利益爭奪睜一隻眼閉一隻眼，加上龍池與鳳閣兩位都擁有乙等星格，其道行在二級幫派中有目共睹。綜合以上因素，讓海幫，這以海港為主的幫派，儼然成為二級幫派之首，聲勢直追一級幫派。

海幫兩夫妻都是嗜音樂之徒，這場歌唱比賽，雖說是新人競賽，但卻能散發出老酒所沒有的驚奇味道，這份驚奇，引得龍池和鳳閣兩人，同時駕臨。

而第四個漩渦，則位在舞台的正中央最佳的位置，只是奇怪的是，漩渦的中央卻是空的，從這漩渦所在極佳位置來判斷，這位漩渦中心的份量甚至高於政府的獨飲、紅樓的天姚，與海幫的龍池鳳閣。

是誰，擁有這樣超卓的地位，就連主角不來，依然佔有最佳位置？

從漩渦外的人員來看，此人應隸屬於道幫，再仔細聆聽陰魂耳語，更隱隱可知，這空位該是留給陰界第一武器鑄造師，十四主星中的道幫之主，天缺。

天缺，生平最愛一為武器鑄造，第二便為品嚐音樂之酒，在他尚未淡出江湖之前，鑄造武器之前必定暢飲歌聲之酒，並以酒為引，鑄出各式讓陰界為之驚豔的傳說兵器。

如今，就算他不來，這個首席聽眾之位，還是替他留著。

若無第二個主星出現，誰也搶不走它。

歌唱四強準決賽前夕，異軍突起的海之聲「小靜」對上山中王子「阿皮」，比賽即將開始。

陰魂們拿著自己印出來的歌單，竊竊的討論著。

「阿皮的絕招，一定是那首〈松鼠〉吧？」陰魂們說著，「這首歌他自寫自唱，說的是他小時候山林奔跑的情感，一旦化成音符之酒，喝起來肯定過癮到極致吧。」

「不只，這首歌還被強哥潤飾過，強哥這人自己的歌曲之酒不怎麼樣，但由他調教過新人，音符都會好喝上百倍，說他是最強的音符調酒師，實在不為過啊。」

「不過，這次會唱松鼠嗎？」陰魂搖頭。「我猜不會。」

「為什麼？」

「松鼠算是阿皮的大絕招，肯定會在最關鍵的時刻才唱吧？」那陰魂說，「我猜他一定會選在冠軍決賽時再唱。」

「不一定喔……」

「怎麼不一定？」

「只要危急就會唱啦。」陰魂說，「像是如果雙人第一次唱歌平手，阿皮就非唱松鼠不可了。」

「也是。」其他陰魂紛紛點頭。「在決賽規矩是這樣沒錯，兩人第一首歌平手，就會進入下一輪，人類的氣力有限，一定會想在下一首歌分出勝負。」

「那就表示，我們一口氣連聽四首歌嗎？」陰魂笑得好開心，「也太爽了吧，我一定會醉到不省人事吧。」

「連聽四首？這也不一定，小靜的音符雖然很特別，但畢竟比較生嫩，就怕第一首歌就掛了。」陰魂說，「我聽說，小靜要演唱的是……海風？我記得是一首很陽光，很開心的歌。」

「海風不錯啊。」其他陰魂紛紛點頭。「由綽號是『海之聲』的小靜唱這首，感覺很適合。」

距離開賽，還有三十分鐘。

這時，因為彩排，阿皮亮出了他的歌曲，果然沒有選擇他的殺手鐧〈松鼠〉，而是挑了另一首同樣帶有山林味道的歌，〈母親的名字〉。

歌曲中的母親，講述的就是這片土地，是山，是海，是樹，是從山之巔，一路吹拂向海岸的風。

風能帶來種子，萬物所以能生長，能帶來水氣，讓萬物受到滋潤，能帶來希望，讓萬物在這片土地上生生不息。

這首歌的特色是嘹亮而清爽，也是非常適合阿皮的歌，就算阿皮沒有拿出〈松鼠〉來對付小靜，這首〈母親的名字〉也是對小靜歌唱能力的一種肯定，肯定小靜是一個足以拿出實力的對手。

而小靜呢？她依然閉著眼，將自己完全沉浸在〈海風〉之中，那片片陽光灑落在藍色大海的模樣。

她知道，這一次，她將會唱出最棒的海風。

三十分鐘後，即將開賽。

這三十分鐘內，有充滿了戰鬥意志的阿皮、靜下心集中注意力的小靜、不斷鍛鍊自己屁股的周壁陽，還有泰然自若的夜之女王蓉蓉，等待看好戲的評審強哥與鐵姑，以及上百名現場觀眾，與破百萬個電視前等待直播的觀眾。

當然，還有數百名等著啜飲音符之酒，血腥而暴力的陰魂，以及同樣透過電視，等待感受音樂的百萬陰魂，這些陰魂中，有著政府軍系中的高手獨飲、新興大幫紅樓的天姚與天馬、海幫正副幫主龍池鳳閣，以及那張等待著天缺的空椅。

事實上，在上百陰魂之中，有幾雙眼睛正隱藏著，這些眼睛透露出一點都不下於檯面上人物，那種銳利強悍，充滿危險的光芒。

「猴子們。」其中一雙眼睛如是說。「今晚 Party 就要開始了。」

而且，不只是猴子而已。

在人群中，還隱藏著一雙，更深沉，更黑暗，擁有巨大力量的眼睛。

他目光的聚集處，卻不是舞台，而是那張天缺空下來的椅子。

也是因為這雙眼睛，讓小靜腳邊有著灰色虎班的小虎，有了反應，牠先是抬起頭，喵了一聲，然後又將頭蜷回了身體之中，回到了夢鄉。

牠這一聲喵，乍聽之下只是睡眠中無意識的動作，但對於這種超高等級的陰獸而言，這樣的叫聲，卻有著另一個更重要的意涵。

這是提醒，也是警告，牠在提醒周圍的另一隻與牠相同危險的生物。

這也表示，在附近還有第二隻，和小虎等級相當，足以站立在千萬陰獸頂端的生物，已然逼近。

而那隻生物，正如小虎般，安靜的依偎在牠所認可的主人身旁……

此時此刻，一場陽世的新人歌唱大賽的準決賽，宛如有著一條條看不見的命運之線，將這些人都帶到了此處。

而此刻，這些命運之線開始顫動了，這些不安的顫動，彷彿正預告著一場即將撼動整個陰界的事件，就要上演了！

此刻，一陣奇異幽香，淺淺的，清新的，彷彿在下過雨的午後，打開窗戶，從窗戶外吹拂而來的蘭花香氣。

如今，這氣味縈繞著琴的鼻腔，讓她緩緩的甦醒了。

「啊，大扇子、小棒子，啊，剩下多少時間？糟糕，建木有分陰陽！我得趕快去和木狼說，雙瞳呢？」琴才一起身，昏迷前腦袋中所想的事情，就化成語言，如連珠砲般射了出來。「啊，妳，妳……」

但這些問題，卻在琴見到眼前這女人的瞬間，完全安靜下來。

因為，眼前這女人，好漂亮！

這女人的美，就算是同為女人的琴，也會為之震懾。

完美的臉型，完美的五官，細緻到幾乎透明的肌膚，重點是那一雙集合了聰慧、機智，還有靈巧與調皮的眼睛。

這樣的女子，若是在陽世，在街頭走路肯定會收到超過十張的星探邀請，而且若真的上了新聞版面，肯定會成為全國風靡的女星。

因為，她的美，讓人難忘。

那不是簡單的五官比例而已，重點是她的美之中，帶著一絲充滿個性的狠辣，這樣的狠辣出現在這絕美的容顏之上，不但沒有減損任何美麗，還增添了一份讓人想靠近，想被吞噬的魅力。

「妳是……」琴這剎那，想起了這樣一個人，外傳道幫三大堂中，有一個堂主，就有著這樣獨一無二的容顏。

這一堂不是刀堂，也不是劍堂，它是不具爭奪幫主地位的第三堂，但因為第三堂無可取代的製毒能力，反而讓它能完全置身事外，地位卻毫不動搖。

道幫第三堂之，毒堂。

毒堂不只製毒能力獨步陰界，它最有名的，還是那美到讓人難忘的女堂主……甲級星，鈴。

「哎呀，被妳發現我是誰了……」鈴微微笑著，這一抹笑，也美得讓人屏息。「是的，我就是鈴。」

「毒堂堂主，鈴，我以為妳不會介入這場刀堂與劍堂的……」

「是的，天策想搶幫主，木狼想阻止他，所以這兩人鬥得你死我活，的確是不關我的事，但我要說，我也有想要的東西哩……」鈴微笑。

「什麼東西？」

「我想要，妳的命。」

「我、我的命？」琴驚訝，「我又與妳無冤無仇。」

「與我無冤無仇嗎？對一個失去記憶的人說報仇，感覺真是空虛啊。」鈴嘆了一口氣。「這樣把妳用毒折磨千百個日子而死，好像也少了一點味道。」

「用毒，折磨千百個日子而死……」琴忍不住打了一個哆嗦，她在道幫這些日子，多少也聽過鈴的手段。

她的毒，一如她的性格，千迴百轉，咬心齧骨，狠辣絕情，絕對會讓人求生不能，求死不得，算是極可怕的人物。

她，為什麼要鎖定琴？

「嘻嘻。」鈴笑，「不過讓妳什麼都不知道就被我毒死，實在不夠味，更何況，我是受到『他』的委託，帶妳去見『他』的啦，現在啊，還不能把妳毒死喔。」

「他？」琴腦袋瞬間閃過一個人。「是木狼嗎？他請妳來保護我？」

「木狼，呸，他是哪根蔥？」鈴哼的一聲，「他請得動我？」

「啊，不是木狼，他是誰？」琴再次訝異，如果連木狼都不放在眼裡，又有誰能讓鈴願意出手？

「起來啦。」鈴瞪了一眼琴，就要朝外走去。「該去見『他』了。」

「我不懂，而且我身上還中了鬼徹刀的毒，這毒據說是藍蠍——」

「藍蠍？」鈴翻了白眼，「妳說那個只會調殺人毒素的副堂主？」

「是啊，剛聽大宇說，藍蠍的毒……見血封喉。」琴摸了摸自己的身體，暈眩感全沒了之外，好像連腹部的傷口也好了，這到底是怎麼回事？

「藍蠍，他是哪根蔥，我是他的堂主，他的毒……我用小拇指就能解了。」

「對喔。」琴笑了一下，這藍蠍的毒，肯定被鈴拔得乾乾淨淨。「那我們到底要見誰？我有急事，我要去見木狼，將我所察覺的一切告訴他！」

「是嗎？但現在妳的命是我救的，所以妳要聽我的。」鈴沒有正面回答，只是自顧自踏著婀娜的步伐，來到電梯口。「而我受某人的委託，要將妳帶去他面前。」

噹的一聲，電梯門開。

「受某人的委託，要將我帶去他面前……那人是誰？」琴詫異著，一方面她心裡雖急，卻知道鈴親自將琴從九十樓帶走，肯定有非常重要的原因。

更何況，鈴是有名的喜怒無常，毒功高絕，鈴可以替琴拔毒，一定也可以無聲無息的將劇毒，種回琴的身上。

「走啦。」鈴看著琴，冰冷的語氣，不容許琴有半點拒絕空間。「除非，妳覺得自己打得贏我喔。」

於是，琴在稍微遲疑之後，便跟著走入了電梯，但當琴看見鈴的手指按下的樓層鍵之時，琴忍不住咦的一聲。

這數字？在陰界這些日子，琴從來沒有見過這數字被人按下去，而且亮起來過……

這數字，不是鈴的七十層，不是木狼的八十層，也不是天策的九十層……是比這些樓層都更高，更神聖，更不可侵犯的一層，這是……

一百零一。

一百零一，這不是道幫的幫主，巨門星天缺的所在嗎？

玲要帶琴上一百零一層？為什麼？所謂更重要的事，又是代表什麼事呢？這一切真的和天缺幫主有關嗎？

琴的昏迷時間與鈴拔毒時間，約莫用了兩小時，換句話說，距離調查無碇槍期限，剩下三小時。

通往一〇一層的電梯之中，琴語氣難掩詫異。「妳口中的『他』，是天缺幫主？他不是沉潛很久了？好多人想見他都見不到啊，但妳說……他想見我？」

「……」面對琴的問題，鈴的反應卻是沉默。

「天缺幫主到底發生了什麼事？木狼想知道，我的七個好朋友想知道，道幫上上下下每個人都想知道。」琴語氣懇切。「這次的無碇槍，也需要幫主親自出來主持大局啊。」

「……」鈴依然沒有反應，雙眼只是看著前方，然後安靜的等待著，電梯的數字不斷飆高，轉眼間，已經逼近了101。

「鈴……」琴看著鈴始終沒有回應，她也安靜了下來。

她知道，鈴若不說，她問也沒用。

她只希望，一切謎題，在打開一〇一這層辦公室的門之後，能得到解答。

電梯停了，鈴沉默的走出電梯門，朝著唯一一間辦公室快步走去，長長的五十公尺長廊的盡頭，是一道樸實的深黑色大門。

而且這道黑色巨門上，很乾淨，沒有安裝任何用以辨識身分的刷卡、視網膜辨識系統，或是複雜的密碼輸入。

這門上除了門板以外，唯一的不同，就只有一個黑黑的鑰匙孔而已。

「這門也是道幫的傑作。」鈴站在門前，纖細的身材，撫摸著這道門。「這門不只可以預防百萬噸的力量衝擊，可以防水、防電，甚至防毒，連各種稀奇古怪的技，都可以阻擋下來，所以當天缺把自己鎖入了其中，不只再也沒有人能夠進去，也就再也無人能窺視門後的祕密。」

「好厲害的門啊。」琴驚嘆。

「是啊，」鈴撫摸這門，輕嘆。「同樣的門，只有在政府紫微星辦公室外有一道而已，巧合的是，被這門保護的人……如今卻都淡出了黑幫，幾乎不見蹤影了。」

「所以，紫微星也是？」

「沒，」鈴搖頭，「當我沒說。」

說完，鈴從懷中拿出了一把鑰匙，鑰匙通體墨黑，但鑰匙頭的紋路如一把小傘，傘上紋路錯縱複雜，宛如一座微型的立體迷宮，這樣的鑰匙，是琴所見過最奇特，也最複雜與神秘的。

就是要這樣厲害的門，才需要這樣厲害的鎖吧？

「這門，除了用鑰匙，沒有任何的方法可以開。」鈴說完，把手上的鑰匙插入了門內，並慢慢的轉動了鑰匙。

這一轉，琴可以聽到這黑門之中，傳來卡卡滴滴卡卡，又密集又綿密的機關卡動聲，如果每個卡動聲都是一個機關，那門內至少藏了一百個互相連動的機關。

「這鑰匙只有三個人有。」鈴的鑰匙轉到了底，門內那連續不斷的機關聲停止，「我是因為擁有毒藥知識，才能擁有這鑰匙的。」

「毒藥知識？」琴還想再問，這時，門的卡榫已經開了。

只是，琴又不太懂，為什麼鈴會因為毒藥知識而有鑰匙？緊接而來，在琴內心中更大的問題是，為什麼天缺要見她？

和無碇槍事件有關嗎？不，一股直覺讓琴否定了這樣的想法。

一定是更奇怪、更特殊的委託，才會讓這位消失多年的老幫主，透過鈴來找出琴。

當鑰匙轉到了底，門的卡榫打開，只要輕輕一推，門就會應聲打開，但卻在此時，她纖細的背影卻遲疑了。

就在這極為短暫的遲疑後，鈴說出了一句話。

「妳想為什麼懂毒藥的我，能手握一把鑰匙嗎？」鈴輕輕的嘆了一口氣。「毒藥毒藥，既是毒，也是藥，若毒下得好，也是一種藥；反過來說，若藥下得狠了，又何嘗不是一種毒？」

毒也是藥，藥也是毒？琴不太懂，但她還沒能完全消化這段話，嘎的一聲，這一〇一層唯一的辦公室房間門，已被鈴推開。

接著，映入琴眼簾的畫面，所帶來的巨大震驚，頓時將琴想問的話全部衝到腦後，取而代之的，是從心底湧現，更巨大的疑問。

原來，這就是天缺消失了好些年的原因？

原來……

這辦公室很大，而且很美。

這是一間圓形的辦公室，佔地極廣，幾乎等同十間學校教室拼湊在一起，如此大的面積下，卻有一半的牆壁，是透明玻璃製成。

一面巨大且弧狀的玻璃，包圍住這半圓形的辦公室，透過這半圓，不只可以俯瞰這座城市，甚至可以睥睨蒼生，連雲朵都只與之齊高，站立在玻璃窗前，百萬庸碌繁忙的萬物蒼生都在你腳下，如螻蟻般穿梭著。

從這角度俯瞰這座城市，忽然，你會明白，所謂魔之道幫如何的自視甚高，如何橫霸陰界而屹立不搖，從這角度想，琴忽然很想知道，在陰界中排行還在道幫之上的「僧幫」，甚至是陰界集權力於一身的「政府」，他們首領的辦公室，又會是一副怎樣的光景呢？

而辦公室的一半是豪壯美麗的弧狀玻璃，那另外一半呢？琴回頭，卻發現另一半的牆壁，竟然全部都是……書！

書被擺在高高低低大小不一的深色書櫃之中，各式各樣，或新或舊，或經典或新潮，或精裝或以簡單書紙釘成的書，被用一種看似雜亂，卻存帶著極致美感的方式，排列在這寬大的辦公室的另一側。

琴生前是編輯，對書有著一份比任何人都親近的熱情，如今看到這肯定破十萬本的藏書，她竟湧現一種熱淚盈眶的感動。

愛書人？

天缺不只是鑄造師，也是愛書人嗎？

但，弧形玻璃或是數十萬藏書，卻都比不上，辦公室中央，那坐在大辦公椅上的那位老人，帶給琴的巨大且深刻震撼。

琴的第一眼印象，以為這位老人……已經死了吧。

白灰的髮，佈滿黑色的凹陷臉龐，瘦到幾乎一折就斷的手臂，要不是琴知道自己正在道幫一〇一層，她會以為這裡是停屍間，而這老人是停屍間中的一具屍體。

這老人，難道就是縱橫陰界數十餘年，魔之道幫的幫主，天缺嗎？

「他、他就是天缺老人？」琴轉向了鈴，眼神中盡是疑問，琴曾在道幫大廳看過天缺老人的照片，她記得照片中的天缺老人雙肩寬闊，五官如刀刻般的冷硬，雖然帶著武器鑄造師才有的嚴肅，但雙眼中足以穿透一切的目光，仍從死板的照片中透了出來。

只是，這樣一代令人尊敬的工匠大師，怎麼會變成這副模樣？

「他的確是天缺老人。」鈴的聲音從琴的背後傳來，聲音聽起來是壓抑過無數情感之後的冷漠。

「可是……」

「他既然找妳，就會把他想說的話，告訴妳。」鈴說完，苦笑了一下，就往後退，退到了門邊。

「啊？」琴回頭，看著鈴就要離開這裡。「妳要走了？」

妳要留我和這個道幫最高指揮官，或者是這具分不清楚是人還是屍體的天缺老人……在一起？

「妳聽完他說話之後，自然能夠離去。」鈴退出了門外，順手帶上了門，門後，只聽到她傳來一聲輕輕的嘆息。

「等我一下！」當門關上，琴來到門邊，抓住了門把，試著將門拉開，門卻是文風不動。

這門，果然是道幫傑作之一，琴怎麼用力，都拉不開。

這表示，琴被鎖在這辦公室內了？在距離天刑政府要判無碇槍事件，剩下不到三小時的現在，她莫名其妙被關在這天缺辦公室嗎？

門拉不開，琴試圖透過技中的電波感測，找出破解這門鎖的方法，卻發現這門一如鈴所說，不只能防爆、防毒，甚至能防堵所有的技，因為琴的電波在碰到門的表面，就全部被反彈回來了。

門打不開，所以琴也出不去？

「真的出不去了，那、那木狼怎麼辦？莫名其妙被關在這裡啦！」琴嘆息，這時候，她將目光看向了那張大辦公倚。

鈴說，天缺老人有話對她說，但以目前的狀況，她不知道他何時會開口，甚至不知道已經宛如屍體的他該如何開口，琴又更認真看了看天缺老人，發現老人枯乾的手上，原來連著一條細細的點滴管線，點滴袋就掛在輪椅上。

只是比較特別的是，不同於總是裝著透明生理食鹽水的點滴袋，天缺老人的點滴袋內裝的液體是濃濁的黑色，而且，黑色液體之中更有一團團疑似蝌蚪的生物正游動著，這些黑色蝌蚪順著點滴袋，流過管線，注入了這半死老人體內。

「黑色點滴？蝌蚪？」琴看得是口乾舌燥，她禁不住伸出了手掌，靠近這個黑色的點滴袋，試圖用電感，解析這可怖的黑色點滴。

只是她的電感電波才一反彈回到琴的手中，她竟然感到掌心微微發痛，這黑色點滴究竟有多毒啊，竟然連偵測它的電波，都像是染上了毒？

而且一感受這電波，琴更驚恐了，這高密度的毒，只有一滴，是的，只要一滴，混入城鎮的水源中，就足以讓整個城鎮的居民全部斃命。

而且，更讓琴詫異的是，這毒本身散發著製毒者的氣息，而這氣息，與鈴一模一樣。黑色點滴中隱隱扭動的蝌蚪，似乎就是鈴的百大陰獸「蟾蜍母」產下卵所孵化的。

如果這些蝌蚪都是蟾蜍母所生，那毒性之強，毒威之猛，可想而知……但，玲為什麼要把這樣的超級劇毒，打入半死不活的天缺老人體內呢？

這和鈴開門前所說過的，「藥即是毒，毒即是藥」有關嗎？

琴的這些問題當然無人回答，而她縱然心裡著急，也知道她憑自己之力是打不開門的。

就算琴去抓著天缺老人的肩膀猛搖，就怕一搖之後，天缺老人沒搖醒，反而把天缺老人一身行將就木的老骨頭都給搖散了。

無可奈何之下，琴只好繞去後面的書櫃晃晃，並順手拿了幾本書來看，一靠近書櫃，琴不禁驚嘆，果然是十萬冊藏書，這些書的文字包羅萬象，從古老的宋朝文字到近期的文字都有，琴讀得是頭暈目眩。

而且除了古老而充滿歷史的藏書之外，天缺老人也收集了不少稀奇古怪，好像不該出現在這裡的書，其中像是……「地獄系列」、「陰界黑幫」等……但這些書都被天缺貼上了小紙條，紙條上寫著……

「匆匆十餘年已過，仍未完結，甚憾。」

琴也是愛書人，知道等待了十餘年，卻仍未完結的遺憾，她也只能摸著書輕輕嘆了一口氣，心想無論這作者是誰，也都太會拖了，一個系列寫了半輩子，也實在太慢了啊。

這位老人的收藏，除了地獄與陰界之外，還有少許單行本，《雙劍傳說》、《鑄劍師》、《夜犬》、《惡靈地下道》等等……比較有趣的是，有一個書櫃上的架子是空的，但下方卻貼上了標籤，名為……《旅行者》。

旅行者，這又是一本什麼樣的書呢？會不會只是一個有雷聲沒有雨點的期待啊？但正當琴立於書櫃前沉思之際，忽然，一個聲音，在琴的耳邊響起。

「妳來了。」

「咦？」

「誰在說話？」琴急忙順著聲音回頭，但她視線所及之處，卻是一片空蕩。

看著這個安靜到只剩下點滴聲的辦公室，琴閉上眼，電波又如同蜘蛛網般，往外散去，曾助琴多次激戰中逃過一死的「電感」，再次啟動。

因為電波本身有散射與反射的特性，散射可讓電波散落到房間的每個細微角落，而反射則會讓電波最終回到琴的身上，如此電感之技，頓時將整個辦公室的所有細節，清晰無比的映入了琴的腦海之中。

但，奇怪的事情發生了，眼前這一片景物，竟然沒有其他奇怪的人。

然後，那聲音卻像是嘲弄琴的電感一般，再次在琴的耳畔響起。

「妳弄錯了喔。老夫，就在妳眼前啊。」

「眼前？」琴眼睛大睜，她放棄了電感，因為她眼前所見之人，事實上只有一人……這個人，根本用不著電感，用眼睛就看得到了！

那就是自始至終都在那裡，動也不動，分不清楚死與活的……

「我想，妳應該也猜到了，老夫，就是天缺老人。」

「可是……」琴看著眼前的天缺老人，他別說動也不動一下，連嘴唇的顫動都沒有，又如何發出聲音？

「我，曾是威震陰界的天缺老人，但我如今五感已廢，不能視，不能言，不能聽，不能說。」那聲音帶著淡淡對生命的無奈，「如今我可做的，只有調整自己的道行與妳的靈魂同調，藉此與妳傳音而已。」

「所以，說話的人是你，天缺老人？」琴詫異的看著眼前這乾瘦如骷髏，分不清是人還是屍體的天缺老人。

「是啊，是我……」天缺老人嘆了一口氣。「看起來很糟嗎？」

「是……」琴歪了一下頭，這問題還真的難倒她了。「是不太好。」

「哈。」天缺老人的笑聲，在琴的耳畔響起。「妳還挺誠實的，是的，老夫是很糟。」

「會變成這樣，是因為……」琴將目光看向點滴中那宛如夢魘的黑色液體，「鈴的毒嗎？」

「鈴的毒？妳是說，這點滴嗎？」天缺老人聲音微微一頓，隨即大笑。「鈴的毒如此峰迴路轉，是百年難得一見沒錯，但她想下毒害我，一來道行不夠，二來妳別看她心狠手辣，其實她很重情，這樣的女孩，不會下毒害我的。」

「那這毒……」琴看著鈴的毒液，就算是琴沒有放出電感能力，也能感覺出這毒的威力萬千，這樣日夜不停的打入一個軀體中，這軀體真的沒事嗎？

「她的毒，其實只是以毒攻毒而已，老夫在十餘年前，被另一種毒給纏住，數十年的糾纏下，讓老夫變成這步田地，是我找來鈴，要她以其極致之毒，壓制老夫體內的毒，以延長老夫壽命。」天缺老人說到這，聲音中帶著淡淡苦味。「這幾年來，鈴用的毒越來越重，但卻也來越壓不住老夫身上的毒了，我想，時間真的快到了吧。」

聽到天缺老人這樣說，琴忽然懂了，鈴在替她開門之時，為什麼會說那句「毒藥毒藥，既是毒，也是藥」了……

「天缺老人，你體內還有毒，而且其毒性連鈴的奇毒都抑制不了……那你究竟是中了何種毒？又為何不去求醫生呢？」琴說。「陰界之中，也有不少名醫，我聽說第一是天機星吳用，二是星穴周娘……」

「這毒，其實也不是毒，醫生解不了的，其實這毒，應該稱為『業障』。」

「業障？」琴聽不懂。

「這數十年來我以鍛造武器為業，過我手從烈焰中誕生的武器至少破千，為了完成這些武器，我進入嘆息之海、無盡山崖、萬里高空，甚至進入巨型陰獸的肚內，取得了稀奇古怪的材料，打造出不少令我驕傲的武器……但，這些過程，多多少少都對我造成了傷害，而傷害在我體內累積了數十年，終於化成了業障，讓我身體越來越不靈活，最後，連鎚子都舉不起來了。」

「業障……」琴隱隱懂了，「就像是陽世講的……職業傷害嗎？」

「是啊，而且武器畢竟是傷人之物，鍛造過程中難免殺氣外漏，那些都慢慢滲入了我的體內……」天缺重重嘆了一口氣，「但，這些傷害，都無法停止我親眼目睹武器被鑄造出來時的快樂，我任憑這些傷害，這些毒，慢慢的滲入了我的體內……所以，這不能稱是病，自然醫生無法醫好。」

「這些傷害，應該說是毒，」琴點頭。「所以，只能用毒來抑制嗎？」

「就是這個意思，聰明的女孩啊。」天缺老人長嘆一聲。「歷代的道幫幫主，多是身體慢慢殘破而死，我想就是這個原因。」

「嗯……」琴看著天缺老人殘破的身軀，此刻的她，已經懂了天缺老人為何變成如此模樣，這的確不是病，這是一種「選擇」。

天缺老人選擇了這樣的生命，選擇了追逐各式各樣的武器創造，這些武器創造不只撼動了大半個陰界，更讓天缺老人擁有了突破自己的快樂，但經年累月的代價，就是這些傷，如附骨之蛆般，滲入了天缺老人的四肢百骸。

「天缺老人，有件事我想問你……」琴問。「那你會後悔嗎？」

「哈哈哈哈。」

「為什麼好笑？」

「我笑，是因為當年曾有一個女孩，老早就看出這些武器會傷害我的身體，於是問了和妳一模一樣的問題，哈哈哈哈……」天缺老人依然大笑著，在大笑聲中，彷彿又回到了那個強壯精悍，打著赤膊，在火焰邊用力舉鎚，搥打各式兵器的道幫之主。「哈哈，我的回答，也和當年一模一樣。」

「答案是……」

「當然，不會。」天缺老人聲音中有著絕不會後悔的傲氣。「有天我死了，那些武器卻繼續留下來，改變整個陰界，這就是我們武器鑄造師，生來陰界的目的，不是嗎？我很感謝鑄造武器時，那些千百次連續不斷的失敗，因為這才能讓我明白，當最終武器被淬鍊出來時，那種打從心底的痛快！」

「嗯。」琴笑了，她懂了，而在這份理解之後，是琴對天缺老人的欽佩。

如果是她，遇到真正喜歡的事情，一定也會像天缺老人一樣，義無反顧的投入吧。

「懂了，但天缺老人，既然我已經見到你了，加上您的意識也還清楚，」琴問清楚了天缺老人消失的原因之後，她接著開口，這是她這二十四小時以來，最掛心的一件事。「有件事我想拜託你，請您親自出馬！」

「說。」

「你可知道無碇槍事件？」

「嗯。」

「在二十二小時之前，政府警察部的天刑帶著大批人馬來到道幫，說是一把道幫出品的無碇槍無故走火，害死一名警員，並要求道幫負責，而這把無碇槍是由刀堂製造，須負責的人直指刀堂堂主木狼，木狼委託我和雙瞳進行調查，但經過二十二小時不斷的查探……」

「嗯。」

「我們發現這其中有鬼，而且是一個充滿陰謀的鬼，政府天刑聯合劍堂堂主天策，設下這陷阱，對無碇槍動了手腳，表面上是死了一名警察，但事實上卻是要拉下刀堂木狼……」

「你說，天策對無碇槍動手？」天缺說，「無碇槍的材料可是建木，豈有那麼容易動手？」

「他們……」但琴還沒回答，天缺老人卻又自己回答起來。

「是啊，建木承受過大的道行，會陰陽轉換，他們知道這件事了？」天缺說到這，笑了。「這小子鑄兵器的天分，怎麼老是發揮在這種旁門左道上啊。」

「建木，陰陽轉換？」聽到天缺老人如此說，琴語氣不禁因為興奮而上揚起來。「不愧是天缺老人，一次就猜到了原因，既然您已經知道原因，那千萬請你要出面，主持這次的大局，千萬不要讓好人受到冤枉了啊。」

「不要讓好人受到冤枉嗎？」

「是。」琴認為自己已經完整的傳達了一切，便不再說話，靜待天缺老人回覆。但沒想到的是，回應琴的，卻是一片安靜的沉默。

「天缺老人……」

「失去記憶的武曲啊，不是，妳現在的名字，是琴，是嗎？」

「是。」

「妳覺得，此時此刻的我，出面仲裁這件事，能讓這件事解決嗎？」

「咦？為什麼不能……」琴一呆。

「妳可知道，政府與我們道幫密謀者，為何設計這次的無碇槍事件，他們真正目標為何？」

「要扳倒刀堂木狼？」

「是的，他們為何要扳倒刀堂木狼？」

「為何要扳倒？不是雙方積怨已深？」

「不是喔，小女孩，呵呵。」天缺傳來寂寞的笑聲。「他們要奪道幫的權！」

「啊?要奪道幫的權?」

「在奪權兩字之前，木狼只不過是一塊阻擋他們的絆腳石而已，他們真正要的，是道幫的主權，換句話說……」天缺老人說，「他們要的，其實是老夫的位置啊。」

「啊！」琴眼睛睜大。

「如果在這個時候，老夫出了面，讓他們見到我此刻的模樣，妳覺得會如何呢？小女孩。」

「……」琴語塞，她的確沒想到，若天策與天刑看到此刻宛如乾屍的天缺，會發生什麼事？

「妳不知怎麼回答，我就替妳回答了吧。」天缺老人嘆了一口氣，「他們見到老夫又殘又老，他們原本唯一的顧忌將徹底解放，從此大展手腳，什麼木狼，什麼刀堂，一口氣全部吞掉。」

「嗯……」琴閉上眼，她完全無法否定天缺老人所言。

「這些年來我之所以淡出道幫，隱匿於這道強大黑門之後，就是為了拖延道幫被奪權的時間，我連木狼都瞞了，是因為我知道，他若擔心我，肯定會想盡辦法治療我，但無論是找天機星還是找周娘，都會驚動政府。」天缺苦笑。「只是，該來的還是會來，政府與天策那孽子聯手，以無碇槍為引子，要扳倒木狼了。」

「但，幫主，我們不能什麼都不做啊。」琴語氣焦急，「如今政府強勢，黑幫式微，三大黑幫中十字幫消失，新興黑幫紅樓又與政府連成一氣，僅存的兩大黑幫，僧幫與道幫，若連道幫都落入政府手中，整個陰界不就失衡了？」

「嗯，只剩下僧幫了嗎？小女孩妳熱血固執的模樣，還真的與當年武曲一模一樣啊。」

天缺笑了幾聲。「我也不願這樣的事情發生，只是這是目前大勢所趨，我們能做的有限啊。」

「救道幫的方法，應該沒有了，但要維持陰界平衡的方法，倒是還有。」天缺老人說。

「妳要聽聽嗎？小女孩。」

「要！」

「道幫落入政府與我兒天策手上，恐怕是遲早的事情，但妳知道，陰界的政府與黑幫宛如陰與陽，一方強大，另一方雖然相對弱勢，卻不會完全消失，而且反而會凝聚力量，等待反撲，就像是陽光越烈之處，陰影往往越深一樣……」

「天缺老人，您的意思是，就算天策與政府掌握了道幫，但其實道幫中那些反政府的勢力，並不會消失……」

「聰明！」天缺老人傳來爽朗的笑聲。「對，那些勢力不會消失，但需要一個人，讓他們深信可以追隨，關於這個人，我倒有個人可以推薦。」

「誰？」

「當然就是，」天缺微微一頓，才開口。「妳。」

「啊？」

「妳，武曲轉世，能在易主中爭王十四主星之一，不追隨妳，還要追隨誰？」

「可是，我、我不是武曲……」

「嗯？妳不是武曲，誰說的？」

「在颱風之中，有個名為長生星的人，據說能看入每個魂魄的本質，他斬釘截鐵的說，我不是武曲……」

「長生嗎？是啊，看破星格是他與生俱來的能力，這數百年來，每一代長生星從未出錯過。」天缺老人沉吟。「這倒是奇怪，因為我雙目已經不能看，耳朵已經不能聽，故我是透過陰界魂魄與妳溝通，就是因為如此，我才深信妳就是武曲啊，長生星一事，是有什麼地方沒有考慮到嗎？」

「也是因為長生星的一番話，讓我的生命有了天翻地覆的改變。」琴想到颱風中，小傑與小才的翻臉無情，更直接造成小耗與天使星的死亡，語氣忍不住落寞起來。

「不，事有蹊蹺，但聽老夫一言，將來若有機會，再回去颱風內一次。」

「咦？」琴咦的一聲。

「有些事情，妳肯定要和長生星問清楚。」天缺老人語氣堅定。「他當時這樣說，一定有些原因，妳要問清楚，將妳的天命要回來。」

「我……」

「可以嗎？小女孩。」天缺老人語氣轉為懇切，這份懇切，應該來自他對琴的期許，又或者說，對武曲重回黑幫的期望。

「我可以。」琴閉上了眼，不知道為何，她無法拒絕這個老人，也許，是因為天缺老人的壽命已盡，琴實在無法拒絕這樣一位老人，又或許，對琴而言，這個謎團同樣困擾她內心許久。

她也想真的回到那場颱風之中，將當時的一切問清楚。

就算，回到那個傷心之地，會讓琴感到畏懼，就算，她已經不知道如何重回故地了……

「那好。」天缺老人吐出長長一口氣，「這樣我就放心了，雖然道幫被政府奪權一事，恐怕已經無法阻止，但妳仍重拾道幫的反對力量，做這件事之前，妳會需要兩個人，這兩個人中，其中一個妳已經非常熟悉了……那就是刀堂的木狼！」

「懂。」琴點頭，正是木狼將她引入道幫，她對他當然熟悉。

「另一個人，則需要妳再去茫茫人海中，將那個兔崽子找出來。」

「另一個人，兔崽子？」琴不解，天缺老人怎麼會這樣稱呼那個人？

「我想，我會稱他兔崽子，那是因為他和天策一樣，是我的……」

「和天策一樣？」琴啊的一聲。「是您的……」

「是的，我的第二個兒子。」天缺老人說到這，語氣有些懷念，也有些哀傷。「他啊，沒有像天策這樣充滿野心，但他的資質其實不在天策之下，多年前，因為一場誤會，惹怒我，而我對他執行了懲處，甚至斬殺了他的愛將，他一怒之下就獨自離開了，從此之後在陰界再無消息……」

「從此再無消息了？」

「事後才知，這是一場誤會，而誤會的源頭，甚至有可能來自於他的哥哥，天策……」天缺嘆了好長好長的一聲，「我猜想，我二兒子那兔崽子可能到了陽世。」

「啊，他在陽世？那該怎麼找他？」

「易主時刻一到，這些藏匿在陽世的星星們，每一個都會回來，所以我猜他肯定已經被拉回了陰界，但他和妳有著相同的問題，就是還沒有找回自己的記憶，找回記憶反而會是妳最棘手的部分。」天缺老人說，「如果是他和木狼一起幫妳，妳將擁有道幫七成以上的實力，到時候，道幫有沒有落入天策手裡，也沒有那麼重要了。」

「嗯，幫我……」到此時此刻，琴內心還是猶豫，且排斥著，她也許想做些什麼，但要她下定決心當上陰界之王，她還是沒有太大的野心。「幫主，您的二兒子叫做什麼名字呢？」

「他啊，命入甲級星，是為天馬。」

「天馬……」琴眉頭微微皺起，這名字對她而言極度陌生，卻有著一種似曾相識的熟悉感。

她遇過名為天馬的人嗎？

好像沒有，琴搖了搖頭，就算這名字流露出某種令琴感到熟悉的氣氛，但名字本身這兩個字，肯定是第一次聽到。

「好啦，小女孩。」天缺老人語氣帶著淡淡笑意。「我最後還是要說，能夠在這個時候見到妳，我也算是沒有遺憾了。」

「嗯。」

「等會，我會去聆聽一場陽世的歌唱比賽，」天缺老人語氣深遠，「順便，我要把一樣東西，還給一個老朋友，能打造出這東西，是鑄造師的驕傲，卻也大傷鑄造師的身體啊。」

「老朋友？驕傲？大傷……？」

「易主時刻到了。」天缺老人語氣中，有著複雜無比的情感。「大家，都回來了啊。」

「嗯。」琴側著頭，長髮灑落在肩上，看著天缺老人。

「去吧，女孩。」天缺老人語氣轉低，「去執行妳的天命吧，老夫能告訴妳的事情，都說完了。」

「天缺老人……」

「最後，請妳答應老夫，回去颱風中，再找一次長生星。」天缺老人的聲音越來越低，終於低到聽不見了。「把妳的天命，給找回來吧。」

「嗯……」

然後，琴發現自己腦海的聲音停了，像是一直在空谷中傳來的聲響，安靜了下來，天缺老人是已經停止了傳音，而這個偌大的辦公室中，又只剩下琴一人了。

琴注視著眼前，枯乾如同屍體的天缺老人，腦海中反覆咀嚼著剛剛天缺老人說的話，包括政府與天策的陰謀，包括現在局勢的窘迫，以及琴能做的事情……

然後，就在此刻，她聽到了那大黑門再次傳來綿密的機械卡榫聲，當卡榫聲音停住，黑門微微往內一鬆，開了？

琴這剎那間懂了，應該是天缺老人以傳音告訴了門外某個有鑰匙的人，讓他開門放琴出去了。

這黑門不是能擋住所有的道行嗎？為什麼天缺老人不怕呢？想到這裡，琴笑了，現在追究這件事，好像也不重要了，這門若是天缺老人設計鑄造的，他必定能想出迴避的方式吧。

距離政府審判無碇槍時間，只剩下十分鐘了。

於是，琴吸了一口氣，轉身，走到辦公室門前。

她握住門把，離開前，她再次回眸，凝望了天缺老人一眼，才打開門，離開了這間辦公室。

當門開，琴看到了貫索，這位被稱為天缺老人隨身護衛的男人，貫索對琴微微點頭之後，便與琴擦肩而過，並進入了天缺老人辦公室之中。

而在擦肩之時，琴想起了，天缺老人要去某場陽世的演唱會，是為了歸還某個東西給某人，而貫索，應該是來帶天缺老人的吧。

離開了辦公室，琴看到走廊的底端，那個絕美女子，目光依然帶著一貫驕氣，看著琴。

「怎麼樣？」鈴淡然一笑，依然美得驚心動魄，「我的毒很厲害吧？」

「是啊，都搞不清楚妳是要毒死他，還是毒了他所以不死。」琴微笑，她有點懂鈴的笑話了。

「然後，無碇槍事件，妳打算做什麼？」鈴看著琴。「現在看來，算是大勢已去了。」

「大勢的確已去，」琴大步往前走著，「但卻不是放棄的時刻。」

「喔？」鈴眼睛瞇起，「妳還是要去？」

「當然要去。」琴按住了電梯，此時此刻的她，彷彿因為天缺的一席話，而再次找到了勇氣。

她是武曲嗎？

也許該再去颱風裡面，再找一次長生星，把一切搞清楚。

但現在最重要的是，她要去無碇槍的審判會議上，將她所知道的一切，將雙瞳、眼鏡猴、大扇子、小棒子、宗、大炕嬷與小炕嬷、七個小矮人，以及徐大宇，告訴琴的一切都說出來。

也許翻不了案，但至少要努力到最後一刻，如果是武曲，一定會這樣做的，琴知道。

琴，就是知道，時間，還有十分鐘，趕到會場應該還足夠的，最後最後十分鐘。

而陽世那頭，小靜已經站在舞台上了，雙手握住了麥克風，深深吸了一口氣。要唱了。

她的四強生存戰，也將進入最後尾聲了。

而就在她張口要唱的時刻，一個與她身處的陽世，互為表裡的陰界，掀起了小小的騷動。

因為，某個多年未曾在陰界現身，甚至傳言已經死亡的極強男人，竟然在人群中出現了。

穿著深黑色寬大斗篷遮住了全身，在他隨侍的忠臣「貫索」的護送下，到了舞台前方，並坐在了這個專門為他保留的位置。

「天缺老人！」「是巨門星……」「道幫幫主？」「當今最強武器鑄造師……」「記憶風鈴的創造者？」「道幫幫主出現？」「這場比賽是怎麼回事？」在如浪潮的耳語之中，天缺老人在貫索的攙扶之下，穩穩的坐下了。

天缺老人，他的確已經無法說話，甚至連眼珠都無法轉動，但他知道，真正頂尖的音符之酒，可以跨越魂魄的五感，直接衝擊到他的靈魂。

而他也好多年，好多年沒有品嘗這音樂之美了。

好多年了啊。

也許，這會是他陰界上百年的歲月中，最後一次，品嚐音樂之美了啊。

第七章・我要偷的是，這女孩

審判大會前十分鐘。

一座從一百零一樓層，高速下降的電梯到了一樓，門開，露出了裡面一個雖然臉色微微焦急，但卻透露著堅定意志的女孩。

她是琴。

她帶著無碇槍誤殺政府警察的謎底，她更帶著來自天缺老人的叮嚀，更帶著就算失敗也能東山再起的決心，右腳踏出了電梯。

這場審判會，也許無法勝利，但至少能救下木狼，維繫住道幫，不，陰界黑幫們的一口元氣。

這是在見過天缺老人之後，給予琴的信心。

還有，這件事結束之後，她也要再去颱風中一趟，她要再找一次長生星，再次確認她與武曲這女孩的聯繫。

之後，也許會再重新踏上旅途，從七個小矮人不小心洩漏的訊息中，找出第四項食材「蛋」的位置。

天缺老人說得沒錯，黑幫不會消失，只要找到一個地方重新開始，相同信念的人們就會匯集過來，而琴要做的事，其實就是創造一個讓人們能匯聚過來的地方。

讓所有反對集權政府，渴望自由與義氣的人們，聚集起來的地方。

當琴帶著堅定意志踏出電梯的同時，她赫然發現，電梯口，不知何時，竟然已經站著一個人。

這人背對著電梯口，身材高瘦，身形雖然年輕卻是一頭光滑亮麗的白髮。

雖然沒有說話，但他的背影，就透露出一股「千山鳥飛絕，萬徑人蹤滅」的肅殺之氣。

看著這背影，一股直覺，從琴的心底湧現，然後脫口而出。

「……天策！」琴失聲喊道，「你是天策？」

那背影緩緩的轉過了半張臉，消瘦，冷酷，寒煞之氣。

正是，天策。

天缺之子，劍堂之主，與政府勾結之強者，設計鎖鏈蛇的鬼才，還有，要奪取道幫的男人，天策。

「妳，剛剛見過我父親了？」天策一字一字，慢慢的說著。

「嗯，你想做什麼？」琴吸了一口氣，道幫之中果然到處都是天策的眼線，連琴進入一〇一層的黑門，見過天缺老人，都馬上被天策知道了。

「我要討論的，是資格的問題……在道幫之中，只有三個人，有這樣的資格，而妳是第四個。」天策嘴角慢慢揚起。

「資格？什麼資格？」

「那三個人，分別是我父親、木狼，以及鈴，沒想到我還會在道幫之中，遇到第四個。」

「什麼資格？」琴莫名的感到顫慄，打從心底的顫慄，天策說的資格，到底是什麼？

「那就是，」天策的手舉起了，食指和中指併攏，捏出了一個劍訣。「要我天策親自出手的，資格。」

親自出手的，資格。

琴甚至還沒搞清楚怎麼回事，她的電感，電箭，電偶全部還沒派上用場，胸口，就突然出現了一個鮮紅的洞。

這小小黑黑的洞，在不到一秒以後，竟然開始翻紅，然後紅色以驚人的速度往外滲開。

「我中劍了？」琴看著自己的胸口，那裡，可是心臟的位置。

這是什麼速度？這是什麼招數？這又是什麼樣的道行？竟讓琴連防禦的動作，不，連要做出防禦的知覺都沒有……就中劍了？

「是的。」天策轉身，緩緩往前走去，他的手上不知道何時，多了一把細長柔軟的軟劍。「我最強的技『四劍』之一，落櫻如雨，春之劍。」

琴緩緩坐倒，看著天策慢慢的朝自己走來，而天策的身影在琴的視線中，逐漸的模糊。是因為生命力正在流失，所以她的視線已經無法對焦了嗎？

「剛那一劍，其實已經足夠取妳性命，但事情不處理乾淨，不符合我的個性。」天策的手一翻，軟劍不知何時已然收起。「春劍陰晴不定，無跡可尋，是暗殺之劍，但就是少了將敵人一劍斃於劍下的爽快。」

琴看著天策，她還是不懂，天策是怎麼出劍的？怎麼收劍的？那把劍，到底藏在哪？但在琴尚未搞懂之前，天策手一翻，第二把劍竟又出現在他掌心。

此劍不似春劍柔軟，又直又長，通體泛著清亮光芒，是一把相當外放的劍。

「花開如火，主戰之劍，是為夏之劍。」天策將劍平舉到自己鼻前，然後由上往下，沒有第二句廢話，就朝著坐在地上的琴，一劍砍下。

琴只是睜著眼，沒想到她會死在這裡，突如其來，莫名其妙的，死在這個甲級星的手上。

打從她進入陰界以來，曾多次與甲級星打交道，小傑、小才、莫言、橫財、木狼，以及琴記憶中最厲害的甲級星高手，火星鬥王。

琴一開始還不懂甲級星們的厲害，但當她自己也開始修煉道行，也開始窺視陰界武術的秘境之後，她才明白甲級星們之所以會成為僅次於特級星們，主宰整個陰界命運的關鍵。

甲級星們真的各有門道，武術卓絕，若與他們對戰，稍有不慎，真的是會當場喪命的。

如今，因為她一時疏忽，中了這個道幫劍堂之主，化權星天策的一劍，因此要喪命於此了嗎？

她真的什麼都不能做了嗎？

「結束了。」天策這把外型剛強，殺傷力十足的夏之劍，高速往前一刺，目標正是琴的眉心。

真的，什麼都不能做了嗎？

劍氣速度比擬音速，到達琴眉心時間不用百分之一秒。

只有百分之一秒。

琴想到的，是那些曾經與琴交過手，擦肩而過的甲級星們，如此自己就這樣死了，對得起那些驕傲臭屁的傢伙嗎？曾挖出自己胃袋的橫財、嘴裡老叼著牙籤的木狼、在國小頂樓與琴交手數回合，最後大笑而去的火星鬥王，還有……那個嘴巴超壞的莫言。

想起莫言，琴腦袋又忍不住想，他一定會這樣說：「如果妳有天發現老天爺給了妳一個蠢腦袋，妳應該慶幸，因為嘿，」莫言笑著。「笨蛋不容易死啊，哈哈哈哈。」

百分之一秒，已然到了。

中指劍就這樣，到了琴的眉心。

但天策的笑容，卻在此刻打住，取而代之的，是緊緊鎖住的眉頭。

因為他看到了，那夏之劍，不以詭異行蹤取勝，但卻能以高速將敵方貫穿的一劍，竟然失手了。

琴，這個心臟已經中春之劍的女孩，竟然還有力氣與道行，那百分之一秒中，頭往後一仰，以完美到令天策嘆為觀止的姿態，避開了這一劍。

「這是？」

「這是，電偶，它能讓我展現傲人的體術。」琴避開這一劍後，她雙手往前一劃，在劃過的過程中，卻見她掌心爆發燦爛黃光。「然後，這是……」

「這是？」

「電箭！」琴大吼，「突破百分之一百二十的最強一箭，金色電箭！」

箭來，來得好快好快，如果說夏之劍的速度如音速，那琴的電箭，卻已是凌駕其上，電光石火的等級。

箭太快，快到天策必須回手自救。

「楓紅如眠，秋之劍，主守。」不知如何，天策手上的那把夏之劍又忽然消失，手腕輕輕一轉，又出現了一把新的劍。

秋之劍是一把又扁又寬又厚的劍，不，與其說是劍，還不如說是……一把盾。

琴的電箭在射中這盾時，爆發燦爛到讓人無法睜開眼睛的光芒。

只是就算琴為了求生，爆發超越十成功力的電箭，但就是射不穿這盾。

也是這片燦爛光芒中，琴總算替自己爭取了短暫逃離的時間，她再次使出電偶，讓電氣刺激全身肌肉，雙腿一縱，就要逃離此地。

但，就在琴躍到一半，忽然一股說不上來的寒氣，從她背後滲來。

琴不用回頭，不用回頭就知道，這是她長久鍛鍊電感感覺時，所告訴琴的最大警告，那就是，這片電光中，天策並沒有因此而被蒙蔽。

他依然精準的出劍，第四劍又要來了。

琴緊急回身，在殘餘的電光中，她見到了，那是一把短劍，但劍體呈如冰的深藍，美麗中帶著讓人膽寒的殺氣。

「嚴雪如夜，冬之劍。」天策語氣依然冰冷。「此劍主殺，一旦出鞘，就是一擊必殺。」

而琴已經用去了電偶、電感，甚至是黃色電箭都用上了，她的絕活只剩下一個，她緊急回身，用盡生命力量發出低吼。

「雷弦，給我出來啊。」琴這回身，左手朝前，右手拉弓。

雷弦，這把曾經在貧民窟助琴，力抗微生鼠的十大神兵，如今在此展現其優雅又狂暴的姿態。

弧形長弓，從琴的左腕蜿蜒而出，一條筆直又銳利的線，從長弓兩端垂直相連。

「雷弦？」天策聲音中透著驚喜，他畢竟是天缺之子，一輩子以兵器為伍。「十大神兵之一竟然藏在妳手上，美！真的好美！」

「出箭！」琴吼聲一落，右手一鬆，同樣的黃色電箭，就這樣離弦而去。

同樣的黃色電箭，但這箭透過雷弦而出，威力卻大上數倍，不過卻也吸取了琴所有的道行，換句話說，這箭已經是琴的最後絕招了，若擋不住天策的這一劍，戰役也同時結束了。

金黃色的電箭，從雷弦射出，其姿態甚美。

箭身的身形筆直，那是直到沒有半點歪斜的直線，順著直線往兩側看去，底端是輕盈如雪的羽毛，羽毛駕馭著風，也駕馭著速度。

而沿著直線往另一頭看去，則是箭鋒。

箭鋒呈菱形，此菱兩翼對稱，沒有半絲錯位，而菱形頂端極致鋒銳，銳到幾乎不存在一點鈍弧。

這一箭，的確是琴進入陰界以來，最強的一箭了。

而且這箭鋒之處，除了金黃，更隱隱透出綠色，按照太白金星的說法，武曲的箭分七色，價格各自不同，若是「紅橙黃綠藍靛紫」色域分佈，琴已經快要跨入第四層了，只是不知道太白金星會給這把劍多少價格？

「好一個雷弦！」天策的聲音中透著見到絕美兵器的狂喜，還有一絲惋惜。「可惜，使用者沒能把你發揮到極致啊。」

說完，天策手腕再翻，卻見到他左右手各握了一劍。

右手為剛強冰冷的冬之劍，左手為寬大如盾的秋之劍。

「啊，可以一次出兩劍？他的劍，到底藏在哪？怎麼出現的？真是令人費解。」琴已然耗盡全力，如今只能苦笑。「若可出雙劍，一劍防守一劍攻擊，我，的確是完蛋了啦。」

琴的確和不少甲級星交手過，但從一開始就要取對方性命的攻防戰，這還是第一次，所以琴敗了，這一敗，代價就是付出生命。

冬之劍就要貫穿她的眉心了，雖然她胸口中劍，已然身負重傷，如今再補上眉心一劍，百分之百的要死了，從陰界再死一次，那就是魂飛魄散了吧？

但，就在尖銳劍氣已然吹開了琴的眉頭長髮，就要毫無滯怠的貫入琴的雙眉之中，切入頭蓋骨之中，穿入軟如豆腐的腦髓，破壞掉琴的意識，然後再次穿出頭蓋骨，將琴這個魂魄，從陰界中徹底的抹煞之時……

但，就在琴感受死亡逼近之時，她耳中，卻傳來一個聲音。

「我記得，笨蛋是不太會死的嘿，但妳卻快死了，是因為妳比笨蛋更笨嗎？」

「啊？」聽到這聲音，琴眼睛陡然睜開，然後，她看到了他。

還有，她看到了他手中的透明收納袋，以及袋中那柄正在環繞著，左衝右突的冬之劍。

「幹嘛，」那人的笑，帶著些許玩世不恭的邪氣。「太久不見，忘記我了嘿？」

琴沒有說話，因為她知道，此時此刻，就算不說話，對方也懂琴想說的一切。

這人超討厭，超討厭，超級超級超級討厭，討厭到琴真的……很想念他。

而另一頭，天策專司防守的秋之劍，還是輕易擋下了琴的金綠之箭，但天策臉上卻沒有半點得意之情。

「你是……」天策臉上帶著猙獰的微笑，全身如同一柄就要出鞘的劍，這樣的氣勢，是剛才與琴對峙時，完全沒有顯現出來的。

會如此繃緊，是因為天策明白，眼前這人的等級，和自己一樣。

不然自己的冬之劍，不會這麼容易就被對方用塑膠袋捕獲，對方是甲級星，和自己一樣，都是位列強者中強者的甲級星。

「嘿。」那人有著非常乾淨俐落的光頭，身形修長，身穿一件黑色唐裝，「天策，化權星，是嘿？」

「哼。」

「有點實力，為了包住你的冬之劍，我用上了二十層收納袋嘿。」這光頭男子笑容中，有著黑幫的邪氣。

「收納袋？所以你是……」天策顯然也察覺出了對方的身分，「擎羊星……」

「沒錯，正是，擎羊星，神偷莫言，這次我要從你手上偷走的，」這光頭男子手一揮，一大片透明收納袋頓時包圍了一切，包括自己與琴。「是這個笨蛋女孩，琴。」

這次我要偷走的，是這個笨蛋女孩，琴。

同樣的時間，同樣的一〇一大樓，這裡是準備要審判木狼的超大會議室。

各方相關人員，都已經就定位。

放置在這偌大會議室正中央的，是那柄被拆成數十個小零件的無碇槍，而其中被放置在正中央，被視為關鍵證據的，就是那塊「建木」。

而坐在整個審判會議室最中間的男人，蹺著腳，嘴裡叼著牙籤，睥睨著眼前這群準備審判他的人。

此人，當然就是刀堂堂主，木狼。

而坐在木狼對面的這群人，居中者兩頰凹陷，眼色灰白，雙手盡是各種酷刑犯人之後的傷疤，他是來自政府的天刑。

天刑左邊分別坐著兩人，左邊坐著一位咬著菸，像是吸菸過度老菸槍的男人，他就是天虛。

天虛，乃是政府五大軍系中的北軍副將，地位僅次於北軍主將，化科星。

天虛此人的出現，則代表另外一層更深且更危險的意義，那就是「軍系」也派出人來了，軍系的源頭是天相星岳老，而岳老更是如今政府的實際掌權者。

軍系人馬的出動，更表示政府透過無碇槍事件，要奪位道幫的決心，已經是昭然若揭。

而坐在天刑另一側，也是政府的另一派勢力，他外型酷似一名雄壯的相撲選手，他叫青龍，此人不屬於警系也不屬於軍系，他是太陰星月柔的手下。

因為要扳倒道幫，若都是軍警系統，難免惹人爭議，故貪狼星黑白無常多次要月柔派人共同見證，月柔原本不想管這檔事，後來終究擋不住來自貪狼與岳老的壓力，而派出了月柔手下的馴獸師之一，青龍。

而天刑、天虛，與青龍的背後，則密密麻麻的站了二十餘名身穿軍警制服的壯漢，每個人的眼神都是華光內斂，制服下的肌肉隱隱鼓起，可見其身負高深道行，更透露出政府不惜動用武力達成目的的決心。

會議室中，坐在政府對面的，則是道幫一方。

此時此刻，卻只有刀堂木狼在位子上，毒堂堂主鈴向來不管這些奪權之事，所以只有副堂主藍蠍出馬，但最奇怪的是，這次連主要陰謀者，劍堂天策，都沒有在位子上。

「時間不是差不多了嗎？」木狼斜眼看了一眼劍堂的空位，就將目光轉向了眼前的天刑等人，「各位，要開始了嗎？」

「等一下。」天刑伸出手，「道幫還少了一個人。」

「誰？」

「你們劍堂堂主，還沒到。」

「你是說天策嗎？」木狼看了劍堂空位一眼，嘴裡發出冷笑。「好奇怪，政府來查道幫的案，怎麼會擔心道幫的人沒到齊？」

「你是什麼意思？」天刑臉色陰沉。

「我說的是文言文，聽不懂嗎？」木狼笑。「那我說白話，政府要和天策聯手，奪取道幫政權，但現在少了天策，所以玩不起來，是嗎？」

「放肆！」天刑手往桌上一拍，道幫以精鋼鑄成的鐵桌，竟被他拍得嘎嘎作響。

「哪放肆？」木狼冷笑。「被說破了陰謀，所以生氣了嗎？」

「木狼大人，能逞口舌之快，也只剩下現在囉。」這時，天刑一旁的天虛，發出長年抽菸，乾啞陰冷的笑聲。「你可知道，今天要審判的無碇槍事件，針對的就是你啊。」

「當然知道。」木狼爽朗的笑著，「二十四小時前，政府拿了這柄走火的無碇槍，要定我刀堂的罪，二十四小時內，我發現所有的證據都指向我刀堂的疏失，我感到奇怪，於是私下派出我信任的部屬調查，更奇怪的事發生了，我那幾個部屬，全部失蹤了。」

「那是，」天刑吸了一口氣，才說。「你們道幫的問題。」

「不只如此，失蹤的過程更是奇怪，因為我還死了一個設計課長、原料部課長和製造部課長都重傷，副堂主和品管課長則是輕傷，唯一沒傷的，反而剩下包裝部的課長，真的很有趣。」木狼笑，「到底是什麼樣的真相，會讓調查變得如此激烈，牽扯到這麼多課長的性命？」

「我說過，」天刑咬牙，「那是你們道幫的問題。」

「是的。」木狼說，「這的確是我道幫的問題，但我覺得最有趣的是什麼呢？這一會，怎麼連天策都消失了，啊，會不會這一切的主導者就是天策？但快要不能收拾了，逼得他最後要親自出馬收拾殘局，弄到現在才遲到了，哈哈哈。」

哈哈哈……這個會議室塞滿了政府與道幫的幫眾，一片寂靜之中，卻只聽到木狼爽朗的大笑，笑聲不絕，此刻彷彿他不是被審判者，而是審判眾人的人。

面對巨大危機，能如此瀟灑且狂妄的人，大概也只有木狼一人吧？

但就在木狼笑聲終於慢慢停住之際，會議室的門開了。

「死到臨頭，還可以笑成這樣的，不是瘋子，就是白痴。」門推開，雪白的髮，陰冷的眼，銳利如深淵之劍，這位策劃整個陰謀的關鍵人物，終於出現了。

劍堂堂主，甲級星化權星，天策，趕上了。

「笑成這樣的是瘋子。」木狼眼睛看了天策一眼，依然保持著滿臉笑容。「但自以為能讓瘋子哭的，卻是傻子吧。」

「你說誰是傻子？」

「誰接話，誰就是傻子。」

「懶得和你耍嘴皮子，現在開始審判吧。」天策冷哼，坐到了他的椅子之上，但就在坐下的同時，卻又聽到木狼繼續笑著。

「天策，怎麼搞得這麼狼狽？」

「狼狽？」

「是啊，我看你氣息混亂，手指手臂上隱隱可見激戰之後的傷口，」木狼觀察力實在入微，「你剛剛和誰打架了？整個陰界能讓你打成這麼狼狽的，也沒幾個啊？嗯嗯，看你的臭臉，怎麼？打輸了？」

「呸。」天策細長陰冷的眼珠，狠狠的瞪了木狼一眼，「我怎麼可能輸！」

「嗯嗯，不是輸啊，那就是讓對方逃囉？哈哈哈。」木狼依然爽朗的笑著。「道幫之中，還有人能讓劍堂堂主親自出手，還能全身而退啊，想不到啊想不到，你沒殺到關鍵人物，不會怕夜長夢多？」

「哼。」天策咬著牙，「木狼，你先管好你自己吧，現在坐在被審判位子的人，可是你！」

「哈哈，幹嘛惱羞成怒？」木狼依然笑著。「不能當作關心同事嗎？」

「我們回到無碇槍事件！」天策決定不再與木狼糾纏，他聲音極低，宛如寒風般刺骨且冰寒。「這次無碇槍的事件報告，從原料查到製程，都沒有查出任何一點異樣，既然沒有任何異樣，你可知道，誰要來負這個責？」

「誰？」木狼聳肩。

「刀堂身為這柄無碇槍的製造者，你認為誰該負責？」天策聲音越趨冰冷。「另外，按照幫內慣例與政府要求，政府給了你二十四小時，你查出什麼否？」

「沒有。」木狼搖頭。

木狼這搖頭，帶著淡淡的無奈。

事實上，他比誰都清楚，他的一位副堂主可能已經投靠對方那邊了，於是他找出了另一個能讓他信任的副堂主雙瞳，並在完全不清楚誰是敵誰是友的狀況下，找了資歷乾淨如白紙的琴出馬。

意圖讓雙瞳的經驗與實力配上琴的旁觀者與運氣，能否在二十四小時內，挖出這無碇槍建木失效的凶手。

但誰知道二十四小時之後，先是雙瞳失去了聯絡，接著是琴也失去了蹤影。

而這二十四小時內，更不斷傳來課長們死傷的消息，木狼很清楚，要在道幫內擔任課長，個個都身負高深道行，許多人更是擁有星格，但卻因為這次調查事件，不是死就是傷……

這一切都指出，這無碇槍事件是有人刻意設下的陰謀，而且這名陰謀者的地位之高，圖謀之深，下手之狠，不只絕無僅有，更直指道幫中，僅次於幫主的那一個人……

天策。

但是當會議開始，天策遲到加上身上帶著激戰後的微傷，木狼卻忍不住笑了。

笑的原因很簡單，因為木狼有預感……琴逃了。

會逼得天策親自出手的，一定是琴這小妮子，但不知道琴是運氣太好還是有貴人相幫，竟然讓天策親自出手，都落了空。

想到這裡，木狼鬆了一口氣，無論這無碇槍事件讓自己的結局如何，至少琴這個將來可能撼動陰界的角色，已經順利從天策手下逃脫。

「既然沒有證據，」天策的聲音，在會議室中繼續迴盪著。「那按照慣例，我們會將該負責的人，交給受害相關單位，也就是政府……」

「喔。」

「以平息政府的怒氣。」天策將目光移向了天刑，而天刑的嘴，也揚起了一個殘酷的弧度。「為了向這位道幫最大的客戶，最親密的夥伴，致上我們道幫最高的歉意，我們將這次事件的責任者，交予你們。」

聽到這句話，整個會議室頓時傳來低聲的譁然。

交給政府？

這句話代表政府將有絕對的權力，去處理木狼這個人，要關要殺要剮要斷去後路，道幫都將完全不會過問。

一把槍，害死一名低階警察，竟然演變到道幫要交出一個堂主？這件事雖然匪夷所思，但卻在細密的陰謀與巨大的權力推動下，真真實實的，在此地此刻上演。

「所以，」天刑慢慢的，慢慢的站起，雙目露出貪婪且可怕的凶光，凝視著木狼。「現在開始，道幫要將木狼交給我們？」

「不只如此，木狼有罪，若他抵抗政府的罪罰，視同違背道幫幫規，我們也會一併……」天策一字一句說著，「處置！」

若抵抗政府罪罰，視同違背道幫幫規？

這次，會議室的譁然，又更大聲了。

這句話更表示，木狼同時受到「政府」與「道幫」兩方追殺，在現在陰界的權力之中，同時惹到這兩大勢力，等同直接判了木狼死刑。

整個陰界中，能保住木狼小命的，可能只剩下一個地方，那裡叫做僧幫。

但僧幫向來對陰界權力鬥爭採取旁觀者態度，所以向僧幫尋求政治庇護，也許根本沒用。

「木狼，關於這判決，你可有任何的異議？」天策露出獰笑。「有任何意見，可以說啊。」

「真要我說嗎？」木狼依然豪氣的坐著，蹺著腳，雙手插在口袋中，露出睥睨蒼生的笑。「那我說囉。」

「說啊。」

「天策啊天策，你真是丟了天缺老頭的臉啊。」

「木狼，你……」

「如果天缺老頭在，要弄死我這個小傢伙，就拿他的神兵『巨門之鎚』，直接找我，然後用鎚子把我的魂魄打扁就好了，哈哈哈哈。」木狼依然爽朗的笑著。「哪還要搞這麼複雜的陰謀，無碇槍，政府之力，到處埋藏眼線，好遜啊你，哈哈哈哈哈，哈哈哈！」

「你……」

「和你爸比，天策你啊，真是遜爆了，當年你老爸縱橫陰界，率領道幫百萬幫眾，與僧幫、十字幫並立陰界三強，並與政府力抗多年，如今你天缺老頭不管事了，你想要拿下道幫權力，竟然……」木狼雙眼瞪著天策。「竟然遜到，只能賣掉道幫，才能維持你的地位啊！」

竟然遜到，只能賣掉道幫，才能維持你的地位啊！

「罪人！住口！」天策的手用力朝著會議桌一拍，這一拍，挾著驚人道行，精鋼鑄成的會議桌，竟在這一拍之中，迸出巨大的蜿蜒裂痕，裂痕如蛇高速往前游動，朝著木狼方向直衝而去。

見到這條蜿蜒大蛇破桌而來，木狼眼睛睜大，嘴角露出獰笑，然後右手一翻，也朝著精鋼桌上拍去。

這一拍，同樣拍裂了精鋼之桌，更將天策的蛇形裂紋，直接拍碎，化成細碎的裂紋，往四面八方衝去。

木狼右手剛落，左手又舉起，左手掌心凝聚更猛烈道行，往桌上再拍。

這一拍，桌面竟然隱隱浮現了一把大刀模樣，大刀挾著銳利殺氣，筆直的射向了天策。

見到這刀如此清楚的浮在桌上，周圍無論是道幫幫眾或是政府人員，都發出了低聲驚嘆，任何有道行之人，都明白這一掌功力非同小可，木狼功力高絕。

「哼。」天策見到這木狼回衝的這一刀，他不怒反笑，然後中指往桌面一捻。

蹭的一聲。

這一聲過後，現場人員又忍不住發出驚嘆低語。

因為這張精鋼鑄成的桌子，在天策驚人道行的催逼之下，竟然硬生生出現一把大劍浮雕。

劍氣衝霄，宛如一架帶著毀滅武器的高速戰機，貼著地平線低空飛行，直射向木狼的刀氣。

這一刀，滾滾如火焰巨浪，這一劍，鋒利如冰雪毒箭，一熱一冷，一狂一傲，彷彿是兩人生平性格的縮影。

在這短短零點一秒的時間，刀與劍，交鋒了。

刀劍互衝，威力之強，這道幫特地以百年精鋼鑄造而成的大桌，終於承受不住。

整張巨大會議桌，整個炸裂開來。

這一炸裂就算了，碎片化成千百塊，朝著會議室中每個人，直衝而去。

碎片之中，更挾著天策的劍氣與木狼的刀氣，凶險更加上百倍有餘。

高手對決，危險的向來不只是高手本人，而是四周圍觀的群眾，就算四散飛射的精鋼碎片中，所含的劍氣與刀氣已經殘缺減弱，卻依然危險。

所有人不約而同的亮出絕招，第一批碎裂精鋼抵達的位置，正是政府官員之中的警部。

以天刑為首的警察們，同時低喝，然後自腰間抽槍，槍體墨黑，正是引爆道幫陰謀的元凶們，無碇槍。

無碇槍可是警部的主要武器，他們掏槍，瞄準，直到發射，速度不到一秒，這是經年累月的訓練才能創造出來的速度。

整齊劃一的槍響之後，緊接而來的，是數十發軌跡蜿蜒的子彈軌跡，透著青藍色弧線，迎向了盤旋飛舞而來的精鋼碎片。

無碇槍的子彈由道行所轉化而成，所以本身都具備追蹤目標的功能，這些碎裂精鋼，就算偶爾有一兩片穿過了青藍色的子彈群，也會在下一秒，被從後面追擊而上的無碇槍子彈擊中。

砰砰砰，空中爆裂火花，所有挾著刀劍之氣的精鋼，都被攔截而下，只剩下滿地無傷大雅的焦黑碎屑。

除了警部，精鋼群第二批抵達的，就是同為政府部隊的……軍部！

他們的武器可不是無碇槍，而是一只長盾，只見軍人們整齊劃一的擺出架式，右手握拳，手臂朝前，然後手臂上的機件忽然快速拼裝組合，只是眨眼時間，便組出一枚半人高的長盾。

長盾上，畫著一隻盤據山林的凶惡黑虎，正是軍部「北軍」的代表符號。

這長盾，又名「格物之盾」，另一武器，是所謂的「致知之矛」，格物盾能阻擋各種武器與道行攻擊，而致知之矛則專門突破敵人裝甲與道行防禦。

兩者一攻一防，目的簡潔有力，沒有過多繁複囉唆的功能，設計者雖然來自天機星吳用，但根本上卻是天相星岳老的概念，據岳老所言，戰爭，是生與死，是你死或是我亡，這樣的環境下，哪有那麼多的時間展現花俏的技巧？於是創生了一矛一盾的武器。

一切也如岳老所預料，軍部之所以如此強大無敵，大半要歸功於他們極簡的武器概念，因為簡單，所以可以專注，也因為專注，所以強大。

敵人們再花俏華麗的招數，對軍部都毫無意義，一切回歸到實力的強與弱，也就是這樣，天相岳老的軍部，才會成為陰界最令陰魂聞之喪膽的部隊。

而且簡化且統一武器規格還有一個好處，大幅提昇軍部人員熟悉武器的程度，在戰場上就算掉落了自己的盾，隨處撿拾地上的盾與矛，都可以立刻上手，成為自己稱手的武器。

此刻，會議室中，軍人們肩抵著肩，將格物盾緊緊相排，因為格物盾方形的設計，可以互相緊密接合沒有半絲縫隙，而就在此時，挾著刀劍之氣的精鋼碎片，竄流而來……

鏘鏘鏘鏘密集的撞擊聲響起，果然，沒有半塊精鋼碎片突破這最強的盾之牆，精鋼不是撞上盾牌後軟軟落下，就是軌道因而彎折，最後穿入天花板與地板，留下一個個焦黑破損的洞。

除了警部與軍部，政府還有一個小隊存在，那就是由青龍帶領的馴獸師們。

政府的馴獸師，是一群特異且人數不多的部隊，主要隸屬於女獸皇月柔之下。

月柔，六王魂之一，據說她共馴養了兩隻S級陰獸，在鼠窟時，琴已經見識到其中一隻陰獸，白蛇。

女獸皇旗下的人數，和軍部、警部，或是吏部相比，數目非常的少，只有數百人而已，他們專門照料政府的陰獸，並且處理陰界各地，各種奇怪的陰獸事件。

尤其是易主將近的此刻，各地陰獸都極不穩定，陰獸事件頻傳，有的是陰獸數目突然暴增百倍，或是原本溫馴的陰獸突然暴起傷人等……的確讓女獸皇旗下的馴獸師們疲於奔命。

但馴獸師們縱然數目少，卻個個是好手，他們不只對付陰獸，更馴養陰獸，將其作為武器，道行越高之馴獸師，就能駕馭越凶猛的陰獸，其中更包括A級陰獸。

如今，青龍正是一名高級馴獸師，他挺著肥壯的身體，冷冷的看著會議室內不斷飛馳而來的精鋼碎片，臉上絲毫不見驚異之色。

「出來吧，酒吞蜻蜓。」青龍大手往前張開，低語。

下一秒，所有人都在耳內聽到嗡的一聲，然後青龍寬大的衣袖中，忽然飛出一大團嗡嗡作響的黑色昆蟲。

緊接著，青龍身後四名馴獸師也都舉起了手，手臂下方的黑色衣袖也劇烈晃動著，突然間晃動停了，一團團黑色昆蟲也隨之衝刺而出。

這些黑色昆蟲，震動著宛如滑翔翼般的寬大翅膀，在空中快速衝刺，衝向了能輕易將昆蟲砸爛的精鋼碎片。

嗡一聲的瞬間，黑色蟲霧與精鋼碎片混成了一團。

原本以為這大群陰獸昆蟲，會在下一秒內被切成漫天飛舞的黑色肉屑，但事實上，結果卻完全不是那麼回事。

所有的精鋼碎片，在與昆蟲黑霧接觸之後，竟然就像是洩了氣的氣球般，噔噔噔的往下墜落。

再仔細看去，才會看到酒吞蜻蜓聚集在碎片表面上，像是在啃蝕著碎片內的某樣東西，然後當酒吞蜻蜓停止啃蝕，嗡一聲離開之際，精鋼碎片也就像失去生命，砰的一聲，掉落在地上。

酒吞蜻蜓，酒吞的物質到底是什麼？牠又在精鋼碎片上，啃蝕著什麼呢？

「酒吞蜻蜓，牠的食物，就是道行啊。」青龍豪壯的笑著。「在陰界中，只有少數陰獸具備吞食道行能力的陰獸，酒吞蜻蜓，就是其中之一啊。」

木狼與天策的刀劍氣對決，引爆了精鋼會議桌的爆裂，而這些爆裂的碎片，夾帶著刀氣與劍氣的道行，朝會議室的四面八方射去。

政府官員們警部、軍部、馴獸師們各顯神通，將精鋼碎片紛紛擊落，但是，道幫這邊呢？

道幫的幫眾也區分為三部分，自然就是劍堂、刀堂，與毒堂。

首批精鋼碎片，也到了劍堂幫眾面前，相較於政府使用武器的單純，黑幫用的武器就變化性高得多，更充滿了個人風格，同樣劍堂的劍，三十餘人使用的劍就不盡相同。

長劍、短劍、寬劍、窄劍、雙劍、飛劍，還有一些很難說是什麼劍的劍……全部出籠，配合使用者的特性與強項，將自己面前的精鋼碎片一一擊落。

道行高強者會擊落三到四塊，道行較低者，則只能擊落一兩塊，若朝他們飛來的精鋼碎片數目太多，只能選擇低頭迴避。

同樣的刀堂幫眾，所使用的刀種，也是繁複多變。

大刀、細刀、長刀、武士刀、匕首、迴旋飛刀……刀堂幫眾們或揮刀，或突刺，將眼前的精鋼碎片給打了下來。

而毒堂呢？

這被道幫封為第三堂的毒堂，在陰界之中向來低調，主要是因為「毒」這樣的特性，較適用於暗殺，而非堂堂正正的對決，故此毒者天性必然低調。

只是如今精鋼碎片已經欺上門來，毒堂又該怎麼應對呢？

卻見毒堂幫眾，五指一翻，指間就夾了閃著藍光的針，接著手腕一揮，毒針便如夜晚中的雨夜銀絲般，射了出去。

雨絲射中精鋼碎片，頓時將精鋼穿成了更細微，更沒有傷害力的小碎片。

除了淬著藍色劇毒的銀針，毒堂幫眾更多的武器也紛紛出籠，也都是以暗器為主，飛蝗石、十字鏢、毒砂等……威力也許不強，但要擊落這些精鋼碎片，卻已經綽綽有餘。

「三堂之中，毒堂向來低調，今日能見到毒堂幫眾親自出手，也屬難得。」木狼依舊笑著，「還有，警部的無碇槍、軍部的格物盾、馴獸師的陰獸酒吞蜻蜓……小小的殘缺刀劍之氣，果然傷不了你們，哈哈哈。」

「木狼，你還有時間笑啊。」天策怒笑，「來人啊，木狼挾一身武藝抗命，嚴重損害道幫名譽，所有的道幫幫眾聽命！」

這聲一出，會議室內五十餘名身負道行的劍堂與毒堂幫眾，同時應聲。

「是！」

「抓下他！若不從，格殺勿論！」天策大吼。

格殺勿論！？

下一刻，會議室再次靜默。

而做出動作的，是劍堂的幫眾，他們亮出各自的兵器，捲起震動會議室的道行之氣，朝木狼而去。

緊接而去的，是毒堂的幫眾，他們遲疑了一下之後，也跟隨著劍堂幫眾展開追擊。

唯一不動的，是刀堂的部屬。

他們面面相覷，木狼可是他們的老長官，要出手嗎？要出手逮捕老長官嗎？這樣可好？

但就在此刻，卻聽到木狼發出狂妄卻也透著蒼涼的大笑。

「所有刀堂的人員聽命，這是我擔任堂主的最後一個命令。」木狼狂笑之中，「就是……全部給我滾出去！」

下一瞬間，木狼全身的刀氣張狂，往四面八方拍出十餘掌，這些掌的掌風強勁，衝向了刀堂的幫眾們。

掌氣雖狂，但卻絲毫不帶傷害力，卻也讓人完全無法抵抗，刀堂幫眾們的刀才舉到一半，就被這掌勢撞上胸口，然後直直的往後推。

掌勢將他們背脊推上了牆，在令人窒息的強大掌勢與堅硬牆壁的擠壓下，他們一個又一個失去了意識，暈了過去，最後順著牆滑到了地板。

「我已經將所有的幫眾全部擊敗，此時此刻，我木狼在此宣佈，」木狼高高舉起了右手，一柄閃爍著灰黑色光芒的大刀，在他掌間凝聚而成。「我不會再手下留情，要抓我，就直接拿『命』來換吧！」

要抓我，就拿『命』來換吧！

下一瞬間，就在下一瞬間，會議室內數十名道幫幫眾，數十名政府官員，掄起手上最強武器，啟動畢生最強道行，朝著木狼奔去。

會用全力，是因為一股強烈的生存直覺正告訴他們，他們來到陰界以來最慘烈的一仗，即將會在眼前上演。

而親眼目睹這場慘烈戰役要付出的門票，不是別的，正是自己的性命。

遠處，陽世一棟高大建築物內，數十盞聚光燈之前，寬闊舞台之上。

一個長髮女孩，雙手緊握麥克風，閉著眼，雙唇輕啟，她唱出了自己的音符。

那是海。

燦爛陽光下，輕輕搖曳的海浪，天空潔白的雲，跳躍的海豚，海底高速游動的七彩魚群，隱隱約約可見的灰白礁石，礁石縫隙中閃爍的小魚兒眼睛。

此時此刻，小靜的歌聲，宛如一陣陣海風，帶領了眾人的想像力，離開了這個令人背脊微微滲汗的攝影棚，帶領了眾人離開了這棟有著三十年歷史的大樓，甚至帶領了眾人離開了這座喧囂的城市，到了這一大片陽光明媚的海上。

生命之母，海洋。

所有人都閉上了眼，閉著眼，只為了讓想像力更清晰一些，更是為了想要再親近一點，小靜歌聲中那片溫暖絢麗的海洋。

而且，閉上眼的，並不只有現場的人們。

甚至連另一個世界的「他們」，也在此刻，恣意的閉上了眼。

在小靜的歌聲中，尋找那片專屬於自己的寬闊海洋，是無邊無際的無垠海洋，是帶著金色細沙的海岸，是夜色下魚群於月光下跳躍的神秘海洋……

然後，就在他們閉上眼的同時，他們感受到一襲襲沁涼的水氣，包圍住了自己的腳踝，陰魂沒有說話，但他們心裡都明白了。

這位小靜歌者最經典的「音符之海」已經來了。

過去陽世歌者的音符，都是帶著酒氣的泡泡，有的濃郁，有的清純，有的甘甜，有的則是入口苦澀但餘韻繚繞，陰魂們一邊聽著歌聲，一邊抓取空中的音符泡泡，大口暢飲，然後隨著歌曲的酸甜苦辣一同酩酊大醉。

但小靜的歌，可不只是泡泡而已，她的歌是海浪，能淹沒整個攝影棚的浪，淺淺的，緩緩的，蕩漾在每個陰魂的腳邊。

陰魂們會彎下腰，以雙手掬起，盡情享受比泡泡更濃，更醇，餘韻更強烈的音符之酒。

而這群聚集而來的陰魂中，可區分為四組人潮漩渦，每個漩渦中心就是一個具備代表性的強大的陰界勢力。

第一個漩渦是海幫幫主夫婦，他們兩夫妻沒有子嗣，也不打算生兒育女，但他們手握僅次於三大幫派的二級幫派，道行高超加上資源豐厚，所以他們專注於享受生命，尤其是陽世的歌聲之酒，他們愛喝，也懂得如何喝。

「海的味道啊。」海幫幫主龍池帶著自己慣用的大酒杯，此杯以錫鐵所鑄，上頭繪著一條霸氣十足的龍，在地上舀起半杯，一口喝盡，然後點頭。「好喝，熱情，澎湃，單純，這真是難得的好酒。」

而海幫幫主對面，坐的是副幫主鳳閣，她與龍池相同帶著一只自己專用的杯子，只是她的杯子精巧得多，表面色呈粉紅，粉紅之中又帶著細細金光，金光之中，可見一頭昂首鳳凰雕飾。

她也舀了半杯，慢慢的啜飲著，同樣也是點了點頭。

「是不錯，這女孩把陽光的氣息完全唱進了歌聲之中，喝這酒，就像在夏天喝著涼爽的酒。」鳳閣微笑。「這場歌唱比賽到了四強，果然令人充滿期待。」

「不過，這〈海風〉，若比上剛剛阿皮唱的〈母親的名字〉，」龍池看著自己結髮多年的妻子。「妳覺得誰的好喝？」

「誰好喝嗎？」鳳閣笑了一下，雖然容貌已經四十好幾，這一笑仍美得讓人無法移開雙眼。「你認為呢？龍。」

「一二三，一起說答案。」

「好，」鳳閣微笑。「一，二，三……」

「小靜！」「阿皮！」

在時間倒數結束的那一瞬間，竟然出現了兩種截然不同的答案。

「我認為阿皮好一點。」龍池笑，「〈母親的名字〉雖是泡泡型態，但泡泡內的酒氣，粗獷豪放中又帶著濃醇的土地氣味，很對我的胃口，相形之下，〈海風〉這酒啊，雖然直接是液體型態，喝起來縱然比較純，但和我心中所想的海，卻還有點距離，海這東西，應該更狂烈才對。」

「我覺得你講的都沒錯，只是我喜歡的點剛好和你相反。」鳳閣依然維持著她端莊典雅的笑。「我選了小靜的海風，是因為那是女生詮釋海洋的方式，沒有那麼狂暴，而是純純的，淡淡的，像是一罐好啤酒，男人要的是喝之後的『醉』，而女生要的是喝時的『甜』。」

「所以，我們意見相反？」龍池咧嘴笑。「那妳覺得這場四強比賽，兩人誰會奪勝？」

「不知道呢。」鳳閣搖了搖頭，「說真的，我真猜不出來。」
「我希望是阿皮勝。」
「為何？」
「因為，我很期待他的〈松鼠〉。」龍池又舀了一大杯酒，仰頭喝盡。
「嗯，」鳳閣聳肩，「阿皮有殺手鐧〈松鼠〉，你怎麼又知道小靜沒有呢？」
「說得對啊！也許小靜也有絕招！」龍池大笑。「那我們拭目以待吧。」

同樣的舞台前，同樣的四大漩渦中，略大於龍池鳳閣的第三大漩渦，紅樓姚字門的天姚星與她夥伴天馬，同樣為了誰的音符之酒好喝，有了不同的意見。
「小靜。」天馬話不多，他將自己的選擇，獻給了小靜。
「我承認小靜的〈海風〉很好喝，但我投給阿皮！」天姚在紅樓中主司戰鬥部門，這部門已經成為紅樓第一大部門，其威勢之強，僅次於紅樓樓主廉貞之下，而苦練虎拳登峰造極的天姚，更是陰界知名的女強人。
「阿皮？為什麼？」
「我們為什麼要喝音符之酒，不就是喝它的精鍊與純粹，我覺得阿皮的〈母親的名字〉每段音符都唱入了歌的精髓，他真的唱出了這首歌的極致。」

「我知道，但，」天馬的點頭，代表他也承認，阿皮的確將〈母親的名字〉詮釋到了極致，「我還是喜歡小靜的歌。」

「為什麼？」

「味道。」

「好好好。」天姚苦笑，她欣賞天馬，不只是因為這男孩的道行潛力強大，辦事俐落，還有一件事，那就是天馬的思考邏輯真的和自己完全相反，剛好能補足天姚思考上的闕漏，這幾年來姚字門如此興盛，和天姚與天馬個性互補有絕對的關係。「你就是完全不管前因後果，就單純欣賞味道就對了。」

「對。」

「那我就來猜猜看，誰會勝出吧？」天姚聳肩。

「……」天馬沒有回答，但他純淨的眼神中，已經直接呈現了他的答案。

小靜會勝。

勝出的原因，凌駕於唱歌的技巧、歌曲詮釋的方式，以及是否能將歌曲本身的味道發揮到淋漓盡致，而是另一種更單純且更強大的原因，那就是味道。

那是天馬做出選擇的唯一原因。

這場究竟誰會勝出，誰會敗北的爭執，延續到了第三個陰魂漩渦之中，這漩渦來自政府軍部南軍之首，更曾是黑幫十傑之一，獨飲。

以及獨飲身邊的神秘女秘書，天哭星，小聽。

「我喜歡小靜的歌。」獨飲的原因，也簡單到讓人無法反駁。「就是過癮，喝酒，不就追求過癮兩字嗎？」

「酒的好喝與否，是可以被鑑定的，而鑑定的手法繁複且精密，從酒的醇度、發酵度、熟成度，而這些評價的方法又牽扯到酒的製法、發酵方式、土壤的酸鹼度，以及產出酒時的氣候，簡單來說，要看的是唱這首歌的人，他的人生經歷。」與獨飲唱反調的人，是政府南軍的副手，小聽。「這是所謂『品酒的學問』。」

小聽，星格是天哭，她戴著金邊眼鏡，頭髮綁成一個俐落髮髻，左看右看都會覺得她是處女座的謹慎性格。

「這麼多規矩？」獨飲皺眉，「不能只是過癮嗎？」

「不行，不然酒商怎麼買賣酒？」小聽沒有半絲妥協的空間。「為什麼品嚐音符之酒會成為一種流行風潮？成為一種可以被專精的學問？能夠規範其好壞與標準，是很重要的。」

「算了，和妳有理說不通。」獨飲沒有杯子，他很豪氣的直接將嘴貼在地上，猛力吸著地上的音符之酒。

而且他的飲量極大，幾乎每次他一低頭猛吸，酒的水平線都會因此而晃動，甚至瞬間下降一到兩公分。

而且當他喝完，肚子會因此脹大，但又會在數秒鐘後慢慢消掉，可見獨飲有的不只是巨大的食量，還有非常驚人的消化能力。

「看到你這種喝法，會覺得酒好不好根本不重要，你所謂的『過癮』，其實就是份量而已。」小聽扶了扶眼鏡，目光銳利。「小靜的酒是液體，所以份量足，這才是主因吧，這樣哪有什麼品酒的學問呢？」

「被猜到了，哈哈哈。」獨飲大笑。「喝酒，重點不就在過癮，不就在爽快兩字嗎？」

聽歌，重點是過癮？還是能夠被評價的好喝？當獨飲和小聽兩人無法取得共識之時，同樣的問題，也來到了第四個陰魂的人潮漩渦。

而且這漩渦是最大的，同時也表示漩渦中心的主人，其勢力是此時此地最高的。

他，是道幫之主，名列十四主星之一，手握巨門之鎚，鍛造出許多撼動陰界的武器，他的名字，就是巨門星，天缺老人。

只是此刻的天缺老人，全身藏在黑色斗篷之內，甚至連眼睛都沒有露出來。

既然他身上沒有露出半點能判別身分的痕跡，眾人又如何知道他是本尊呢？因為這黑色斗篷的後方，站著一個如猴般靈巧的人物，他是貫索。

貫索多年來貼身服侍著道幫的天缺老人，並替天缺老人忠實傳達命令，貫索的出現，被視為是天缺老人親臨的最佳證明。

聽完了小靜唱〈海風〉，貫索低下腰，似乎和前面的天缺老人耳語著什麼，兩人說話聲很低，甚至低到讓人懷疑他們是否有在說話。

終於，在一連串細如風吹樹梢的細語之後，眾人隱隱聽到了兩個字。

這兩個字，來自貫索口中，似乎是因為有些訝異，而讓音量稍稍拉高了一些……也因此讓其他的陰魂有了足以分辨字義的機會。

那兩個字，是這樣說的……

「平手。」

無論陽世或陰界如何針對小靜和阿皮的歌進行評論與猜測，這場勝負之爭，的確經歷了有史以來最長的評審討論。

「很抱歉，花了這麼長的時間討論。」手握麥克風講話的，是評審中的領隊，資深唱片製作人強哥。「因為這場比賽，還真的難以分出勝負。」

聽到強哥說這句話，台下的聽眾互望了一眼，都不自覺的點了點頭。

阿皮的〈母親的名字〉和小靜的〈海風〉還真的是如此，典型的勢均力敵，完全的不同風味，而且各有擁護者，的確難以分出勝負啊。

「一開始我們要用投票決定，但四位評審，竟然出現了二比二的狀況，」強哥說，「這時候，通常會拉進所謂的第五位評審，也就是主持人。」

聽到主持人三字，觀眾的目光自然的集中到了舞台上，那個手拿麥克風，總是以其幽默且酸辣方式貫穿整場比賽的女子，主持人。

「是啊，我的確是加入了投票。」主持人笑。「一看到強哥和鐵姑兩人竟然出現截然不同的意見，我就知道慘了，我一定會被拖下水的！」

「我和強哥的想法的確不同。」鐵姑，這位連續拿下多次最佳歌手的評審，向來以冷酷講評著稱。「這次雙方表現都很驚人，但也都有些缺陷，阿皮贏在原本的歌唱歷練久，又是唱自己拿手的歌；而小靜則突破了自己的極限，唱出了一首雖然還有缺陷，但偏偏是好聽的歌。」

「這樣，該怎麼做決定呢？」主持人再次開口。「我提出了一個選項，是在原本的四強賽中，完全沒有前例的，所以當我提出時，評審們都沉默了，但也同意，我的想法可能是唯一的辦法。」

「嗯。」說到這，強哥也接口。「四強賽為什麼不會啟動這方法，是因為，進入四強之後，每個歌手都只會拿出壓箱底的主題曲，而壓箱底的歌一定不多，頂多一兩首，但卻要在進入決賽之前，提前拿出來，我覺得不太公平……但，若遇到這樣的狀況，我也只能同意了。」

要提前拿出最拿手的歌？這句話意思是……

「既然前例已開，那就有相對應的方法。」主持人說，「那就是說，如果他們最拿手的歌在決賽前就已經唱過了，那沒關係，如果勝利者進入了最終決賽，比賽大會允許同一首歌可以再唱一次，評審們會以絕對客觀的方式，來評價這首重新被唱過的主題曲。」

進入最終決賽，還可以再唱一次？

這一秒鐘，所有的聽眾都聽懂了，這次的判決結果。

的確，是打破了四強賽的規則，也就是單曲單淘汰的賽制……

「那，我在此宣佈。」強哥說，「雙方，阿皮的〈母親的名字〉與小靜的〈海風〉比賽結果是……平手！」

平手！

縱然這答案在所有聽眾腦海裡，已經翻來覆去超過百次，但聽到麥克風清楚的將這兩字傳達出來，所有的聽眾還是忍不住「嘩」的一聲。

而且不只是陽世，連陰界千名魂魄也都嘩的一聲。

但，隨即又安靜下來，因為深怕漏聽了接下來強哥所說的每一個字，平手？平手之後呢？

「四強賽歷年來沒有平手，所以這也是第一次舉辦……」強哥語氣高昂起來，「延長加賽！」

延長加賽！

「請阿皮和小靜兩人，各自選出一首歌曲，進行最後加賽。」強哥聲音越來越響亮，語氣也越來越激昂。「以接下來這一首歌，決定誰才能進入最後總決賽！」

當勝負兩字迴盪在整個比賽會場，聽眾們先是一陣沉默，然後隨即譁然。

譁然久久不散。

所有人是為了此刻而雀躍，也是為了此刻而緊張，更為此刻而歡呼。

因為他們知道，他們可以聽到阿皮最壓軸的歌曲〈松鼠〉了！但小靜呢？

小靜與蓉蓉互望了一眼，她們在雙方眼中都找到相同的，絕望。

這首〈松鼠〉可是強哥親手打造，準備問鼎冠軍的大作啊，小靜的王牌〈海風〉剛剛才用掉，要如何臨時生出一首足以和〈松鼠〉抗衡的作品？

這也是聽眾們為此瘋狂的原因，〈松鼠〉要登場了，那小靜呢？

她會被以史上最悽慘的分數打敗？還是另外藏有驚人歌曲，足以在延長賽中，威脅到冠軍歌曲〈松鼠〉？

這場歌唱比賽，又會發生多少令人驚奇的狀況呢？

第八章・凶兵狼鍘

此刻的陽世，一〇一大樓外，一如往常的，有著來來往往的熱鬧人群，有著川流不息的各式車流。

此刻，身穿光鮮亮麗衣服的人們，彷彿感受到了什麼，停下腳步，有些疑惑。

正在來來回回穿梭的車子們，也在不影響安全的情況下，微微減了速，駕駛們遲疑了一下，目光瞄向窗外，他們不明白的是……剛剛是不是有什麼東西，比車子更快，比車子更大，從他們窗戶旁流了過去。

手拿螢光棒，長年站在大樓的停車場入口，指揮來往車輛的警衛，則仰起了頭，嘴裡唸唸有詞。

「又來了啊。」警衛說著自己都聽不太懂的話。「每過一陣子，就會有這種現象，可是這一次，好像特別嚴重啊……是什麼東西，正不斷的聚集過來，有的很大，有的很小，只是這次好多。」

除了大樓外的人群車流，注意到這現象的，還有正在大樓內上班的上班族。

其中一人，正利用忙碌的會議空檔，小小的偷閒著，他端著咖啡看著窗外五十樓下的景色，但他卻忍不住揉了揉自己的眼睛，因為他發現，大樓外，竟然有一種半透明的，灰黑色，巨大的氣流正在流動。

而且那些半透明氣流，正從四面八方，包括市中心、象山，甚至是遙遠的陽明山，滾滾而來。

當這人忍不住再次揉了揉眼睛，懷疑自己喝太多咖啡可能有中毒傾向之時……這些半透明的灰色氣流已然消失。

取而代之的，是熟悉的車水馬龍景色。

他困惑，這時，一隻手拍上了他的肩膀。

「幹嘛，臉色這麼難看？今天會議太多？還是昨晚加班到太晚？」手的主人，是他的同事，也是他部門的小主管。「要不要休息一下？」

「不用不用。」這人急忙揮手，「只是眼睛有點花。」

「那就好，客戶已經在大廳了，再五分鐘就要去會議室集合了。」小主管說。「準備一下，要開會了。」

「好。」這人點頭，臨去前，眼睛忍不住再望了一眼窗外，依舊是陽光明媚，正常無比的日常景象。

剛剛的半透明黑色氣流到底是什麼呢？為什麼從整個城市的外圍，不斷的湧入呢？到底，是什麼呢？

事實上，他的問題，一直到數十年後，當他壽終正寢之後，他才會明白，原來，那是死後世界的事。

也就是，陰界的事。

不斷流動而來的，是數目巨大，密度極高，高到連陽世人類都能感受到的陰獸群，牠們離開巢穴，離開居地，往一〇一大樓群聚而來，能如此吸引牠們的東西，只有一件，那就是食物。

這座一〇一大樓內，正不斷製造出能量飽滿的食物，而那食物，事實上，就是道行充沛的……魂魄。

又或者說，魂魄屍體。

政府、道幫、劍堂、刀堂、軍部、警部、馴獸師、木狼、天策、天刑、天虛、青龍，以及數以百計的超強魂魄，正在此時此刻，像是透過工廠製造般，一具一具的變成了，屍體。

充滿道行與能量，滋味甜美，吸引飢餓陰獸前仆後繼而來的……屍體。

陰界，道幫本部，也就是一〇一大樓的本體。

此刻，站在門口的道幫守衛們，正慌亂的揮著手上的武器，並不斷透過對講機，對內發出嘶吼著……

「快點，好多陰獸！那是龍蛙！那是妖螃蟹嗎！C級陰獸來了！不，在C級陰獸後面，還有別的，那隻頭很大的猴子，是大頭猴嗎？那可是B級陰獸啊！後面，後面……那是陰界食人魚？又是一群B級陰獸？」警衛聲音已經接近瘋狂。「等等……不要，不要吃我……」

這句「不要吃我！」還沒說完，對講機就突然發出一聲尖銳的滋滋聲，然後音訊斷絕。

顯然，這警衛已經成為了陰獸們的第一口糧食。

事實上，當來自道幫內部的援軍來臨時，他們面對自己同袍的死亡，也是極度的無能為力，他們唯一能做的，只有把道幫的大門用力關上，然後拚命鎖緊……

因為，在玻璃門外的，已經不是一兩隻危險陰獸而已，而是一大群，黑壓壓如同潮水，足以遮天蔽地的驚人陰獸群！

這群陰獸中，有發出咯咯怪聲，舌頭帶著倒鉤的龍蛙，有兩隻夾子能輕易剪斷汽車的妖螃蟹，在地上隨地亂爬的悲愴毛毛蟲，在空中宛如小型轟炸機般亂竄的風箏獸，還有植物系的陰獸，也搭著動物系的陰獸移動而來，像是帶著巨大炸彈的炸彈椰子，還有會吸附在生物表面，大量吸血的飢餓咬人貓。

這些陰獸從C級陰獸，到B級陰獸都有，牠們發現衝不入玻璃門內，但因為巨大的飢餓感而開始互相咬食，一旦咬食，陰獸死前的哀號聲，死前激戰散發的氣味，又引來越多也更大的陰獸。

A級陰獸的出現，只怕是遲早的事情了……

道幫的警衛躲在玻璃門後發抖著，他們一邊祈禱著更強的主管能現身主持大局，一邊則用眼角餘光，看向了那間最大的會議室。

會議室的牆壁，已經被木狼刀氣劈破，破孔處，更摔出了幾個半昏迷的刀堂高手。從破孔處往內看，隱隱可見裡面的人影高速移動，屍體亂飛，血，尖叫聲，道行的氣流，正激烈的進行著。

會議室裡面，究竟發生了什麼樣的激戰呢？就是這樣的激戰，所製造出來的大量道行釋放，才會引來這麼多飢腸轆轆的陰獸吧？道幫，接下來的命運，到底會如何呢？

這些最低階的道幫幫眾不禁邊顫抖邊想著，直到……一聲巨響打亂了他們的恐怖想像。

這聲巨響，來自一頭猛撞大門的陰獸，是一頭大牛，而且這牛的角不是兩個尖銳弧狀的牛角，而是一個滿月般的圓形。

撞了第一下道幫大門，大門晃動，連天花板和地板都為之震動。

「好像，快破了欸……」第一個警衛抓著第二個警衛的手，全身發抖。

「沒……沒事啦……」第二個警衛聲音也同樣顫抖著。「道幫的門，可是用了千層石化水果加上千層超硬烤糖堆疊而成，有門中千層派之稱，這樣的門，不只堅固，還能耐蝕抗震，沒有陰獸能闖進來的。」

這時，這頭大牛又撞了第二下大門。

砰的一聲！門又再次震動！

而且看起來震動的幅度又更大了，這千層之門，表面竟像是海浪般扭動，門周圍的天花板與地板，更裂出一道道巨大裂痕。

「怎麼辦？」第一個警衛這次不再只是抓著第二個警衛的手，而是整個身體抱了上去。「快、快破了啦，救命啊！」

「不……不會破的……」第二個警衛的臉，已經青到發紫，就差沒有再從紫色轉為綠色。「這門有……千層，雖然沒有黑門那麼厲害，至少……至少可以擋得住A級陰獸，除非是百大陰獸……」

第二個警衛的「百大陰獸」四個字，才剛剛說完。

第三聲撞擊，已然降臨。

這一聲撞擊，比剛剛兩下更響亮，更威猛，而且還有一個最大的差別，那就是……門，沒有像是波浪舞一樣扭曲。

因為，它裂了。

號稱由千種化石水果，千種硬糖黏合，比千層派還千層的道幫大門，就這樣被這隻陰獸給撞破了。

漫天飛舞的玻璃碎屑中，一頭巨大的牛衝了過來。

「環頓牛！」第一個警衛慘叫，慶幸的是，這已經是他人生最後一次慘叫，因為他轉眼就被洶湧而來的陰獸群給吞噬。

「百大陰獸之中，排行第八十五！」第二個警衛也慘叫，這也是他人生最後一次慘叫，慘叫之前，他不知道有沒有替自己高興一下，因為他猜的實在太準了，能撞破這千層門的，果然是百大陰獸。

而百大陰獸，還真的被這些濃烈的陰魂屍體，給吸引而來了。

撞破大門的這頭牛，名為環頓牛，牠頭頂的大角有如滿月，會發出驚人震波，凡被牠撞過的物質或是生物，不是碎裂、重傷，不然就是當場斃命。

如今，牠來了。

是否又將給會議室之中，這場木狼的世紀殺戮審判，增添更多變因？

而會議室內呢，這場圍捕木狼的混戰，又進行到哪裡了？

會議室內。

激戰，在五分鐘前，當木狼用數十掌，將刀堂幫眾盡數震昏，正式啟動。

先撲上來的，是劍堂與毒堂數十名幫眾，但木狼卻一個矮身，以超乎想像的身法，從幫眾間的隙縫中鑽了過去。

這一鑽，頓時將道幫幫眾全甩到了背後，直接衝入了政府警察群之中。

所有的警察見到木狼突然混入他們之中，也是一愣，但就在這愣住的瞬間，一聲急吼響起，貫穿了整個會議室！

「快逃！」聲音來源，正是警察機關的首長，天刑。「他是木狼！他是甲級星木狼啊！」

但這聲逃，慢了。

雖然只慢了一秒的百分之一，但這短到比眨眼更短的時間差，就足以讓木狼右手那把狼鍘揮開，狼鍘的刀鋒與刀座，就像是鱷魚的大嘴，張開，然後闔上。

這一闔，就闔走了六顆頭顱。

頭顱沖天飛去，但屍體卻仍直挺挺的站著，連血，也頓了那麼一下，才噴出來。

當噴濺的血，終於衝上天花板，這把名列道幫九刀中的第二刀，狼鍘，又再次鍘下六枚頭顱。

這柄狼鍘，源自於宋朝包青天的三把鍘刀，「龍頭鍘」、「虎頭鍘」與「狗頭鍘」，當年包青天以其明察秋毫，能審敢斷的審判能力，將原本污濁混亂的大宋朝政，注入一股清流，他靠的，就是這三把鍘刀。

斬小偷流民凶犯者，是為狗頭鍘。

斬將軍或曾對國家有功者，是為虎頭鍘。

而專斬帝王血統者，則為龍頭鍘。

其中龍頭鍘極少被抬上審判台，一來帝王血統犯罪者少，二來若是帝王血統犯上了罪，其罪之大往往牽連甚廣，牽動的政局與利益版圖，更是震動整個朝政。

換句話說，龍頭鍘每次出動，所染的血，都足以撼動千萬人民生計。

而隔了千年之後，木狼取得了這三把鍘刀，就算事隔千年，木狼仍為三把鍘刀上散發的凜冽之氣而顫動。

這三把刀上，死者的怨氣、包拯的正氣，還有帝王龍者死前的怒氣，全部混在一起，經過千年不只不散，還隨著歲月不斷精鍊，化成一把絕世刀鋒。

於是，木狼將三刀煉化，取其鋒利之氣，外型則修飾為更能簡單攜帶，更能在實戰發揮作用的刀體。

經過木狼修整之後，木狼手握著刀柄，每次揮動此刀，下方的刀座都會跟著甩出去，甩到了敵人的頭顱後方。

然後，刀座與刀鋒會像是鱷魚嘴般闔上，一闔上時刀鋒與刀座合一，敵人的頭顱頓時被毫無滯怠的從脖子上分離開來。

與其說狼鍘是一把刀，不如說是一個被經過精密改造過之後，便利型的斬頭器。

而這把刀在道幫九刀的排行極高，九刀之中僅次於七殺星所用的「七殺刃」，排名第二。

如今，木狼在會議室中，拿著狼鍘大開殺戒，不到五秒間，就斬下了超過二十名的政府警部人員。

等到警部人們發現自己人被斬殺超過二十餘人之際，他們才終於像是清醒般，慌忙舉起手上的無碇槍，朝著木狼狂射。

能被天刑選上，來道幫鬧事的警察，身上都帶著一定的道行，且都經過不少腥風血雨的戰役，所以他們無碇槍噴射而出的子彈，也具備一定的殺傷力。

可惜的只是，他們這次的對手，真的不太一樣，他是木狼。

是擁有甲級星格，手持道幫第二凶刀，且殺戮胃口已開的……木狼！

所有的子彈都落了空，它們只擊中木狼的殘影，然後狼鍘這把大型斬頭器，又是猛力一揮，刷刷刷，又有三名警部的頭顱衝上了天花板。

「可惡！」被殺到剩下不到二十人的陰界警察們，開始混亂的後退，但全身是血，早已殺紅眼的木狼，怎麼可能輕易放過他們，腳往地上血河一踩，頓時追了上去。

但他只追了半步，忽然身體一頓，一股來自右方的猛烈殺氣襲來！

木狼冷笑，右手的狼鍘甩去。

這一甩，鏘的一聲發出劇烈金屬撞擊聲。

一根巨大光滑的棍子，被狼鍘給硬生生架住！

「裂骨棒？」木狼被噴上鮮血的臉，露出獰笑。「天刑，你拿出吃飯的傢伙了啊。」

這一根看起來毫不起眼的白色大棒，棒上似乎沾過不少血跡，順著血跡仔細看去，表面還有著一些形狀奇異的紋路，的確是天刑的最得意的武器之一，裂骨棒。

天刑有四項刑具：洗命索、裂骨棒、鑽心針、拔舌夾，多年來他靠著這四大刑具，不知道刑求過多少黑幫分子，得到多少他想要的情報，更幫助他得到如今的警部高位，如今，天刑終於拿出他最適合實戰的武器，裂骨棒。

裂骨棒也是天策的精心作品，以千年的鐘乳石打造，此岩硬度高，重量重，以裂骨棒輕擊受刑者的手腳，就能將其手腳的骨頭打碎。

而且透過天策獨到的表面凹紋設計，讓此棒打入骨頭之際，會讓骨頭碎而不斷，碎開的骨頭碎片會插入斷骨附近的肌肉神經，讓受刑者飽受斷骨之疼，疼上七七四十九天後虛弱而死，若不遇到良醫，根本無法復原。

「裂骨棒專打骨頭，一打就碎，碎後就無法復原，」天刑發出冷笑，再次揮動手上的大棒，「而且其材質以千年鐘乳石切削而成，堅硬勝鐵，硬度勝鋼，看你的狼鍘怎麼鍘斷它？」

「你好奇嗎？想看我的狼鍘怎麼鍘嗎？」木狼眼睛在此刻綻放殺氣光芒，一個回身，手上的狼鍘大刀，毫不畏懼的擊向了眼前這把以千年鐘乳石鍛造而成的大棍。

鏘的一聲，又是一聲震耳欲聾的碰撞聲。

「就說你鍘不斷吧！」天刑狂笑著，再次舉起手上的棒子，朝木狼打去。

「是嗎？」木狼迴轉手上的狼鍘，迎向裂骨棒。

鏘的一聲，又是劇烈聲響，第三次了。

「你還不知道我們的差距嗎？我可是，千年鐘乳石製成的……裂骨棒啊！」天刑陰冷的臉露出殺意十足的猙獰。「給我斷開吧，狼鍘刀！」

說完，這根裂骨棒挾著霹靂的氣勢，朝著木狼的狼鍘打去。

而木狼面對裂骨棒威勢十足的這一擊，他的表情依然不為所動，只是用著相同的姿勢，再次揮動了狼鍘。

鏘。

又是一聲金屬撞擊聲，第四次。

「還沒斷，但你的狼鍘能撐幾次呢？刀鋒怎麼可能和硬棒子比！」天刑收回手上的裂骨棒，再次舉高，「下次我就要把你的砸斷！」

「砸斷？」木狼只是露出霸氣十足的獰笑。「下一次，我決定不用我的狼鍘了。」

「什麼？」

「我試著空手接你的裂骨棒吧。」木狼笑著，笑容中有著深夜孤狼的寒意。「順便讓你知道，你手上的裂骨棒，有多麼……脆弱吧！」

「去死！」天刑帶著怒氣大吼，雙手握住裂骨棒，用盡全力，朝著木狼的額頭，劈了下去。

這一次，木狼還真的沒有舉起右手的狼鍘，只是帶著輕蔑的笑，緩緩的伸出左手。

裂骨棒越揮越快，快到空氣中傳來了尖銳的風切聲，快到周圍的政府官員與幫眾都忘記了呼吸。

然後，裂骨棒碰到了木狼的左手掌心。

「碎得乾乾淨淨！你的左手指骨！」天刑狂笑。

但，下一秒，來自裂骨棒，那古怪的回饋力，讓天刑失去了笑容。

而接下來他眼睛看到的事情，才讓天刑整個臉部五官都扭曲了。

因為，裂骨棒剩下一半，而另一半呢？竟然在木狼手上。

裂骨棒怎麼可能自己分成兩半？是木狼折的嗎？號稱千年鐘乳石煉化而成，最堅硬的武器，怎麼會……怎麼會被木狼徒手折斷！

「哎呀呀，真是抱歉，不小心太用力，就折了啊。」木狼依然是那可怕的獰笑。「你也真是的，這種像是棒棒糖的武器，就不要隨便拿出來了嘛，一打就折，怎麼玩啊，真是的。」

「你、你究竟是怎麼把裂骨棒切斷的？」天刑目光看向地上被切斷的裂骨棒，瞬間他懂了，裂骨棒的刀痕，竟然只有一個，那表示……木狼的四刀，竟然都砍在同一個地方？精準，沒有半點失誤的，都砍在相同的位置，就算裂骨棒以千年鐘乳石鍛造而成，也承受不住反覆的同一位置的切擊。

這木狼，也太恐怖了吧？而且恐怖的是不只他的刀，還包括他的人啊！

天刑還在看著自己裂骨刀斷面而發愣之際，忽然，他感覺到眼前一陣黑影，那是木狼將斷掉的裂骨棒給扔了過來。

天刑急忙側頭，避開了這一扔，但他的頭才側開，就看見了木狼的身影，已經迅如閃電，跟著裂骨棒而來。

「只會追求越來越可怕刑具的你，怎麼會懂，任何的武器，可怕的向來都不是武器本身，而是用這武器的人啊。」木狼笑著，手上的狼鍘高舉，然後朝著天刑劈來。「接下來，換我攻擊囉。」

「啊啊啊啊！」天刑慘叫著，他開始退，拚命退，退了十餘步，退了二十幾公尺，退到撞入背後的警部人員之中。

退了這麼遠，狼鍘的刀，刀勢終於已經到盡頭。

「幸好，差點……」天刑喘著氣。

「是嗎？」木狼滿是點點鮮血的臉，露出笑，笑中帶著些許的嘲諷惡意。

「什麼？」天刑一愣，他低下頭，赫然發現自己剛剛握棒的右腕上，多了一圈鮮紅的線，紅線不斷暈開，然後啪的一聲，他的右腕竟然齊腕落下。

手斷了！這是狼鍘幹的好事嗎？木狼好狠的刀，好絕的刀氣！

「這一刀，是要你永遠記住，」木狼冷笑，「有些人，有些刀，是你永遠不能惹的！」

「可惡啊！」天刑此刻不復往常的囂張，他轉身鑽入了眾警部之中，更用僅存的左手抓住自己的部屬，朝著木狼扔去。

「你還是一樣卑鄙啊。」木狼面對不斷被扔來的警部，他也一點都不客氣，左一鍘右一鍘，將剩餘的警部的頭顱，全部鍘斷。「利用部屬逃命是嗎？」

「我……」事實上，木狼無法回答這問題，此刻他腦海唯一想到的，就是他自己，就是他自己能否逃過這一劫？至於什麼兄弟義氣？什麼回去政府之後的責任追究？對天刑都不重要了，反正所謂的責任，也只是一紙可以透過「很多錢」，「一句道歉」，「是否還有利用價值」來抹滅的公文而已。

所以，當原本意氣風發的天刑發現自己手邊，已經沒有半個警部手下可以丟的時候，他竟然轉了半圈，朝向軍部撲去。

看見他撲向軍部，天虛為首的軍部頓時譁然，這天刑瘋了嗎？竟在軍部的太歲頭上動土。

只是，軍部已經沒有時間驚訝了。

因為，跟隨在天刑身後，那全身是血，提著狼鍘，斬下四十幾個人頭的木狼，已經跟了上來。

「格物盾！」天虛大吼，「擺出陣勢！」

軍部這次來的共有三十六人，他們不同於慣於單打獨鬥的警部，為了在兩軍對戰中取得勝利，他們反覆訓練的重點都放在「團體作戰」上。

一聽到北軍副軍長天虛這聲口令，三十六名軍部軍人身形整齊劃一的互換位置，形成九人一組的小隊，然後小隊同時立起了手上的格物盾。

格物盾緊密排列，排成一個沒有半點縫隙的正方形。

當這正方形形成，同時間，木狼的狼鍘也到了。

「軍部的格物盾陣嗎？」木狼躍起，右手上的狼鍘也隨之舉高，「來戰一戰這經典武器，也算有點意思啦！」

木狼躍到了最高點，當身形開始下墜，手上的狼鍘，也順著這下降的重力加速度，一起往前劈去。

「格物盾，給我崩！」木狼放聲大吼，然後，狼鍘鏘的一聲，用力擊上了九張格物盾拼成的正方形之上。

這一秒鐘，所有人都停下了奔跑，停下了逃亡，眼睛都忍不住看向那把狼鍘，因為每個人都想知道……以超強防禦和團體作戰著稱的軍部陣法，能否擋住殺紅了眼的木狼一鍘。

崩解了。

九張格物盾，開始崩解。

透過特殊陰獸材料，能夠反彈七成的攻擊力，透過機密的設計方式，能夠卸去其他三成力道的格物盾。

就在狼鍘這一轟之下，崩解了。

崩解的並不是格物盾，而是握盾的九人，他們承受不了來自狼鍘的巨大震力，虎口噴血，手臂骨折，手鬆開了，這一鬆，也讓狼鍘找到了進來的縫隙。

也因為對手是木狼，只要任何的縫隙，他都能撬開成讓對方後悔莫及的致命缺口。

「九枚頭顱，全收了！」木狼的狼鍘再揮，九張格物盾，頓時往四面八方彈飛，然後狼鍘已經來到九個軍人的脖子上。

這時，空氣傳來天虛尖銳的警告聲。

「木狼你想清楚，一旦殺了我們軍部的人，是什麼下場！」天虛原本沙啞虛弱的聲音，此刻因為激動而顯得又細又尖，聽起來著實不舒服。「當年十字黑幫是怎麼覆滅的？當年三大黑幫是怎麼被我們軍部殺到血流成河的？你可記得？」

「怎麼會忘記呢？所以，這一刀……」木狼依然狂妄而瘋狂的笑著，「就當作是我木狼個人對這個政府，最終的抗議好了。」

說完，狼鍘揮下。

九顆頭顱順勢飛起。

同時，聽到天虛憤怒的大吼，「格物盾，二十七人陣！」

木狼滅了九人，剩下的二十七人再度排列組合，排成同樣的九方格陣，但因為人數多了三倍，所以格物盾的厚度增為三倍，整體的威力更以超越三倍的實力暴增。

但這樣的陣勢對木狼有用嗎？

很不幸，答案是沒有。

因為木狼再次高舉手上的狼鍘，轟向了這個二十七個格物盾組成的強力防禦牆。

二十七個格物盾果然非同小可，木狼的這一下狼鍘，竟然沒將其震開。

隨即，木狼又舉起了第二次，又是在同一位置上擊了下去，這一下，讓二十七個格物盾的軍人身軀同時震動。

「他又要對同一點進行攻擊，快變換位置！」天虛見狀，想起不久前天刑慘敗的過程，立刻發出指令。

二十七個盾訓練有素，立刻前後左右互換，轉眼將剛剛被木狼擊中的點，藏入後方，讓木狼無法再次使用同樣的招數。

「木狼，怎麼樣？我軍系部屬善於陣勢變換……所以，你要對同一點連續擊打，造成格物盾出現弱點，可沒有那麼簡單啊，咯咯咯咯。」天虛冷笑。

「是嗎？」木狼站在這座二十七個格物盾堆成的高牆之前，輕輕甩動著手上的狼鍘。

「你以為我木狼的刀法，有這麼遜嗎？」

「喔？」

「所謂的連續攻擊同一點，」木狼再次躍起，手上的狼鍘也再次舉起，「其實也是有進化型態的！」

說完，他的狼鍘揮動。

鏘！

狼鍘刀鋒擊中了眼前這層層疊疊，固若金湯的格物盾之上，就在軍人們身軀一震，並打算要快速變換陣勢，讓木狼無法攻擊同一位置之際……

木狼的第二刀，竟然已經到了。

鏘！

不只如此，時間連百分之一秒都還沒到，這是軍人們想要變化陣形，也絕對來不及的時間……

鏘鏘鏘鏘鏘鏘鏘鏘鏘鏘鏘鏘鏘鏘鏘鏘鏘！鏘！

木狼的狼鍘，竟然已經連打了十八下。

到了第十九下，木狼停手。

他之所以停手，絕對不是因為他累了，或者是這已經是他的速度極限，而是，他認為，這一切已經不必要了。

二十七個格物盾堆成，堪稱軍部最強銅牆鐵壁，一片片盾甲，已經開始落下，就在木狼轉身之際，他背後的格物盾已經完全崩塌，落在地上，宛如殘骸。

而二十七名操作格物盾，訓練有素的政府北軍軍人呢？

他們的頭顱，全都不見了。

不知道何時，不知道何種方法，全部被狼鍘給割了下來。

當二十七具屍體全部躺平，木狼突然感覺到呼吸一窒，他猛然抬頭，見到天虛正點著一根菸，用力抽著。

「喔，政府北軍副軍長，天虛，要親自出手了嗎？」木狼獰笑，但才往前走了兩步，那令木狼窒息的感覺，卻又來了。

天虛沒有說話，只是點著菸，而這根菸的前頭，卻可見高速流動的氣流，不斷的被菸頭吸入，菸頭的菸草更因為如此，不斷閃爍著激烈的紅光。

天虛越是吸，木狼就越感覺到呼吸困難，全身無力，甚至連手上的狼鍘，都開始感覺到沉重。

「這是什麼？」木狼手一鬆，狼鍘墜地。「你的技，就是奪去空氣中所有的空氣，讓敵人窒息到無法戰鬥嗎？」

「……」天虛沒有說話，只是不斷抽著菸，菸頭處，空氣急速被吸取，正意味木狼的空氣越來越少……

「真是有趣的招數，不用正面交手，就這樣將對方的空氣奪走，也奪走了對方的戰鬥力與性命！嗯？你是從什麼時候開始偷我空氣的？是我對上格物盾的時候嗎？」木狼的臉，因為少了空氣而慢慢浮現黑氣。「這樣的技，倒是挺適合暗殺的嘛。」

天虛仍吸著，使用這技時，他不能說話，但從他彎起的眼角來看，他知道勝利就在眼前了……

正面戰鬥，向來不是天虛所擅長，於是他找到了自己專屬的技，也就是「奪取空氣」，只要點上了菸，他就能靠著那根菸，將他想暗殺對象的周圍空氣，吸取得一乾二淨。

這樣技的好處，就是當對方意識到自己沒有空氣時，往往為時已晚，當木狼剛剛忙著用狼鍘對付二十七張格物盾之時，天虛就已經點上了菸，開始搶奪木狼周圍的空氣。

當木狼發現天虛已經出手，天虛更毫不客氣的加快速度，他要讓這個連續斬殺六十餘名政府軍警，道幫刀堂堂主，冤枉的喪命在自己手下。

「空氣，呼呼，的確是越來越少了啊，呼呼。」木狼就算臉色泛黑，卻也不改其狂猛霸氣。「不過，我這個人的個性是這樣的啊……」

「……」下一秒，天虛的眼睛睜大了。

「所有從我身上被搶走的。」木狼鼻孔張大。「都會被我搶回來啊！」

這一剎那，天虛的眼睛越睜越大，眼神中閃爍一絲慌亂。

因為他發現，他菸頭的煙，氣流方向竟然改變了！

原本源源不絕，不斷灌注在菸頭處，燃燒著菸草的空氣，竟然開始被倒抽回去，菸草沒了空氣，光芒頓時黯淡下來。

木狼，仍張大鼻孔，拚命吸著。

天虛只能加強道行，壓縮肺葉，想要再把空氣搶回來。

空氣稀薄，木狼臉色微黑，但神色絲毫不改，唯一改變的，是目光中的殺氣越來越凜冽。

天虛的臉色越來越難看，額頭上更浮現密密麻麻的汗珠，他想要搶走木狼空氣，但他卻發現，不但搶不走空氣，竟然連自己的空氣，都開始減少……

他的肺葉，正不斷的凹陷，他的氣管，也開始收縮，他要搶回空氣，他要……

雙方就這樣動也不動，沒有任何手腳武器上的交鋒，但其凶險程度，卻已經是生死一瞬程度！

終於，木狼動了，他來到了天虛面前，然後伸出了手，夾起了天虛嘴裡的菸。

菸已經熄了。

當木狼拿起了菸，天虛頓時軟倒，他的七孔，包括雙眼、鼻、嘴巴，以及雙耳，頓時湧出了鮮血。

「就算不死，也廢了。」木狼把菸往後一扔，也不理會倒在地上，不知是生是死的天虛，木狼拾起了地上的狼鍘，轉過身。

此時此刻，整個政府的部隊，還剩下以青龍為首的馴獸師們，還有這一切事件的始作俑者，天刑。

木狼冷笑了一聲，將狼鍘放上了肩膀，啪嗒啪嗒的踩過滿地的鮮血，朝著天刑大步而去。

此刻的木狼，臉上全部是鮮血，已經分不出五官，只剩下一雙殺到紅發紫的目光，閃爍著狂亂的光芒，有如從地獄最深處爬回來的戰魔。

如今，這戰魔，正一步一步，朝著天刑走來。

天刑握著自己已經斷掉的左腕，他原本就知道，自己不會是木狼的對手，但他萬萬沒有想到的是……原本意氣風發的率領著數十名的軍警人員，要給道幫一個下馬威，帶走木狼，瓦解刀堂，從此和劍堂的天策聯手，將道幫納入手中……竟然演變成這副局面。

而一切，竟然只因為一個人。

木狼，甲級右弼星，刀堂堂主，竟然一個人就幾乎殺光了所有的鬼軍鬼警。

更恐怖的是，此人，如今正帶著絕對無法寬容的殺氣，朝著自己而來。

天刑張開了嘴，發出了自己都無法想像的哀號。

「天策！」天刑尖叫著。「你還袖手旁觀！天策！若老子今天死了！我一定不會放過你！我一定……」

天策？

是啊，這個會議室之中，可是還有另外一個道幫堂主，可是還有一個人可以和木狼抗衡啊！

「我以為，我可以從頭看到尾呢。」天策生性涼薄，與政府的結盟也只是一時的選擇，對他來說，天刑的死活與他沒有太大關聯，「既然你都提了，既然我們都是盟友，那我還是出一下手好了。」

「天策，你是在等吧？」木狼轉過身，凝視著這個與自己纏鬥多年的堂主。「你想看看這些人會耗去我多少的道行，再來坐收漁翁之利，是嗎？」

「我怎麼敢。」天策聳肩，目光狡獪。「我只是剛好沒機會出手而已。」

「是嗎？我們多久沒交手了，三年？五年？這麼多年來，我們對彼此，都在保留實力，不是嗎？」木狼揮動著手上的狼鍘，就算已經經歷了數場血戰，他的殺氣不減反增，壓迫感讓整個會議室的人，都感到膽寒。

「是啊。」這時，天策慢慢掏出了懷中的一個透明小瓶子，瓶子內是鐵色的液體搖晃。

「這一瓶，一直是為你留的。」

「劍飲？」木狼眼睛瞇起，「當年，這樣的東西被創造出來的時候，我真的打從心底感嘆你是個天才，只可惜……」

「只可惜什麼？」

「只可惜，這天才不學好。」木狼目光滿是殺氣。「可惜了你一身天賦啊。」

「沒有什麼學好不學好的！」天策冷笑，「就讓我們在這裡分出，究竟誰是誰非吧！」

說完，天策仰頭，就這樣將這一罐鐵色液體，全部灌入了口中。

而下一剎那，天策的身體表面，一道銀鐵色的光芒流轉而過。

「劍飲，將劍氣與劍意融成液體，吞入體內時，當液體被體內吸收，便可透過意志，直接將劍體呈現。」木狼冷冷說著。「這樣的劍飲，可以讓使劍者隨意控制並創造出不同劍體，也因為劍隨心發，更能將每把劍的威力發揮到淋漓盡致，堪稱道幫武器的傑作。」

「沒錯，而這瓶劍飲，更是我特別為你打造的，裡面的劍氣與劍意的濃度極高，而威力也強上好幾倍，雖然會對身體造成負擔，但為了此刻。」天策眼睛也在此刻，化成了鐵銀色。「我相信，值得。」

「值得嗎？」木狼慢慢的，慢慢吐了一口氣，「你就這麼想殺我？」

「為什麼想殺你？」天策忽然笑了。「你可知道，我父親說過，他有幾個孩子？」

「什麼意思？天缺老大就兩子，」木狼冷哼。「長子是你，二子天馬，多年前已經失蹤，這問題究竟在問什麼？」

「不，我父親曾說，他共有三子。」

「啊？」

「我父親曾說：『么子天馬任意妄為，二子天策深思熟慮但就怕心術不正，而長子呢？』」天策語氣苦澀且憤怒。「『雖不是親生，但，行事爽朗明快……與我天缺最像。』」

「喔？天缺老大這樣說？」

「他甚至說：『若有一日道幫遇到覆幫危機，便由我長子，臨危受命，接受幫主一職。』」天策咬著牙，慢慢說著，「木狼，說到這，你懂了嗎？」

「……」

「此時此刻，你若被我所殺。」天策全身的劍氣已然形成，行蹤隱沒的春劍、霸氣四方的夏劍、固若金湯的秋劍，以及一擊斷命的冬劍，都已然成形。「你也該瞑目了。」

「嗯。」木狼似乎還想著剛剛天策的話，苦笑。「天缺老大啊，你沒事幹嘛留下這樣的話呢？你不知道自己的兒子，可能會劃錯重點嗎？」

「什麼劃錯重點！」天策狂吼，手上的四劍交互縱橫，展現震動天地的驚人殺氣，同時朝木狼直射而去。

「說不清了。」木狼舉起了剛剛才殺了六十餘人的大刀狼鍘，狼鍘的刀鋒，閃爍著鮮血般的冷光，再次回到剛剛滿身是血的地獄魔王。「那就直接用命來交談吧！」

說完，木狼的狼鍘猛力揮動，重擊飛馳而來的四劍，轟轟轟連續巨聲，震得狼鍘急劇震動，才終於打落這四劍。

從狼鍘要如此耗力，才能擊落四劍來看，這四劍的威力，肯定遠超過當時天策刺殺琴所用。

不過，縱然木狼成功擊落四劍，他的表情，卻顯得更為凝重了，因為他發現，當四劍墜落，緊接著出現在木狼正上方，宛如君臨天下氣勢的……是密密麻麻，幾乎佔領半個會議廳天花板的百餘把，夏之劍。

「原來，不只是四種劍，連數目都可以增加啊。」木狼仰頭，凝視著這一大片即將如雨而下的夏劍。

木狼笑了，毫不畏懼，猙獰的笑了。

「落下吧，夏劍之……」天策手一揮，百把劍同時墜下，沒有留下任何生路的，落在木狼與他的狼鍘之上。「夏之雨！」

而就在夏之雨落下之際，一〇一門口，也同時傳來驚天動地的玻璃碎裂聲，碎裂聲中，環頓牛，以及成千上萬，有如黑色潮水般的陰獸，也衝了進來。

黑色潮水在大廳入口轉了個彎，往刺激著牠們的嗅覺，收縮著牠們的胃袋，讓牠們為之瘋狂的所在狂衝而去。

有著超過六十具屍體，以及數十名道行高手正在激戰之處，會議大廳。

這裡，是陽世歌唱比賽會場。

就在主持人以聲嘶力竭的音調，宣佈小靜與阿皮雙方平手之後，現場靜默了。

靜默了一秒、兩秒、三秒之後，卻是如衝天大浪般的歡呼。

這份歡呼，與支持哪位歌手，與喜歡哪種歌聲，毫無關係。

唯一有關係的，是一份被兩人歌聲吸引的期待，期待，兩人再次交手，再唱出比剛才更令他們震撼與感動的歌聲。

如今，這份期待化成了純粹的歡呼聲，如海潮般在舞台前湧現。

甚至透過一條條的訊號線，透過在天空穿梭而過的電波，傳遞到了電視與網路，並在電視機，手機，與電腦前呈現。

每一個即時收看這節目的人們，也在安靜了一秒、兩秒、三秒之後，不自覺的舉起了雙手。

發出「呦！」的歡呼聲。

期待原野音樂王子阿皮與海之聲小靜，再次在舞台上再次激盪。

甚至有的人，眼睛仍盯著電視，手已經在桌上掏摸，摸到了自己的手機，然後用速撥鍵，按給了自己最好也最熟悉的朋友。

「欸，阿呆。」

「幹嘛？」

「你現在能看電視或上網嗎？」

「可以啊。」

「快看這一集的歌唱比賽。」

「啊？」

「很好看。」打電話的聲音，充滿了期待。「超好聽的，第一次是母親的名字對上海風，接下來肯定是松鼠……」

「啊？什麼母親名字？什麼松鼠？這些東西怎麼扯在一起的？」

「那是歌名，啊別再扯了，快看就對啦。」

也有人不用手機，用了網路，他們打開了另外的視窗，在各種慣用的通訊軟體上，寫上了自己的想法與心得。

這些想法與心得，都是「快點！最精采的要來了！」「四強賽竟然平手！也太令人期待了吧！」「救命啊，我快等不及了！」「我憋尿都快憋到爆炸了，快點唱吧，求你們啦。」

「拯救我們乾渴的靈魂啊。」「這絕對是我看過最精采的一集！」

這些詞句，也許字句不同，但都顯示著完全相同的意涵，一如浪潮般，不斷的朝遠處擴散。

這些擴散的效應，最後都成為了令電視台工作人員眼睛睜大的一個數據。

這數據，就叫「收視率」。

「破了，破紀錄了！」工作人員們看著這奇異飆升的數據，目光忍不住再盯回舞台。

如今，這舞台上，這個充滿山林之氣的男人，已經握住了麥克風。

他原本高亢活力的嗓音，卻在此刻顯得低沉，是因為他將說出充滿威力的一句話：

「延長賽，我的選歌是……松鼠。」

這兩個字「松鼠」，在此時此刻，又化成一波全新的大浪，以舞台中心往外擴去，化成一波又一波讚嘆與低呼，在這個城市的電視與網路前震盪著。

〈松鼠〉這首歌，由阿皮從小長大的山林間孕育而成，更由當今音樂市場第一製作人強哥親自製作，這是阿皮原本拿來要奪取冠軍的終極武器。

但，就在〈母親的名字〉這首歌與小靜的〈海風〉鬥成旗鼓相當之後，被逼了出來。

松鼠，絕對的王者，即將降臨。

為了保護這王者，評審團甚至立下了特別條款，讓四強賽的歌曲，可以重複演唱，並且保證不受第一次演唱影響。

這表示，若阿皮以〈松鼠〉擊潰了小靜的第二首歌，並以強者之姿晉級冠軍，〈松鼠〉

這首歌可以再唱一次！

松鼠，這穿越於山林與陽光縫隙之間，象徵著自然、原始與自由的歌曲，恐怕即將像一枚原子彈，震盪整個樂壇。

阿皮手上的武器是何等威猛，但，小靜呢？

此時此刻，小靜坐在後台，而她的對面，坐著和小靜一樣擔心這個狀況的老友。

這朋友，也是四強的選手之一，她是比賽中公認最好的歌手，也是小靜最棒的夥伴，最好的朋友。

如今，她凝視著小靜，完全不知道自己該說什麼……

「蓉，等一下，阿皮要唱〈松鼠〉欸。」小靜縮在椅子上，原本身形就小的她，如今更像小孩了。「我該怎麼辦呢？」

「……」蓉蓉握著小靜的手，蓉蓉只覺得小靜的手，好冰好冷。「我們來想想看，還有哪首歌好嗎？除了〈海風〉，嗯，〈藍色汪洋〉呢？〈北方大道〉呢？或者〈飛魚之歌〉？用大海的魚種單挑森林的鼠類，感覺很適合……」

「……」小靜沉默著，然後用力搖頭。「蓉蓉，妳知道的，〈海風〉已經是我最厲害的歌了，而且我們練了好多次，把每個細節都調到最好，以現況來說，根本沒有半首歌能和〈松鼠〉相比喔。」

「嗯……」這些狀況，蓉蓉知道，事實上，就算是身為小靜最好朋友的蓉蓉，她內心卻無法控制的和所有聽眾一樣，那就是認為……

阿皮會贏。

小靜走不過這關的。

因為〈松鼠〉出來了，而〈松鼠〉這首歌，實在太強了。

這絕對會是一首足以爭霸冠軍的歌曲，如果蓉蓉打敗了電屁股周壁陽，那遇到〈松鼠〉這首歌的人，就會是蓉蓉。

而且她很清楚，就算她有多年的 Pub 唱歌經驗，就算她到目前為止是參賽者中積分最高，就算她能輕易掌握低音迷離與高音翱翔，就算她口袋中有著千錘百鍊的超強歌單，她也沒有把握，可以擊敗〈松鼠〉。

更何況，是已經無歌可用的小靜。

〈海風〉已經是小靜的極限了，小靜還有什麼歌可以唱？還有什麼歌可以在這麼短的時間內拿出來？

「蓉蓉，我，好像，好像只剩下一首歌了。」小靜慢慢的抬起頭，看著蓉蓉。「對不對？」

「啊。」這剎那，蓉蓉很清楚，小靜所謂的剩下一首歌，是怎麼回事？

當時歌單中的兩大歌曲，除了陽光熱血活力的海風之外，就是那首歌了。

「我好像，只能唱……」小靜看著蓉蓉。「夜雪了？」

〈夜雪〉。

小靜真的要唱〈夜雪〉？

「不……不可以……」蓉蓉沒來由的拚命搖著頭。「小靜，我們再想想看，有沒有別的歌，好不好，我怕……」

「怕什麼？」小靜看著蓉蓉，「為什麼會怕？」

「為什麼……」蓉蓉說不出來，因為她有一種預感，一種多年來與音符朝夕相處，又與小靜共同走過這段歲月的強烈預感……

小靜的歌聲宛如大海，當她唱著熱情溫暖的歌，此刻的海，是夏日晴朗下午的海岸，海潮來來去去，輕撫每個聆聽者的腳踝，讓人忘記憂愁，回到那有如小孩的記憶陽光之中。

這樣的大海，若響起了〈夜雪〉的歌聲……

這片海，會慢慢的被一大片陰沉巨大的烏雲籠罩，光線黯淡了，海潮鼓動，越鼓越高，越鼓越是凶猛，凶猛到眼前無論是什麼，是人，是船，是房屋，全部都會被吞噬的。

「蓉，可是，我沒有退路了。」小靜握住了蓉蓉的雙手，「我想繼續比賽下去，我答應過琴學姐，我答應過柏，我要奮戰到最後一刻，而我手上只剩下這首歌了，就算它，它贏不了〈松鼠〉，我還是要唱。」

「……」蓉蓉閉上眼，她心意動搖著，一路上力擋小靜唱〈夜雪〉的人是她沒錯，而她只是源於一份預感，因為這份預感，就要讓小靜放棄這場四強賽，這樣對嗎？

也許，事情不會那麼糟糕，只是一首歌而已啊。

更何況她的對手是阿皮的〈松鼠〉。

「蓉？」

「嗯，」蓉蓉吐出了一口氣。「小靜，那就唱吧，只是答應我，不管唱完發生了什麼事，都不要改變妳自己，好嗎？」

「都不要改變自己？」小靜聽到這，忍不住笑了出來。「蓉，妳好會擔心喔，真的和琴學姐好像勒，哪有唱完一首歌，個性就改變這種事啦。」

「也是啦。」蓉蓉笑了，笑容卻充滿了擔心。

「那還有一點時間，我唱一遍，妳幫我聽一遍好不好？」小靜握住蓉蓉的雙手。「哪裡有走音的危險，哪裡要加強，妳告訴我。」

「嗯好。」蓉蓉點了頭。

「謝謝妳！」小靜忍不住伸出手，抱住了蓉蓉的脖子。

也就在這一瞬間，蓉蓉感受到小靜的單純與可愛，但也在這份單純與可愛之下，讓蓉蓉內心不安的感覺越來越濃烈。

海，也是如此不帶心機的，賦予海洋情感的，其實是人類。

小靜唱了夜雪，究竟會如何呢？

她在最後轉而支持小靜的決定，這樣，又到底對不對呢？

到底對或不對呢？蓉蓉迷惘了，深深的迷惘了。

而就在同樣的地方。

在小靜與蓉蓉看不到的另外一個世界裡，有幾個魂魄，正在耳語。

「這人類女孩決定唱〈夜雪〉了。」這個魂魄，正是人權律師。「老三，你成功了，你用了憂鬱藍蝶嗎？」

「沒有。」

「咦？」

「我沒有用任何的蟲系陰獸，讓人陷入低潮的悲愴毛毛蟲，讓人痛苦到無以復加尋求自我毀滅的憂鬱藍蝶，讓人尖叫想哭的躁鬱蟑螂，或是睡到一半鑽入耳朵內的失控螞蟻，或是每件事都要完美到令人抓狂的處女金龜子。」基努搖頭。「唱這首歌，是這女孩自己決定的。」

「所以……」

「也因為我什麼事都沒有做，所以那隻虎斑貓也沒有出手阻止我……」基努吐出了長長的一口氣。「這一切，都是那女孩自己的決定。」

「嗯。」

「如果，整個陽世，甚至是整個陰界，都因為這首歌，而開始發生改變。」基努眼睛放出冷冽光芒。「那都是這女孩自己的決定。」

「喔。」人權律師沉默之際，排行第六的松子倒是開口了。

「如果真的是這樣，的確很像老大啊。」

「像老大，怎麼說？」

「一把刀，孑然一身，獨自殺入千軍萬馬，揮盡千萬刀之後，又獨自踉蹌漫步於千萬屍體間，既狂且癡，卻又如孩子般單純。」松子語氣驚喜，「這是我印象中的老大。」

聽到松子這麼一說，基努與人權律師都是一陣沉默，他們都想起了記憶中「老大」模樣，那模樣讓他們一方面打從心底敬服，一方面又打從心底顫慄。

直到，人權律師終於打哈哈的開口了。

「像老大？妳也太誇張，松子，這女孩不過就是自己決定唱一首歌，哪來那麼多誇張的聯想？」

「是嗎？」松子甜甜一笑，如果不去注意她身為十隻猴子的身分，她此刻的笑容，真如青春少女般可人。

「……」聽著人權律師與松子的對話，基努雙手負在背後，沉默著。

他目光凝視之處，是遠處舞台觀眾區，除了交頭接耳的陽世聽眾之外，真正讓基努介意的，反而是此刻正在聆聽的陰界聽眾們。

陰界的魂魄的四大漩渦，海幫龍池鳳閣、紅樓天姚、政府獨飲，到已經鮮少出現的道幫天缺老人……

這四個漩渦，代表道幫的四大勢力版圖，在聽到小靜的這首〈夜雪〉之後，會發生什麼事？

這上千名的魂魄，從地板到牆壁，再從牆壁掛上天花板的魂魄們，在聽到〈夜雪〉之後，又會發生什麼改變？

更讓基努內心隱隱感到不安的，是隱藏在這些魂魄之中，那個危險因子。

基努不知道那不安的因子從何而來，但他就是知道，當他成為十隻猴子的成員，暗殺超過五十名重要的黑幫與政府人物之後，他就擁有了這樣的直覺。

今晚，一定會出事。

那個危險因子，他正藏身在這群魂魄之中，等待著機會。

他在等？

他在等著殺？

他在等要殺誰？

今晚，究竟會發生什麼事？

在這份擔憂之中，基努沒有意識到自己的嘴角，竟然慢慢的上揚起來。

這份等待大規模死亡的心情，不就是基努之所以加入「十隻猴子」真正的理由嗎？那就是期待死亡，各式各樣無法想像的死亡。

「今晚，把所有的傢伙都準備好吧。」基努雙手一翻，手臂上竟然密密麻麻都是蟲蛹。

蟲蛹的型態各自不同，有的碧綠如玉，有的深紅到幾乎要滴血，有的則透著自然界少見的詭異紫色，更有幾個白色透明，空靈中透著滿滿詭異之氣。

除了顏色，大小尺寸也差異很大，大的幾乎是半隻手臂，小的卻和毛細孔差不多，這些蟲蛹全都像是生了根般，黏附在基努的雙臂肌膚上，正從基努的雙臂上，汲取牠們的生命養分。

馴獸師，很明顯的，這個基努和女獸皇與青龍一樣，都是一名馴獸師，只是基努馴的是陰獸之中，被譽為最陰冷，最神秘，最危險的……黑暗蟲系。

看見基努手臂的上百蟲蛹，人權律師和松子同時吞了一下口水，他們都是識貨之人，知道這團蟲蛹的危險性。

「老三你都說了，我當然是準備好了。」人權律師輕輕晃動頭部，他的背後，不知道何時，出現了四五個人影。

這些人影，有的臃腫肥胖，有的骨瘦如柴，也有的看起來如一般的正常人。

但這些人影，卻都有著一種讓人說不出的感覺……一種異樣感，就像是當時人權律師所驅動的「士林之狼」一樣，他們，都是內心被惡鬼棲息的殺人魔嗎？

「這幾個魂魄，都經過我『愛的人權教育』，變成非常可愛的孩子，」律師這樣說著。

「他們也準備好了。」

「那我老六也準備好了。」松子雙手一攤，卻不見她亮出什麼武器。

「妳準備了什麼？」人權律師皺眉。

「祕密。」松子瞇著眼笑了。「這我可不方便說，但我可是『指背星』，不會讓兩位失望的。」

「嗯。」聽到這，基努和人權律師雖然同時皺眉，但也沒有多問，因為他們知道，身為暗殺集團的成員，隱藏自己暗殺手法，其實是非常正常的一件事。

今晚，十隻猴子準備好了。
那所有的魂魄呢？那小靜呢？那名危險分子呢？
大家都準備好了嗎？

就在此刻，音樂響起。
阿皮雙手緊握麥克風，開始他生命到此刻為止，最精采的一次演唱。
而在這演唱之前，陰界陰魂中，第一大漩渦的中心，貫索像是察覺到什麼，低下頭，將耳朵附在天缺老人的唇邊。
天缺老人受魔氣所侵，病入膏肓，其實已經無法透過聲帶震盪說話，但是貫索身為天缺老人多年來的護衛，他已經能透過天缺老人細微的情緒變化，判別出天缺老人的詞彙，雖然不是全部都能猜中，但至少七八成有了。
如今，當貫索聽到了天缺老人說話，卻忍不住眉頭皺起，因為他有點聽不懂，也因為聽不懂，所以貫索忍不住開口，重複了一次，想再從天缺老人口中得到肯定答案。
「今晚，我，會死。」貫索遲疑著。「您、您，說的是這句話嗎？」
今晚，天缺老人會死嗎？
但天缺老人卻沒有回答，他只是又安靜下來，就算五官已然僵硬，死灰的雙眼中透出微弱的，卻是炙熱的光芒。

看見天缺老人眼中炙熱燦爛的光芒，貫索一呆，這眼中的光芒，多久沒見了？

當年手持巨門之鎚，在濃烈燦爛的火光下，一鎚一鎚，將撼動陰界兵器鍛造出來之時……天缺老人，眼中就是這樣的光芒。

當年和老友們暢飲音樂美酒，縱談陰界大事，更不時小露身手，與高手們切磋武藝之時……天缺老人，眼中就是這樣的光芒。

當年天缺老人意氣風發，與僧幫之主、十字幫之主並肩作戰，就算被逼到只剩下一兵一卒仍狂妄大笑，當時……天缺老人，眼中就是這樣的光芒。

天缺老人眼中會露出這樣光芒，是因為他在期待什麼……嗎？

貫索抬起了頭，看著阿皮緊握著手上的麥克風，用生命所有的力量，唱出了每一個音符，每一個字。

然後在歌聲中，一圈又一圈，散發著燦爛光芒酒氣的泡泡，那泡泡的氣味之濃，香氣之純，在貫索漫長的陰界記憶中，也是絕無僅有。

這就是〈松鼠〉的酒嗎？

只是前奏，就有這樣驚人的美味，這首松鼠，絕對會成為陰界之酒中的極致經典。

但，貫索的目光，卻沒有停留在這些泡泡之上，他目光移向的地方，卻是舞台後方的後台。

那裡，有海濤的聲音。

隱隱的，騷亂的，但是卻充滿威力的，彷彿門後面有著一整片的汪洋，而汪洋的上空，一股暴風就要形成，所以就算此刻的海仍然平靜，卻已經可以感覺到暴風雨降臨前的強大壓迫感。

那裡，有一首什麼樣的歌，正在被練唱著嗎？

「這，就是你等的嗎？」貫索低頭，語氣一如往常平淡恭謹。「天缺老人。」

「……」天缺老人沒有回答，但他眼中的光芒，卻變得更加明亮且炙熱。

「就算用死亡交換，也要聽到的最後音樂嗎？」貫索低低的嘆了口氣，他是一個忠實的管理者，所以他不會忤逆天缺老人的命令，但他此刻的心情卻是複雜的。

這也許是天缺老人生命中最後一個命令，而這命令的代價竟然就是會讓天缺老人在此喪命，一切，都是因為這一首即將演唱的歌。

門後，那究竟是一首，什麼樣的歌呢？

就在陰界兩大事件「圍捕木狼」與「陽世歌唱決賽」正如火如荼的上演之時……

與這兩件事緊密相連，更堪稱事件核心的那個人，卻都不在其中。

那她在哪呢？

此刻的她身受重傷，正躺在某個人的懷中，朝著某一個地方，急速奔去。

終於，那個人停下了腳步，卻停在一個令人費解的地方。

這裡，不是醫院，更不是診所，完全不是可以讓人聯想到療傷的地方，而是……一間牛肉麵店。

也許是感受到速度的驟減，她，睜開了眼睛。

「莫言，這是哪？」她嘴唇輕顫，吐出了她的問題。

「這是可以救妳的地方嘿。」狂奔的人是莫言，所以他懷中的人是？

「救我？我的心臟，已經被天策穿了一個洞啊。」

「是啊，這裡連笨蛋都可以救，所以妳不會有問題的。」莫言講話依然這麼壞。「琴。」

「呵呵，是嗎？連笨蛋都可以救嗎？」琴笑了一下，這一笑，嘴角又湧出了鮮血，「我記得這家，大炕嬤帶我來過，黑暗巴別塔旁，不吃三碗不罷休牛肉麵店。」

「是的。」

「但他們為什麼能救我？」琴搖頭。此刻的她，胸口有著天策的春劍劍痕，這劍痕透胸而入，恐怕損及了心臟。

「因為，」莫言一笑，然後大步往前，「這家老闆娘，欠我一樣東西，她非還我不可。」

「啊？」

「我是神偷，不是好東西，我不會偷的。」莫言繼續走著，語氣平淡中卻無比堅定。

「這次我要偷回來的，是妳的命。」

牛肉麵店門，嘎一聲打開。

黑漆漆的店內，三個人影隱隱的坐著。

莫言止步，然後開口。

「周娘，妳在？」

「剛收到你傳來的小狸貓陰獸，牠對我說了。」周娘端起了桌上的茶，慢慢的啜了一口。「你有人要救。」

「正是嘿。」

「但你知道，我封針了。」

「喔。」莫言微微皺眉，語氣中的殺氣，暴增。「那該怎麼辦？」

這剎那，莫言可不只是一個為了拯救琴而來的男人，更不只是為了討回人情的老好人，他，可是甲級星中的擎羊星，危險等級高達六，就連天策也攔不住的超強殺手。

他若動手，周娘十條命也不夠活。

「我知道自己欠你一個人情，」周娘慢慢吹著飄著熱煙的茶。「我也知道自己絕非你的對手……但我有個徒弟，看你的朋友，願不願意讓她救囉。」

「徒弟？妳收徒了？妳一身怪本領，還有人能學會嘿？」

「又不是每個人都和你一樣，只顧自己偷得開心，我也很樂意把技藝傳承的。」周娘的身後，另一個人影從黑暗中慢慢浮出，年輕，驕傲，任性，這漂亮女孩的表情上，有著與琴相似的特質。「她的名字，就叫小曦。」

「小曦……」

「若你願意，就讓她救。」周娘注視著莫言。「怎樣？」

「……」

就在莫言仍在考慮之際，忽然，他聽到了懷中一個虛弱的聲音響起。

「好。」這聲音，來自琴。

莫言低頭，卻見琴微笑。

「嗯？」

「這女孩沒問題的，我有預感。」琴目光轉向了小曦，小曦的目光也迎向了琴。

這一瞬間，兩人好像說了很多話，卻也像什麼都沒有說。

「嗯。」小曦走出了牛肉麵店的陰影處，朝著莫言做出了一個邀請的動作。「到裡面來吧。」

「抱歉，治療我以前，我還有一個小小的請求。」琴吐出了一口氣。

「嗯。」

「有辦法三十分鐘內將我治癒嗎？」琴的目光看向了小曦。「不用治療到完全康復，只要能讓我自由行動就好。」

「三十分鐘？」聽到這樣的請求，周娘和小曦的眉頭，都緊皺起來。

「因為，我還有一個很重要的承諾要去遵守。」琴語氣溫柔且堅定。「那個人，也許正在接受審判，也許已經大打出手，也許……」

「我知道了。」小曦點頭。「我會盡我所能，恢復妳的行動力。」

「好，麻煩妳了。」說完了這話，琴微微一笑，又再次閉上了眼睛。

當她的世界，再次回到安靜的黑暗之時……她彷彿聽到了莫言的笑聲。

「這麼長的時間不見，妳果然一點都沒變嘿。」莫言笑著。「妳還是這麼相信人，好吧，妳都願意賭了，我就陪妳這個笨蛋賭一把吧。」

在笑聲中，琴的嘴角淺淺的揚起了。

笨蛋嗎？莫言，好久不見了。

你回來，真好啊。

你回來，真好啊，莫言。

尾聲

萊恩麵包店的鐵門上，貼著一張紙。

萊恩麵包店本日公休。

公休理由如下：

「適逢精采絕倫美妙驚人感天動地華燈初上的新人歌唱比賽。參賽者有夜之女王蓉蓉、山林王子阿皮、電動屁股周壁陽，還有店長私心支持的海之聲小靜。

故店長義無反顧決定自行休假一天，造成不便請見諒。」

偶爾風吹過，掀起了這張紙的背面，卻還潦草的寫了兩行字：

這會是一場改變一切的演唱會，不只陽世，還包括了……陰界！

從這場演唱會之後，一切，都會不一樣了，完完全全不一樣了！

《陰界黑幫 第七部》．完

Div作品 13

陰界黑幫 07

國家圖書館出版品預行編目資料

陰界黑幫．07，／Div 著.
一 初版. 一 臺北市：春天出版國際，2016. 08
面；　公分. 一（Div 作品；13）
ISBN 978-986-5607-61-6（第7冊：平裝）

857.7　　105013786

ISBN 978-986-5607-61-6
Printed in Taiwan

作者　Div
封面設計　克里斯
內頁編排　三石設計
總編輯　莊宜勳
責任編輯　黃郁潔

出版者　春天出版國際文化有限公司
地址　台北市信義路四段458號3樓
電話　02-7718-0898
傳真　02-7718-2388
E-mail　frank.spring@msa.hinet.net
網址　http://www.bookspring.com.tw
部落格　http://blog.pixnet.net/bookspring
郵政帳號　19705538
戶名　春天出版國際文化有限公司
法律顧問　蕭顯忠律師事務所
出版日期　二〇一六年八月初版
定價　260元

總經銷　楨德圖書事業有限公司
地址　新北市新店區寶興路45巷6弄6號5樓
電話　02-8919-3186
傳真　02-8914-5524

Div 作品

Div 作品